THE DAY AFTER TOMORROW

Buch

Seit Jahren versucht der Klimaforscher Dr. Jack Hall zu beweisen, dass es in der Vergangenheit immer wieder zu superkalten Stürmen kam, auf die jahrtausendelange Eiszeiten folgten – und dass so etwas jederzeit wieder passieren kann. Doch die Politiker, insbesondere der amerikanische Vizepräsident Becker, schlagen seine Warnungen in den Wind. Dann stellt der britische Wissenschaftler Dr. Gerald Rapson fest, dass sich der Nordatlantikstrom nach Süden verlagert hat, worauf nie da gewesene Schneestürme über Europa hinwegziehen. Gleichzeitig rücken zwei schwere Stürme, so genannte Megazellen, über dem nordamerikanischen Kontinent nach Süden vor. Los Angeles wird von Tornados verwüstet, eine riesige Flutwelle überschwemmt Manhattan. Hier versuchen sich Sam Hall, der junge Sohn des Klimaforschers, und seine Freunde Laura und Brian zu retten und flüchten in die New Yorker Bibliothek. Während die amerikanische Regierung endlich Notfallmaßnahmen einleitet und die Menschen in den wärmeren Süden flüchten, bleibt Sam auf Anraten seines Vaters in der Bibliothek. Denn bald entwickelt sich ein von Jack Hall vorhergesagter superkalter Sturm, bei dem -100 °C kalte Luftmassen zur Erdoberfläche stürzen und jedes Lebewesen in Sekunden schockgefriert. Jack Hall macht sich auf den Weg nach Manhattan zu seinem Sohn, doch es wird ein erbarmungsloser Wettlauf gegen die Kälte ...

Autor

Whitley Strieber lebt in San Antonio, Texas. Mit »Der Kuss des Todes« (The Hunger) und »Wolfsblut« (The Wolfen) gelang Whitley Strieber der internationale Durchbruch als Horrorschriftsteller. Neben seinem Beruf als Autor moderiert er seine eigene Radiosendung »Dreamland«. Nähere Informationen über den Autor und seine Romane auch unter www.whitleysworld.com

Von Whitley Strieber außerdem lieferbar:

Der Kuss des Todes. Roman (45225)
Der Kuss des Vampirs. Roman (45161)

THE DAY AFTER TOMORROW

Der große Kinofilm
von Twentieth Century Fox

Roman von Whitley Strieber
nach dem Drehbuch
Idee von Roland Emmerich
Drehbuch von Roland Emmerich
& Jeffrey Nachmanoff

Ins Deutsche übertragen
von Bernhard Kempen

BLANVALET

Die amerikanische Originalausgabe
erschien 2004 unter dem Titel
»The Day After Tomorrow«
bei Pocket Star, New York.

Umwelthinweis:
Alle bedruckten Materialien dieses Taschenbuches
sind chlorfrei und umweltschonend.

Blanvalet Taschenbücher erscheinen
im Goldmann Verlag, einem Unternehmen
der Verlagsgruppe Random House GmbH.

1. Auflage
Deutsche Erstveröffentlichung 6/2004
© 2004 Twentieth Century Fox Film Corporation.
All Rights Reserved.
Copyright © der deutschsprachigen Ausgabe 2004
by Wilhelm Goldmann Verlag, München,
in der Verlagsgruppe Random House GmbH
Umschlaggestaltung: Design Team München
Umschlagillustration:
© 2004 Twentieth Century Fox Film Corporation.
All Rights Reserved.
Satz: DTP im Verlag
Druck: GGP Media, Pößneck
Titelnummer: 36153
Redaktion: Rainer Michael Rahn
V.B. · Herstellung: Sebastian Strohmaier
Made in Germany
ISBN 3-442-36153-2
www.blanvalet-verlag.de

1

Jack Hall starrte in das Mikroskop und bemühte sich, es nicht mit den zitternden, eiskalten Händen zu berühren. Der antarktische Wind schüttelte das kleine mobile Labor durch. Der Wissenschaftler hatte einen weiten Weg zurückgelegt, um sich die wertvollen Bohrkerne ansehen zu können. Die Geschichte, die sie erzählten, war von großer Bedeutung und Dringlichkeit. Nun konnte er endlich einen Blick in die Vergangenheit werfen, den Wechsel der Jahreszeiten Eisschicht um Eisschicht zurückverfolgen.

Seine Augen wanderten durch die Epochen, durch die des Mittelalters und Römischen Imperiums bis in die vorägyptische Zeit, wo das Eis sauber und klar wurde – bis es dann plötzlich nicht mehr sauber und klar war.

Da war sie, die Schicht, nach der er gesucht hatte, das Jahr, in dem Stürme aus der Hölle über die Erde gefegt waren. Das Eis war dick, voller eingeschlossener Partikel und von komplizierter, unregelmäßiger Struktur. Seinen fachmännischen Augen erzählte es die Geschichte eines Ungeheuers, das in jener Zeit den Planeten Erde heimgesucht hatte, eines Sturms, der sich jeder menschlichen Vorstellungskraft entzog.

Natürlich kannte er die fossilen Belege. Er wusste sogar, in welcher Jahreszeit sich der Sturm ereignet hatte. Es war im Juni gewesen. Am Nordpol hatte die Temperatur Spitzenwerte von 25 Grad Celsius erreicht. Die Paläontologen hatten eine Mammutherde ausgegraben, die friedlich Gänseblümchen gerupft hatte, nicht weit von einem blühenden Apfelbaum entfernt. Die Tiere waren buchstäblich schockgefroren worden, während sie ihr Futter kauten und sich die Welt plötzlich in eine arktische Hölle verwandelte.

In der Arktis gab es keine Eisschicht, die tief genug war, um die paläontologischen Befunde zu bestätigen. Aber das hier war das Gold, nach dem er geschürft hatte. Er blickte von seiner Arbeit auf und lugte durch das vereiste Laborfenster nach draußen. So weit er sehen konnte, erstreckte sich das Ehrfurcht gebietende, zerklüftete Eis der Antarktis, das diesen Kontinent seit Jahrtausenden überzog. Auch der tiefblaue Himmel vermittelte überzeugend den Eindruck absoluter Kälte. Jack lachte leise. Denn in Wirklichkeit war es gar nicht so kalt, wie es sein sollte. Nicht annähernd.

Er sah, wie sein Assistent Frank Wilson vom Bohrturm zurückkehrte und einen Aluminiumkoffer schleppte, in dem sich weitere Bohrkerne befanden. Das war gut. Sie brauchten mehrere Eisproben aus der kritischen Tiefe, weil Jack stichhaltige Beweise vorlegen musste. Jeder bis hinauf ins Weiße Haus würde versuchen, seine Behauptungen in der Luft zu zerreißen. Er wusste, dass niemand hören wollte, was er zu sagen hatte. Er war kein Politiker. Seine Aufgabe war es, die Vergangenheit zu enträtseln. Dann war es Sache der anderen, etwas zu unternehmen.

Er stand auf und sah sich den Bohrturm genauer an. Der Bohrer drehte sich noch. Frank jedoch ...

»He, Frank, was ist los?«

Frank öffnete den Koffer und machte sich bereit, die Eiskerne vorsichtig in den Kühlschrank des Sno-Cat einzuräumen. »Jason kümmert sich darum.«

Jason war ein guter Junge, aber ein Akademiker, der praktisch keine Felderfahrung hatte. »Heißt das ...?«

In diesem Moment war eine Erschütterung zu spüren. Nur ganz leicht, aber eigentlich hätte so etwas überhaupt nicht geschehen dürfen. Was zum Teufel war hier los?

Dann drang ein schrilles Kreischen vom Bohrturm herüber. Jack konnte erkennen, dass der Bohrer viel zu schnell rotierte. Ein Schrei hallte herüber. »Ach, du Scheiße!«, rief Frank, als er nach draußen stürmte. Er hetzte die Leiter der Pistenraupe hinunter und rannte über das Eis.

Die tiefe Stille der Antarktis wurde von einem Geräusch zerrissen, das wie eine endlose Salve abgehackter Gewehrschüsse klang. Jack sprang auf die Bohrplattform.

»Ich habe nichts gemacht!«, schrie Jason inmitten des kreischenden und knatternden Lärms.

Hinter ihnen stellte Frank den Bohrer ab. Als die Maschine surrend verstummte, war unter der Plattform ein Krachen zu hören und eine Bewegung zu spüren, wie ein leichtes Erdbeben. Jack zwang sich, den wütenden Fluch zu unterdrücken, der sich über seine Lippen drängte. Das verdammte Eis hatte nachgegeben! Der angeblich solide Eisschild war einfach ... Unter der Plattform hatte sich bereits ein Loch gebildet, das so groß wie ein Auto war! Er starrte auf das blaue Eis hinunter.

Wieder verschob sich der Bohrer, und Jason griff entsetzt danach. Er kippte auf das Loch zu, während sich der junge Hochschulabsolvent daran festklammerte.

»Lass den Bohrer los!«

Der Junge starrte mit weit aufgerissenen Augen. Seine Haut war so bleich wie der Tod, der nach ihm griff.

Jack sprang zum Rand der Plattform, hielt sich notdürftig fest und bekam den Parka des Jungen zu fassen. Als sich der

Bohrer löste, riss er den verzweifelten Akademiker zurück, auf den stabilen Bereich der Anlage. Aber der würde nicht mehr allzu lange stabil bleiben. Im nächsten Moment mussten die drei Männer über einen anderthalb Meter breiten Abgrund springen, um sich in Sicherheit zu bringen. Unter ihnen gähnte das Loch, das vielleicht hundert Meter tief war. Der Tod wartete gespannt auf den winzigsten Fehltritt.

Jetzt wurde das Knattern zu einem tieferen Dröhnen. Es knirschte und knallte. Der komplette Eispanzer löste sich unter ihren Füßen auf. Jack sah, wie sich die Plattform von ihnen entfernte – und mit ihr die Bohrkerne. Er rannte zurück.

Frank hielt ihn an der Schulter fest. »Vergiss sie, Jack. Es ist zu spät.«

Was in diesem Moment geschah – die Auflösung eines soliden Eisschildes –, sagte ihm, dass seine Theorie stimmte. Er tat, was er tun musste. Er sprang über den aufreißenden Spalt, um die Bohrkerne zu holen.

»Nein, Jack!«

Jack landete auf der gegenüberliegenden Seite des Abgrunds, stolperte, rutschte aus und fand schließlich wieder einigermaßen festen Halt. Er sammelte die Bohrkerne ein, so gut es ging. Stücke brachen davon ab, aber er hatte keine Möglichkeit, das zu verhindern. Nicht ohne ein geeignetes Beförderungsmittel.

Als er wieder an den Rand trat, sah er entsetzt, dass der Spalt immer breiter wurde. Schon mindestens drei Meter. Dann blickte er in die Tiefe, auf den düsteren Schatten des Meeres. Er war wie hypnotisiert von diesem unmöglichen, unglaublichen Anblick. Niemand hatte die Temperatur dieses Wassers gemessen, aber sie musste schon seit Jahren viel zu hoch sein.

Die Meeresströmungen spielten schon seit längerer Zeit verrückt. Das, wovor er die Welt warnen wollte, schien bereits gewaltige Fortschritte gemacht zu haben. Er warf die Kerne zu Frank hinüber. Selbst wenn er deswegen das Leben verlor, mussten die Kerne ins Labor geschafft werden. Wenn er den entscheidenden Aufsatz nicht veröffentlichen konnte, würde Frank es tun.

Jack erkannte, dass er nur noch eine Chance hatte. Er zog seinen schmalen, spitzen Eispickel hervor. Er war ein kräftiger Mann. Und er stieß sich mit aller Kraft ab und sprang, sah, wie der Pickel in die Eiskante schlug, zu Franks und Jasons Füßen. Dann hing er am Seil und spürte, dass der Pickel langsam abrutschte.

Frank packte zu, und schließlich zog sich Jack aufs Eis.

»Du bist wohl verrückt geworden!«

»Ich wusste, dass du mich hochziehen würdest.«

Frank schüttelte den Kopf, dann grinsten beide Männer.

»Was zum Teufel ist hier los?« Jason konnte nicht mitlachen.

Frank legte ihm in einer väterlichen Geste eine Hand auf die Schulter. »Der gesamte Eispanzer löst sich auf, das ist los.«

»Wir müssen von hier verschwinden.«

»Ein weiser Ratschlag.«

In der Internationalen Raumstation roch es nach allem Möglichen, aber weder nach Rosen noch sauberen Bettlaken oder frisch gemähtem Gras. Doch man gewöhnte sich daran. Mit der Zeit. Jedes Mal, wenn sich die Toilette überhitzte oder die Luftreinigung ausfiel, erinnerte sich Juri Andropow daran, dass Mir wesentlich schlimmer gewesen war. Im Augenblick jedoch hatte er andere Dinge im Kopf. Er war ein geschulter Beobachter, und er beobachtete gerade etwas sehr Interessantes. Er bediente die Kameras der Station und richtete sie auf den gewaltigen Sturm tief unter ihnen.

»Habt ihr schon mal so einen Sturm gesehen?«, sprach er in sein Mikro.

Aus dem Space Shuttle, das soeben an die Raumstation angedockt hatte, antwortete Commander Robert Parker: »Das ist ja unglaublich, Juri!«

Tief unter den Astronauten flog ein WP-3D-Hurrikanjäger aus der Pazifikstaffel der NOAA auf den Sturm zu. Das Flugzeug wirkte kaum größer als eine Mücke vor den sich auftürmenden Wolken. Auf den ersten Blick sah die Maschine wie ein C-130-Frachtflugzeug aus, aber die schweren Instrumente auf der Bauchseite und die großen Propeller erzählten eine andere Geschichte. Diese Instrumente schickten nicht weniger als 250 unterschiedliche Messdaten an die Bordcomputer, und was diese Daten besagten, erregte die ungeteilte Aufmerksamkeit der Meteorologen, die im Flugzeug an den Bildschirmen saßen.

»Ist das normal?«, fragte nervös ein noch unerfahrener Wissenschaftler, als die Maschine wie ein zappelnder Fisch durch die Luft sprang.

»Wenn wir dort eintauchen, wird das Gehüpfe aufhören. Dann wird es nur noch rütteln. Sie haben doch hoffentlich keine lockeren Zahnfüllungen, oder?«

Vorne saß Commander Michael Daniels und starrte beharrlich geradeaus. Er bemerkte einige sehr kräftige Böen über den Tragflächen, dabei waren sie noch fünfzig Kilometer vom Rand des Sturmgebiets entfernt. Er machte diesen Job seit fünfzehn Jahren, und das hier war alles andere als normal.

»Geben Sie mir Goddard«, sagte er zum Ersten Offizier. Seine Stimme bewahrte eine Ruhe, die er selbst gar nicht empfand.

Im Satellitenkommandozentrum der NASA im Goddard Space Center verfolgte auch Janet Tokada die Daten, die vom Flugzeug übermittelt wurden. Aber bei ihr liefen noch viel mehr Informationen zusammen. Dank des leistungsfähigen NASA-Scatterometers an Bord des japanischen Erdbeobachtungssatelliten konnte sie die Windgeschwindigkeiten innerhalb des Sturms messen, also auch an Stellen, die das Flugzeug noch gar nicht erreicht hatte.

Daniels' Stimme drang knisternd an ihre Ohren. »Zentrale, hier ist Erkunder Eins, können Sie mich hören?«

»Hier ist Goddard, sprechen Sie.«

»Möglicherweise verlieren wir in wenigen Augenblicken den Kontakt. Haben Sie neue Berichte?«

Janet blickte sich zu ihrem Wissenschaftsoffizier um. »Hier sind die TRMM-Daten«, sagte er und reichte ihr einen Ausdruck. Die Zahlen, die die durchschnittlichen Windgeschwindigkeiten angaben, sprangen ihr geradezu ins Gesicht.

»Erkunder Eins«, sagte sie schnell, »wir raten Ihnen dringend, sofort umzukehren.«

Sie horchte ... doch aus dem Lautsprecher kam nur Rauschen.

»Erkunder Eins, können Sie mich hören?«

»Was ist los, Janet?«, fragte der Wissenschaftsoffizier.

»Dieses Ding bricht alle Rekorde. Es könnte ihnen die Tragflächen vom Flugzeug fetzen.«

Commander Daniels flog weiter auf den Sturm zu und horchte auf das Rauschen, das aus seinen Kopfhörern drang. Das Funkgerät suchte automatisch die Frequenzen ab, aber sie befanden sich tausende Kilometer weit draußen, irgendwo mitten im Südpazifik, in einer der einsamsten Gegenden des Planeten, über der gewaltigen Wasserwüste südlich der Hawaii-Inseln. »Wir haben sie verloren«, sagte er. »Sagen Sie den Jungs, dass sie die Sonden ausklinken sollen.«

Messinstrumente fielen aus den Behältern, als das Flugzeug in den Sturm eindrang. Dies war der große Augenblick für den Neuling. Er hatte die Aufgabe, die Daten zu empfangen und aufzuzeichnen. Er saß steif an seiner Station und kämpfte gegen die heftigen Turbulenzen, während er versuchte, seine Beobachtungen zu melden.

»Die Verbindung ist gut und stabil. Ich sehe hier eine Windgeschwindigkeit von ... von dreihundert Stundenkilometern! Augenblick – jetzt sind es dreihundertzehn.«

Vorne hörte Commander Daniels die unglaublichen Zahlen, aber er konnte nicht darauf reagieren, weil er vollauf damit beschäftigt war, das Flugzeug in der Luft zu halten. Er klammerte sich an den Steuerknüppel und bemühte sich, die Werte der heftig vibrierenden Instrumente abzulesen. Neben ihm justierte sein fähiger Kopilot die Leistung der Propeller. Sie reduzierten die Fluggeschwindigkeit, wodurch sich das Rütteln verstärkte, aber die Materialbelastung verringert wurde.

»Dreihundertdreißig«, rief die junge Stimme von hinten, »Dreihundertvierzig, dreihundertfünfzig, *dreihundertsiebzig!*«

Es war ein Taifun von einer Stärke, die der eines Tornados entsprach. So etwas hatten sie noch nie erlebt. Aber es war auch nicht der geeignete Ort, um ein Flugzeug zu wenden, nicht wenn die Belastung so nahe an die vorgesehenen Grenzen herankam – oder sogar darüber hinausging, was kritische Punkte wie die Flügelaufhängung betraf. Commander Daniels flog weiter, in erster Linie, weil er es nicht wagte, etwas anderes zu tun.

Die Flügel flatterten so heftig, dass das Kreischen des Metalls das Dröhnen der Propeller übertönte. Daniels dachte besorgt an seine Leute. Wenn das Flugzeug beschädigt wurde, konnte niemand überleben. Fallschirme wären in diesem brodelnden Wirbel nutzlos.

»Wie weit bis zum Auge?«, fragte er seinen Kopiloten. Die Ruhe und Entschlossenheit in seiner Stimme verriet nichts von seinen wahren Gefühlen.

»Acht oder neun Kilometer.«

Weniger als eine Minute. Das hieß, es könnte klappen.

Dann brachen sie durch die Wand des Auges, und plötzlich setzte eine so tiefe Stille ein, dass der Neuling vor Erleichterung laut lachte. »Mann, war das ein Höllenritt!«

Die anderen schwiegen. Alle wussten, dass ihr Flugzeug es auf der anderen Seite nach draußen schaffen musste. Wenn nicht, würde es ein sehr schlechter Tag für sie werden. »Lasst uns hoffen, dass dieses Monstrum nie an Land geht«, sagte einer der Männer leise.

Es war stockfinster auf der Großen Insel, und Aaron machte sich ziemliche Sorgen. Nein, er hatte Angst. Todesangst. Und er tat etwas, das er normalerweise als Zeitverschwendung betrachtete. Er sah sich die Fernsehnachrichten an. Der Taifun war wie ein ... wie ein urtümliches Meeresungeheuer. Windgeschwindigkeiten von dreihundert Stundenkilometern? Was hatte das zu bedeuten?

Doch er verstand kaum, was der Wetterfrosch sagte, denn der alte Zack jagte Surfpunk-Musik durch seine Monsterboxen, und zwar so laut, dass sogar der Sturm übertönt wurde.

»Es geht ziemlich heftig ab da draußen, Zack. Vielleicht sollten wir aufhören.«

Zack rülpste. Letzte Nacht hatten sie eine Menge Bier vernichtet.

»Ich meine es ernst, Mann. Alle anderen sind schon weg.«

Zack sah ihn an. Seine Augen waren rot. »Mach dir nicht ins Hemd. So schlimm kann es nicht sein, wenn der Fernseher noch läuft.«

Ein Knall. Dann Dunkelheit. Und Stille. Und dann, als sich Aarons Ohren an das Schweigen der Dirt Surfers gewöhnt hatten, hörte er das Heulen des Windes. *Oh, mein Gott!*

Und dann ein anderes Geräusch ... Was war das? Ein Reißen? Dazu ein Krachen. Und zersplitterndes Glas.

»Was zum Geier ist das?«, fragte Zack.

»Es ist das Haus. Es wird in kleine Stücke zerlegt, Mann.«

Der gesamte Küstenstrich dieser Insel war am Tag zuvor evakuiert worden. Aber Zack hatte sich strikt geweigert zu glauben, dass so etwas wie die gewaltigste Brandung in der Geschichte der Menschheit erwartet wurde. Und Aaron war bei ihm geblieben, weil es seine Art war. Außerdem hatte Zack »Glaubst du etwa so'n Scheiß?« gesagt, und damit war die Sache für ihn erledigt gewesen, wie immer. Aber jetzt hatte er überhaupt kein gutes Gefühl mehr, oh nein.

Er blickte in die Dunkelheit und den windgepeitschten Regen hinaus. Bei diesem Wetter würde er sich auf keinen Fall in die Nähe des Strandes wagen. Ja, es war eine heftige Brandung, und sie würde jeden zu Matsch zerstampfen. Dann sah er, wie eine Tür durch die Luft wirbelte, als würde ein Riese Wurfübungen machen. Das nächste Haus stand nicht weit entfernt am Ende der Straße. Es lag direkt in der Einflugschneise des Sturms. Dann sah er eine Fensterhälfte, und dann eine komplette Couch!

»Oh Gott, Zack, was da vorbeifliegt, ist das Haus unserer Nachbarn!« Sie mussten von hier verschwinden, und zwar sofort. Er ging zur Tür, stieß sie auf, und dann wurde sie ihm einfach aus der Hand gerissen, vom Wind, der wie ein lebendes, atmendes Wesen war ... und der genau wusste, dass sie hier waren.

»Komm schon, Mann!«

Diesmal erklärte Zack ihn nicht für verrückt. Selbst er besaß noch genügend gesunden Menschenverstand.

Sie kämpften sich die Stufen hinunter und weiter zur Garage. Als sie den Boden erreichten, spürte Aaron, wie ihm Wasser in die Schuhe drang und bis zu den Waden hochstieg. Das gesamte Gelände war überflutet. Er sprang in seinen uralten Jeep und zog den Schlüssel aus der Tasche. Er hatte so große Angst, dass er es kaum schaffte, ihn ins Zündschloss zu stecken.

Klick.

Okay, kein Grund, sich in die Hosen zu machen. Das wäre nicht gut, weil Zack es ihm bis in alle Ewigkeit vorhalten würde. Wieder drehte er den Schlüssel. Dann wurde ihm klar, dass Zack noch gar nicht eingestiegen war. Aaron hörte ein Geräusch und drehte sich um. Zack bemühte sich, sein verdammtes Surfbrett am Dachgepäckträger festzuzurren.

»Was zum Teufel machst du da? Vergiss das Brett, Zack!«

In diesem Moment ertönte ein Lärm, der sich wie eine Serie explodierender Knallkörper anhörte – und zwar großer Knaller. Die Latten an der Seite der Garage rissen eine nach der anderen ab. Nun brach der Sturm herein, ein Geschöpf mit bösartiger Stimme, die ihre Namen zu rufen schien.

Als Zack in den Wagen sprang, ächzte und knarrte das Haus über ihnen, dann hob es einfach ab und wehte in die Dunkelheit davon. Hektisch drehte Aaron am Zündschlüssel, der Anlasser mühte sich ab, und endlich – *endlich!* – startete der Motor. Er fuhr los, in die Richtung, in der sich normalerweise die Straße befand, und machte sich auf den Weg zum Highway. Etwas Schwarzes sprang genau auf sie zu. Es sah aus wie eine Pappschachtel im Wind, nur dass sie nicht aus Pappe war. Es war ein riesiger metallener Müllcontainer, der wie der Tod höchstpersönlich auf sie zurollte. Das Ding prallte fünfzehn Meter vor ihnen auf den Boden und erhob sich wieder in die Luft, wobei der Deckel ständig auf und zu klappte. Sie konnten nur hilflos mit ansehen, wie es näher und näher kam. Sie hörten, wie es auf das Surfbrett krachte und es mitriss.

Aaron trat aufs Gaspedal, die Reifen drehten heulend durch, dann schossen sie über die Straße, die sich in einen schäumenden Fluss verwandelt hatte. Und sie beteten, dass sie den Highway erreichten, bevor der Ozean dort eintraf.

Es war ein sonniger und sogar recht heißer Tag in Arlington, als Sam Hall mit dem Lift zum Apartment seines Vaters hinauffuhr. Er hatte Laura und Brian mitgenommen, weil er es ziemlich cool fand, ein solches Apartment zur Verfügung zu haben.

»Wo ist dein Vater?«

»Wer weiß? Wahrscheinlich wie immer irgendwo auf der anderen Seite der Welt. Seine letzte E-Mail kam aus dem MacMurdo-Sund.«

»Weiß er, dass du hierher kommst, wenn er nicht in der Stadt ist?«

Sie hielten ihn für ziemlich uncool. Er wusste es genau. Als würde sein Vater einem professionellen Weichei wie ihm niemals erlauben, ohne Aufpasser sein Apartment zu betreten. Auch gut.

»Im Prinzip schon. Ich kümmere mich um seine Pflanzen.«

Und im Prinzip vertrugen die Usambara-Veilchen die Hitze nicht besonders gut.

»Ich verstehe«, sagte Laura, die eine der Pflanzen berührte. »Du scheinst wirklich einen grünen Daumen zu haben.«

Schon wieder uncool, total uncool. Sam holte ein Glas Wasser aus der Küche und wässerte sie. Bezeihungsweise ihre Kadaver.

»Äh, ich glaube, du hast ihnen zu viel Wasser gegeben«, sagte Brian.

»Glaubst du?«

Sie schwammen praktisch. Tote Strünke im Schlamm. Kein schöner Anblick. »Äh, sag mal, Sam, wo dürfen wir uns setzen?«

Im Wohnzimmer sah es tatsächlich etwas unordentlich aus. Sam schob einen Stapel *National Geographic* vom Sofa und schaffte ein wenig Platz. Wenn man sich für *National Geographic* interessierte, sollte man in dieses Apartment kommen. Sein Vater hatte jede Nummer, die je gedruckt wurde, und wahrscheinlich sogar noch ein paar mehr. Aber die Hefte waren wirklich interessant. Sam hatte darin nach Bildern aus der Antarktis gesucht. Er hatte sehen wollen, wo sein Vater arbeitete. Wenn er ehrlich war, musste er sich eingestehen, dass sein Vater wahnsinnig cool war. Nicht viele Väter hatten so aufregende Jobs. Brians Vater arbeitete irgendwo im Landwirtschaftsministerium. Er sah aus wie ein fetter Brotlaib, den man in einen Anzug gesteckt hatte. Und die einzigen Momente, in denen Lauras Alter nüchtern war, waren die, in denen er sich aufraffte, um neuen Whiskey zu kaufen.

»Ich denke, wir sollten mit englischer Literatur anfangen«, sagte Laura, »und dann die Kunstgeschichte angehen. Wir müssen ... Sam?«

Sam hatte *Die Simpsons* eingeschaltet, teils, um sich tatsächlich die Sendung anzusehen, teils, um den unglaublich coolen Gasplasma-Fernseher vorzuführen, der wie ein Gemälde an der Wand hing. Es war typisch für seinen Vater, die coolsten Sachen der Welt zu kaufen und dann einfach zu vergessen, dass er sie besaß. Genau zu wissen, was die besten Sachen waren, und sie zu haben und dann so achtlos damit umzugehen, das machte seinen Vater irgendwie ... Nun, auf jeden Fall mochte Sam seinen Vater sehr. Also konnten die Leute ihn seinetwegen für blöd halten.

»Sam, du kannst nicht gleichzeitig lernen und fernsehen!«

»Ich bin multitasking-fähig, meine liebe Laura. Das ist ein wunderbares geistiges Training.«

»Oh Gott ...«, murmelte Brian.

»In vier Tagen müssen wir in New York antreten!«, sagte Laura.

»Wie du es sagst, klingt es, als ginge es um die Olympischen Spiele. Es ist ein akademisches Dekathlon.«

»Dekathlon klingt nach Olympischen Spielen.«

»Das ist ein idiotischer Name, Brian.«

»Meine Mutter bezeichnet es als Quizpokal«, sagte Brian. »Das ist noch viel schlimmer.«

»Man sollte es einfach ein besseres Trivial Pursuit nennen«, brummte Sam. Es war eine gute Episode. Er wollte sie sich unbedingt ansehen. Homer würde Marge durch ein gemeinsames Besäufnis vor einem Crashrennen retten. Oder so ähnlich.

»Warum hast du dich ins Team aufnehmen lassen, wenn es dir gar nichts bedeutet, Sam?«

»Was soll ich sagen? Weil es passiert ist. Das Leben ist grundsätzlich bedeutungslos.«

»Existenzphilosophie für fünfhundert«, tönte Brian. »Wer ist Jean-Paul Sartre?«

»Mach es nicht schlimmer, als es ist.« Sie nahm die Fernbedienung und schaltete den Fernseher stumm.

»Lass das!«

»Nein. Willst du fernsehen oder dich vorbereiten?«

Er wollte ihr die Fernbedienung wieder abnehmen, und sie balgten sich eine Weile darum, was ihm durchaus Spaß machte. Nur dass der Spaß nicht lange anhielt.

»Untersteh dich, den Ton wieder einzuschalten!«

Stattdessen schaltete er den Fernseher ganz aus. »So. Zufrieden?«

»Ja.«

Jetzt würde sie die schreckliche Wahrheit erfahren. »Dann frag mich.«

Er hätte beinahe »Dann küss mich« gesagt. Was wäre dann passiert? Wahrscheinlich nichts Gutes.

2

Es war ein seltsamer Tag in Neu-Delhi, sogar ein recht bizarrer Tag, und Jack Hall machte sich große Sorgen. Er hatte es sich angewöhnt, während er rund um die Welt von einer Konferenz zum nächsten Kolloquium und zur übernächsten Konferenz raste, alle Wetteranomalien zu notieren, die ihm während seiner Aufenthalte begegneten. Und deswegen machte er sich solche Sorgen. Große Sorgen. Es schneite! Okay, es war November, aber es schneite in Neu-Delhi!

Die Tatsache, dass Schneetreiben in einer Stadt herrschte, die während des Monats November eine Durchschnittstemperatur von 25 Grad Celsius aufwies, würde niemals auf Fox oder CNN erwähnt werden. Höchstens, um sich darüber zu amüsieren, dass sich Demonstranten gegen die UN-Konferenz über die Probleme der globalen Erwärmung in einer subtropischen Klimazone den Arsch abfroren. Und das in einer Stadt, in der das Thermometer im Januar bis auf zehn Grad fallen konnte – zehn Grad *plus*!

Jack nahm einen Schluck vom Royal Challenge Lager, einem sehr milden indischen Bier. Er saß in der Lobby des Hotels, in dem er sich sehr bald auf schwieriges politisches Glatteis begeben würde, und beobachtete die Demonstranten auf der anderen Seite des großen Fensters. Er fragte sich, ob in dieser durchgedrehten Stadt jemand auf die Idee kommen könnte, seinem Standpunkt Nachdruck zu verleihen, indem er zum Beispiel mit einem Lastwagen durch das Fenster raste, einem Lkw, der hoffentlich nicht mit Plastiksprengstoff beladen war. Im Hintergrund schwafelte ein CNN-Korrespondent monoton darüber, dass die globale Erwärmung hauptsächlich durch Emissionen verursacht wurde, die von Menschen erzeugt wurden, und dass die USA die Hauptverantwortlichen waren.

Ein Blick auf seine Armbanduhr sagte ihm, dass er den Rest des Biers stehen lassen sollte, was er tat. Er ging durch die Lobby nach hinten und betrat einen Raum voller Konferenzteilnehmer, die recht verängstigt wirkten. Jack wusste nicht, ob es an der Heftigkeit der Proteste lag oder an den Wetterkapriolen. Wahrscheinlich an beidem. Er setzte sich. Man begrüßte sich, unterhielt sich murmelnd, niemand musste vorgestellt werden. Das Treffen lief schon den ganzen Tag. Jack hatte sich eine Pause gegönnt, sie ein wenig in die Länge gezogen, um vielleicht seine gewohnten Konferenzkopfschmerzen loszuwerden oder zumindest ein wenig zu dämpfen.

Es war ihm nicht gelungen. Der Delegierte aus Saudi-Arabien warf ihm einen mürrischen Blick zu. Vermutlich wegen des Biers. Aber Jack weigerte sich, ein schlechtes Gewissen zu haben. Dann wurde es unruhig. Ein richtiger kleiner Aufruhr. Der Reporter aus der Lobby stand nun auf der Galerie über dem Konferenzraum. Er sagte: »Delegierte aus der ganzen Welt haben sich versammelt, um sich die Erkenntnisse der führenden Klima-Experten anzuhören ...« Dann verwandelten gewaltige Fernsehscheinwerfer den Raum in eine Bühne, und der Vizepräsident der Vereinigten Staaten nahm seinen Platz hinter dem Schild mit dem Emblem der USA ein.

Jack beschloss, die Einleitung des Reporters als Stichwort aufzugreifen. Warum auch nicht? »Was wir in diesen Bohrkernen aus dem antarktischen Eis entdeckt haben, ist der Beweis für einen katastrophalen Klimawandel, der vor zehntausend Jahren stattfand.«

Er stand auf, während er sprach, und trat ans offizielle Podium. Er musste sendefähige Sätze abliefern. Er versuchte, nicht daran zu denken, dass vielleicht eine halbe Milliarde Menschen ihn in den Abend-, Morgen- oder Mittagsnachrichten sahen, von Sydney bis London, von Singapur bis Rio.

Er blickte über die Versammlung. »Die Konzentration

natürlicher Treibhausgase in den Bohrkernen deutet darauf hin, dass eine plötzliche Erwärmung zu einer Eiszeit führte, die zwei Jahrhunderte anhielt.«

Der Saudi beugte sich über das Mikrofon an seinem Platz. Jack setzte die Kopfhörer auf, um sich die Übersetzung anzuhören. »Ich bin verwirrt. Ich dachte, Sie würden über globale Erwärmung und nicht über Eiszeiten reden.«

»Es klingt paradox, aber eine globale Erwärmung könnte eine Kältephase auslösen.« Dann erklärte Jack seine Lieblingstheorie und die wichtigste Erkenntnis seiner wissenschaftlichen Karriere – dass durch eine Erwärmung die nördlichen Meere mit Süßwasser überflutet wurden, wodurch sich die Meeresströmungen verlagerten. Das führte dazu, dass die Regionen in Polnähe plötzlich sehr viel kälter wurden, und das betraf Australien, Kanada, Europa und die nördliche Hälfte der USA. Mit anderen Worten: die meisten der reichen und hoch entwickelten Länder der Welt.

Er dachte wieder an die Mammuts, die so schnell in der Kälte gestorben waren, dass ihnen das Futter zwischen den Zähnen gefroren war. Er sah sich die Delegierten an. Keiner von ihnen konnte sich die Gewalt einer solchen Katastrophe vorstellen. Keiner.

Der brasilianische Delegierte stellte die entscheidende Frage: »Wann könnte es wieder passieren?«

»Vielleicht in hundert Jahren, vielleicht in tausend Jahren. Oder schon nächste Woche.«

Abrupt meldete sich Raymond Becker zu Wort. Jack spürte, wie die alten politischen Differenzen wieder hochkochten. »Wer soll die Kosten für die Vereinbarungen von Kyoto tragen?«, sagte er mit seiner erstickten, nervösen Stimme. »Die größten Ökonomien der Welt würden mehrere hundert Milliarden Dollar aufbringen müssen.«

»Bei allem gebührenden Respekt, Herr Vizepräsident«, sagte Jack. Er wartete einen Moment, bis die Kameras wieder zum Podium geschwenkt hatten. Er dachte: *Jedes Mal, wenn du mit dem »gebührenden Respekt« anfängst, bringst du dich in gewaltige Schwierigkeiten.* »Bei allem gebührenden Respekt, Sir, aber die Kosten dürften noch viel höher ausfallen, wenn wir gar nichts tun. Unser Klima ist ein sehr empfindliches System.« Er dachte an den zerbrechenden Eisschild und daran, wie er den kalten Händen des Todes mit knapper Not entkommen war. »Die Eiskappen schmelzen in beunruhigendem Tempo.«

Becker hatte endlich verstanden, dass er sich in einer kontroversen Debatte befand, und zwar mit einem Mitglied seiner eigenen Delegation. Hektisch kramte er in seinen Unterlagen. Offenbar suchte er nach einem Namen. Ein Assistent flüsterte ihm etwas zu.

»Doktor Hall«, sagte er schließlich, »unsere Wirtschaft ist mindestens genauso empfindlich wie die Umwelt. Daran sollten Sie denken, bevor sie sensationsheischende Behauptungen aufstellen.«

Wie konnte er nur! Wenn dieser Mann wirkliche Sensationen haben wollte, sollte er sie haben! Jack blieb so ruhig wie eine tropische Lagune, als er entgegnete: »Der letzte Eisberg, der sich gelöst hat, war etwa so groß wie Rhode Island. Manche Leute finden, dass das ziemlich sensationell war.«

Etwas Applaus, etwas anerkennendes Gelächter, aber nicht vom Vizepräsidenten der Vereinigten Staaten.

Ein Börsenmakler war nicht das Gleiche wie ein Straßenräuber, jedenfalls nicht für Gary Turner. Er setzte seine Klienten nicht unter Druck, er tyrannisierte sie nicht, er benutzte ihre Aufträge nicht dazu, ihre Konten leer zu räumen. Nein, er führte ihr Geld einem anderen Verwendungszweck zu, indem er sie überzeugte, etwas zu kaufen, was ein Freund von ihm im fernen Tokio verkaufte. Oder zu verkaufen, was er kaufen wollte. Und wenn dann überraschend – *Ach, du meine Güte!* – die schlechte Nachricht hereinkam, teilten er und der gute alte Taka sich den Profit, der direkt zu ihren Konten auf den Cook-Inseln floss.

Das Wunderbare an einem Konto auf den Cook-Inseln: Dort war es bereits illegal, nur danach zu *fragen*, wer eines besaß, ganz zu schweigen von Erkundigungen, was sich darauf tat. Geld, das sich von Tokio nach Rarotonga bewegte, wurde für das Finanzamt, die Börsenaufsicht und jeden anderen unsichtbar. Es war einfach wunderbar! Eine geniale kleine Strategie, die Taka und er da entwickelt hatten.

Schade nur, dass es schien, als würde ihnen die Sache demnächst um die Ohren fliegen. Gary sprach in sein Headset: »Diese Anteile werden sich verdreifachen. In maximal drei Monaten. Oder sechs. Moment mal.« Er rief in den Raum: »Weiß hier irgendjemand, warum die verdammte Klimaanlage nicht läuft? Ich schwitze wie ein Schwein!«

Ein Schwachkopf namens Tony sagte: »Es ist November, da ist sie ausgeschaltet.«

Auf Garys zweiter Leitung kam ein Anruf herein. Er wusste genau, wer es war, aber das freute ihn kein bisschen. Er nahm das Headset ab, schaltete es aus und griff nach dem Telefon. »Hallo?«

»Wir haben ein Problem, Gary.«

Na los, spiel deine Rolle, Kumpel. »Was für ein Problem?«

»Ruf mich von deinem Handy zurück ...«

Ach du Scheiße! Der schlimmstmögliche Fall war eingetreten. Er hob das Headset. »Ich hab Partridge in der Leitung, Paulie. Übernimmst du?«

Der andere Makler kümmerte sich um den Klienten. Gary machte, dass er aus dem Büro kam, und trat auf die glühend heiße Straße von Manhattan. Was war das für eine merkwürdige Hitzewelle? War die Sonne durchgedreht oder was? Ein Bettler mit einem Hund, der wie ein verwahrloster alter Löwe aussah, wollte ihn anschnorren. »Verrecke«, murmelte Gary, während er wählte.

Er wusste, dass Taka in einem überfüllten Nudelimbiss oder etwas in der Art eingezwängt war, ein oder zwei Blocks von seinem Bürohochhaus entfernt. Gary jedoch wollte nicht, dass irgendwer ihr Gespräch mithörte, kein einziges Wort. Er hatte panische Angst vor kleinen, engen Räumen, und japanische Gefängniszellen zeichneten sich genau durch diese Eigenschaften aus. Stahltüren. Mit winzigen Gucklöchern. Ein mal anderthalb Meter. Gnade Gott, wenn man größer als der Durchschnitt war, und er war es.

Gary hörte, wie Takas Telefon klingelte. Er konnte nur hoffen, dass der Mythos, Handys seien abhörsicher, nicht nur ein Mythos war.

Dann rempelte der verdammte Penner ihn von hinten an. »Ich eröffne das Angebot mit fünfzig. Ich bin bereit, über Ihr Gegenangebot zu verhandeln.«

War das die Möglichkeit? Ein Bettler mit Sinn für Humor! »Buddha, an die Arbeit«, sagte der Typ zu seinem Köter. Der Hund zog eine Bettelnummer ab. Echt niedlich.

Gary hörte eine Ansage auf Japanisch. Er hatte keine Verbindung bekommen. »Warum versuchen Sie's nicht mal mit Arbeit?«, fauchte er den Bettler an, während er die Wahlwiederholung drückte.

»Ich hatte Arbeit. Genauso wie Sie, mit teuren Schuhen, einem großen Büro, Sekretärinnen und dem ganzen Mumpitz. Ich sage Ihnen, die Sekretärinnen waren mein Verderben ... und die Fahrstühle ...«

Gary machte, dass er wegkam. Der Typ hatte etwas Unheimliches ... er war wie ein Spiegelbild seiner eigenen Zukunft als Börsenmakler, wenn seine Konzession als Makler nur noch Makulatur war.

Endlich hörte Taka in Japan sein Handy klingeln. Er zog es aus der Tasche und klappte es auf. »Ich glaube, sie wissen, was wir treiben.« Taka erkannte Garys Stimme auf Anhieb.

»Oh Gott!«

Taka bemerkte – eher unbewusst –, dass plötzlich ein Schatten über die Straße fiel. Und ebenso unbewusst registrierte er, dass mit einem Mal eine Windböe aus dem Nichts kam, die Staub und Straßendreck aufwirbelte, Kaugummipapier und zusammengedrückte Zigarettenschachteln vor sich hertrieb. »Die SEC hat mich angerufen ...«

»Die SEC? Die Börsenaufsicht?«

»Sie wollten alles über Voridium wissen. Über die Optionen.«

»Ich wusste es. Ich habe gespürt, dass so etwas kommt. Ich wusste, dass diese Geschichte uns ruinieren würde.«

Ein Polizeistreifenwagen hielt neben einem kleinen Transporter an, den eine Familie von Gewerbetreibenden hektisch mit wertvollen Kisten voller Obst und Gemüse belud. Im Gegensatz zu Amerikanern legten Japaner großen Wert auf ihre Lebensmittel. Die minderwertigsten dieser Melonen brachten immer noch fünfzehn US-Dollar ein und waren jeden Cent wert. Aber warum luden sie mitten in der Geschäftszeit ihre Waren ein? Der Polizist schien sie jedenfalls zu drängen, schnell mit dem Lastwagen von hier zu verschwinden.

»Verkauf sie! Verkauf sie sofort!«, brüllte Gary ins Handy.

»Das wäre ein Verlustgeschäft.«

»Sie können uns nicht festnageln, wenn wir damit kein Geld verdient haben. Verkauf sofort alles, was wir haben!«

Taka hörte hinter sich einen lauten Knall. Der Polizist und der Besitzer des Verkaufsstands drehten sich um. Genauso wie Taka. In der Motorhaube des Polizeiwagens war eine große und tiefe Delle.

Was zum Teufel war hier los?

Garys leise Stimme zeterte: »Taka, hast du mich verstanden?« Doch Taka starrte nur auf den unmöglich großen Hagelbrocken, der den Ladenbesitzern vor die Füße rollte. Das Ding war größer als eine ihrer Melonen! »Taka!«

Eine Hupe ertönte, eine Frau schrie. Taka hörte Glas splittern und erkannte, dass es die Windschutzscheibe des Lieferwagens war. Er wollte nicht glauben, was er sah. Er stand nur wie erstarrt da.

Am Himmel setzte ein gewaltiger Trommelwirbel ein, und im nächsten Moment begann das Bombardement riesiger Hagelkörner. Sie schlugen in Autos, zerplatzten an Wänden, zertrümmerten Fensterscheiben. Die Straße wurde zu einem brodelnden Kessel aus Eissplittern und Glasscherben. Eine Neonreklame explodierte und überschüttete Taka mit den Stücken eines bunten Drachen.

Dann wurde der Polizist getroffen. Er stürzte wie ein Sack Reis zu Boden und lag reglos da, während ihm das Blut aus dem Kopf lief. Taka flüchtete zum Lieferwagen, weil er hoffte, sich dort genauso wie die Familie der Gemüseverkäufer in Deckung bringen zu können.

Gary hielt sein Handy ein Stück vom Ohr weg. »Taka? Was ist los, zum Teufel? Taka?«

Aber Taka antwortete nicht. Er lag auf der Straße, und ihm wurde langsam bewusst, dass die Blutlache am Boden nicht nur von dem Polizisten, sondern auch von ihm selbst stammte. Dann schlug ein weiterer Hagelbrocken mitten in sein Gesicht, und er dachte, dass er Zeuge eines ungewöhnlichen Naturwunders geworden war. Als er einen weiteren Treffer erhielt, wurde es dunkel um ihn, und beim nächsten war er bereits tot. Immer mehr Hagelkörner fielen wie große Steine aus dem Himmel, bis Taka genauso wie viele andere Opfer in den Straßen der heimgesuchten Stadt nicht mehr wiederzuerkennen war.

Die Wunder der Natur konnten sehr hart sein.

Das Klimaforschungszentrum von Hedland lag auf einer Anhöhe über dem weiten schottischen Hochland. Der Himmel war an diesem Tag von tiefen, düsteren, schnell dahinrasenden Wolken verdeckt. Nur zwei Autos standen auf dem Parkplatz, und drinnen waren überall die Folgen jahrelanger Etatkürzungen und der Vernachlässigung durch offizielle Stellen zu erkennen. Ganze zwei Techniker taten Dienst. Der eine verfolgte, wie Arsenal über Tottenham triumphierte, und der andere schlief tief und fest mit einem alten Roman von Derek Robinson im Schoß.

Weit im Norden, in den tosenden Gewässern vor Schottland, wo das Meer einst die spanische Armada verschlungen hatte und viele U-Boote zu kalten grauen Särgen geworden waren, heulte eine Boje. Der Ruf vermischte sich mit dem Geschrei der Möwen, die rostige Ankerkette knarrte, als Welle um Welle dagegenschlug. Blitze erhellten die korrodierte Oberfläche, enthüllten ihr Alter ... aber niemand bemerkte die dringende Botschaft, die sie an Hedland sendete, an die zwei zu Tode gelangweilten Wächter der Menschheit.

»Simon«, sagte Dennis, »du schnarchst.« Mit dieser Bemerkung wollte er nur testen, wie fest Simon tatsächlich schlief. Damit er seine kleine Flasche Bushmills hervorholen und etwa die Hälfte des Inhalts mit drei tiefen köstlichen Zügen in sich hineinschütten konnte. Aber nicht, wenn das Risiko bestand, dass Simon etwas davon mitbekam. Simon hätte gerne seinen alten Kumpel George Holloman als Kollegen gehabt. Deshalb würde er es befürworten, wenn Dennis versetzt wurde, und Trunkenheit während des Dienstes war ein hinreichender Grund für eine Versetzung. Vorausgesetzt, der Inspekteur war nicht selbst betrunken, wenn er den Bericht entgegennahm.

Dennis beobachtete den Mistkerl eine Weile. Schlief er wirklich? Vielleicht war es Simon, der eine Versetzung nötig hatte. Er beugte sich hinüber und nahm ihm das Buch ab. Er hielt es einen Moment lang in der Hand, dann schlug er damit gegen das dicke Fettpolster unter Simons Wangen.

Simon schreckte aus dem Schlaf hoch und schüttelte benommen den Kopf. »Ich hab nur für ein paar Sekunden die Augen zugemacht.« Er lächelte. »Das Baby hat uns die ganze Nacht wach gehalten.«

Dennis sagte nichts. Was sollte er auch sagen? Er wandte sich wieder dem Fußballspiel zu. Keiner der beiden Männer sah die gelb blinkende Warnleuchte auf der Instrumentenkonsole, wo die Daten der Wetterbojen zusammenliefen. Diese waren vor fünf Jahren vom British Meteorological Office ausgesetzt worden, um die Wassertemperatur zu messen, um vor Ort zu beobachten, was kein Satellit genau bestimmen konnte. Um zu erkennen, wie sich der Golfstrom tatsächlich in seinen nördlichsten Ausläufern verhielt.

Wenn er aussetzte – und etliche Ozeanographen und Meteorologen befürchteten, dass dieser Fall eintreten konnte –, würde England von einem Schwall eiskalter Luft aus der Arktis überschwemmt werden, die normalerweise von der Wärme des Golfstroms zurückgedrängt wurde. Im Jahr 1999 hatten die britischen Inseln durch ein paar grausame Stürme bereits einen kleinen Vorgeschmack bekommen. Ganz Europa hatte unter diesem Kälteeinbruch gelitten. Aber das alles wäre nichts im Vergleich zum großen Polarsturm.

Professor Gerald Rapson wusste über alle diese Dinge Bescheid. Er hatte sich praktisch jeden Tag seines Lebens damit beschäftigt. Er war ein Freund von Jack Hall und hatte ihn in Delhi unterstützt. Als er nun die gewundene Straße nach Hedland hinauffuhr, bewunderte er wie immer den großartigen Ausblick auf das Meer, den Himmel und das mächtige Hochland. Hinter jeder Kurve tat sich ein neues Panorama auf. Gleichzeitig machte er sich Sorgen um Jack und um das verrückte Wetter.

Soeben war ein Supertaifun über Hawaii hinweggebraust und hatte Tod und totale Verwüstung hinterlassen. Das legendäre Inselparadies war in einen einzigen Trümmerhaufen verwandelt worden. Extreme Stürme hatten sich über Japan zusammengebraut, als eine mit Feuchtigkeit gesättigte Kaltfront aus Sibirien auf den heißesten November geprallt war, den Tokio jemals erlebt hatte. Riesige Hagelbrocken hatten im ganzen Land Menschen erschlagen, sogar mitten im Zentrum der Hauptstadt. Bislang hatte die japanische Regierung noch keine Angaben über die Zahl der Toten gemacht, aber aus inoffiziellen Quellen war zu vernehmen, dass es ungefähr zweitausend Todesopfer gegeben haben musste.

Als Rapson auf den Parkplatz bog, konnte er sich von einem anderen seltsamen Phänomen überzeugen. Meeresvögel zogen nach Süden, darunter Arten, die sich normalerweise kaum von der Stelle bewegten. Er horchte auf ihre eindringlichen Schreie und hätte gerne gewusst, was sie instinktiv zu wissen schienen. Was geschah dort draußen unter der dunklen Oberfläche des unberechenbaren Meeres? Welches düstere Geheimnis der Natur stand hier kurz vor der Offenbarung?

Erschaudernd lief er zum Gebäude aus roten Ziegelsteinen, dessen Dach mit Antennen und Satellitenschüsseln übersät war. Vielleicht warteten in Hedland einige der Geheimnisse auf ihre Enthüllung.

Drinnen überlegte Simon, ob er eine neue Kanne Kaffee ansetzen sollte. Diese Frage wurde jedes Mal zum Streitthema. Sein Kaffee sei nicht gut, sagte Dennis. Aber Dennis trank überhaupt keinen Kaffee. Er bevorzugte seinen blöden schottischen Brodie-Tee, obwohl der Mann aus Manchester genauso wenig schottisches Blut in den Adern hatte wie die Queen. Er trank lieber seinen albernen Tee und mäkelte an gutem altem Kaffee herum, wie er vom meteorologischen Institut zur Verfügung gestellt wurde.

Simon hatte gerade den Kaffee in die Maschine geschüttet, als er das gelbe Licht auf der Konsole bemerkte. Er ging zu den Monitoren hinüber und las den angezeigten Text vor.

»Die Nomad-Boje 43-11 meldet einen Temperatursturz von sieben Grad.«

Dennis fragte: »Wo steht dreiundvierzig-elf?«

»Sieht aus wie ... St.-Georges-Bank. Richtung Kanada.«

»Da draußen ist ziemlich raue See. Da braut sich schon seit etwa einer Woche ein Nordoststurm zusammen. Die Boje scheint was abbekommen zu haben.«

»Wir müssen Meldung machen, damit sie repariert werden kann.«

Professor Rapson war zu leise eingetreten, um von den Technikern bemerkt zu werden. Die Sache war ihm etwas peinlich. Die Männer wären ziemlich sauer, wenn sich ein Vorgesetzter heimlich anschlich. »Gewinnen unsere Jungs?«, fragte er, um sich bemerkbar zu machen.

Dennis hätte fast der Schlag getroffen. Er stellte sofort den Fernseher ab. Lachend sagte Simon: »Hallo, Professor, wie war's in Indien?«

»Sie wissen ja, wie es auf wissenschaftlichen Konferenzen zugeht. Die tanzenden Mädchen, der Wein, die Partys ...« Er schüttelte den Kopf und tat, als hätte er einen leichten Kater. Dann sah auch er die stumm blinkende gelbe Warnlampe.

3

Jack Hall erlebte nun bereits die sechste Wetteranomalie seit drei Wochen hautnah mit. Zu Hause in Alexandria war es brüllend heiß. In wenigen Wochen war Thanksgiving, und es herrschten Temperaturen wie im August. Von den wenigen Leuten, die in Hemdsärmeln über die Straßen schlenderten, ging niemand zum Strand, denn alle wussten, dass das Meer so kalt war, dass man es nur wenige Minuten im Wasser aushalten würde.

Das machte Jack Hall große Sorgen.

Er ließ seine Reisetaschen fallen und hob die Post auf, als

er sein Apartment betrat. Erst dann sah er sich um. Die Wohnung war das totale Chaos. Seine *National-Geographic*-Sammlung war über das gesamte Wohnzimmer verstreut, seine Usambara-Veilchen sahen aus, als wären sie gleichzeitig abgesoffen und ausgedörrt, und überall lagen Krümel und andere Hinweise darauf, dass sich hier eine Horde Teenager die Bäuche voll geschlagen hatte.

Sam würde ihm einiges erklären müssen, dachte er, als er den Stapel Post durchsah. Er hielt inne, als er einen Umschlag der Arlington County School bemerkte. Sams Zeugnis. Als er den Brief öffnete, verbesserte sich seine Laune. Sam war ein richtig guter Schüler. Was die Zensuren betraf, gab es nichts an Sam Hall auszusetzen. Sein Vater überflog die Liste. Nur Bestnoten, ausgezeichnet! Dann sah er etwas, das er nicht glauben wollte. Ein Druckfehler? Er ging zum Telefon und rief seine Ex-Frau an.

Sam schlang sein Frühstück hinunter. Er war spät dran, aber er hatte Hunger. Er hatte immer Hunger, aber Mathe, Literatur und Geschichte würden ihn daran hindern, bis Mittag mehr als einen Schokoriegel zu essen.

»Gehst du bitte ran?«, rief seine Mutter.

»Bin am Essen!«, brüllte er zurück, den Mund voller Cornflakes.

Lucy war ebenfalls in Eile. Diese Familie war nicht dafür berühmt, morgens schnell in die Gänge zu kommen. »Hallo?«, meldete sie sich am schnurlosen Telefon, während sie hin und her lief, um ihren weißen Arztkittel, ihr Stethoskop, die Autoschlüssel, die Geldbörse und all die anderen Sachen, die sie brauchte, einzupacken.

»Ich bin's.«

»Hallo, Jack! Wann bist du zurückgekommen?«

In der Küche wäre Sam fast an den Cornflakes erstickt. Milch und kleine Stücke spritzten auf den Tisch.

»Du hast mir nicht gesagt, wie schlecht Sam in Algebra ist!«

Sie sah, wie Sam hektisch gestikulierte, und schüttelte bedauernd den Kopf. Seine Bemühungen, die schlechte Neuigkeit vor Jack geheim zu halten, waren vergebens gewesen. »Okay«, sagte Lucy, »beruhige dich bitte.«

»Sam bringt ansonsten nur Bestnoten nach Hause«, regte sich Jack auf. »Seit wann ist er ein Versager?«

Mit dieser Frage wollte sie sich im Moment wirklich nicht auseinander setzen. »Darüber kann ich jetzt nicht reden«, sagte sie und hoffte auf sein Verständnis. Aber wer wusste, in welcher Zeitzone sich Jack gerade aufhielt? In Indien, in Sibirien, in der Antarktis?

»Ich denke, du solltest dir die Zeit dafür nehmen.« Jetzt war seine Stimme ruhiger, beinahe sanft. Das war ein gefährliches Zeichen. Sanfte Worte konnten in der Welt von Jack Hall nur eins bedeuten: dass ein gewaltiges Erdbeben im Anmarsch war. Na gut, dann sollte es kommen. Sie wusste, warum sie sich von Jack hatte scheiden lassen. Sie kannte eine ganze Menge von Gründen. Und diese Art von Vorwürfen, dass sie möglicherweise eine nachlässige, schlechte Mutter war, gehörte auf jeden Fall dazu.

Sie zahlte es ihm mit gleicher Münze heim – genau das, was er jetzt hören musste. »Entschuldige bitte, aber ich bin es nicht, der monatelang überhaupt nicht zu erreichen ist!«

Schweigen am anderen Ende der Leitung. Dann geschah etwas, das für sie sehr überraschend kam. Etwas, das ihm überhaupt nicht ähnlich sah. »Du hast Recht«, sagte er. »Tut mir Leid. Ich verstehe nur nicht, wieso Sam so eine schlechte Note bekommen hat.«

Sie verstand es genauso wenig, aber das wollte sie vor Jack nicht zugeben. »Er soll es dir selber erklären. Kannst du ihn morgen zum Flughafen bringen?«

»Sam will ein Flugzeug besteigen?«

Obwohl er das Fliegen hasste, würde er tatsächlich an Bord eines Flugzeugs gehen. Sie sprach leiser und warf einen Seitenblick auf Sam, der auf einem Barhocker in der offenen Küche saß ... und sich anstrengte, jedes Wort zu verstehen. »Er macht bei diesem Wissensdekathlon mit.«

»Sam macht bei was mit?«

»Ich glaube, es hat etwas mit einem Mädchen zu tun. Hör mal, ich habe heute die ganze Nacht Bereitschaftsdienst. Hol ihn morgen früh um halb acht ab, ja? Und komm nicht zu spät. Ich will nicht, dass er schon wieder ein Taxi nehmen muss.«

Jetzt war es für Sam an der Zeit, sich alle Mühe zu geben, seinen Vater zu beruhigen. Er ging hinüber.

»Hast du schon gepackt?«, fragte Lucy ihn.

»Ich habe noch den ganzen Abend.« Er wollte nach dem Telefon greifen.

Sie entzog es ihm. »Geh packen.«

Er erwischte das Telefon und legte es ans Ohr. Sie gab ihm einen Kuss auf die Stirn. »Ich werde dich vermissen.«

»Es ist doch nur für eine Woche!«

Sie durfte keine Zeit mehr verlieren. Vor ihr lag ein sehr langer Tag im Krankenhaus, eine jener berüchtigten Vierundzwanzig-Stunden-Schichten, mit denen in den heutigen Zeiten der Einsparungen jeder Arzt leben musste. Aber Sammy war immer noch ihr kleiner Junge, und eine Woche war eine verdammt lange Zeit für eine Mutter. Er sollte nicht sehen, dass sie feuchte Augen bekommen hatte. Auf gar keinen Fall wollte sie eine jener Mütter werden, die ihre

Kinder nicht loslassen konnten. Wie es schien, hatte er die Reisegene seines Vaters geerbt und würde vermutlich sein ganzes Leben lang unterwegs sein.

Es tat so verdammt gut, Sams Stimme zu hören. Darin lag die Hoffnung der Jugend, die Energie und die Lebensfreude eines Teenagers. Schade, dass er sein Zeugnis verpatzt hatte und aus Jacks Apartment einen Saustall gemacht hatte.

»Hallo, Dad«, sagte er. »Also kommst du gerade an, und ich düse ab.«

Wenigstens würde er ihn auf dem Weg zum Flughafen sehen. Er wollte, dass die Fahrt nett und ohne Streitereien verlief, also beschloss er, vorläufig die brisanten Themen zu vermeiden. »Danke, dass du dich um meine Wohnung gekümmert hast, Sam.«

»Kein Problem.«

»Hier sieht es aus wie nach einer Bombenexplosion!«

»Ich wollte noch aufräumen. Ich habe vergessen, wann du zurückkommen wolltest.«

Jetzt kam der Hammer. »Und was ist mit deinem Zeugnis passiert?« Diese eine schlechte Note konnte seine Chancen auf einen Studienplatz am MIT oder dem CalTech ruinieren. Es war ihm nicht bewusst, aber seine gesamte Zukunft als Wissenschaftler stand auf dem Spiel. Sam war hochintelligent, und ihn erwartete eine brillante Karriere, ganz gleich, für welches Fachgebiet er sich entschied. Aber nicht, wenn ihm der Zugang zu den Elite-Hochschulen verwehrt war. Das war eine unabdingbare Voraussetzung. »Also, Junge, was ist ...?«

»Moment mal, da ist ein anderer Anruf.«

Es klickte in der Leitung. »Sam?«

»Dad, das ist Laura! Ich muss jetzt los. Wir sehen uns morgen früh.«

»Sam!«

Aber der hatte die Verbindung schon unterbrochen. Verdammt! Bisher hatte sein Sohn ihn wie einen Helden verehrt und auf jedes seiner Worte gehört. Doch nun hatte sich etwas verändert, und Jack hatte das Gefühl, dass dieses Etwas einen Namen hatte und dass dieser Name Laura lautete. Er lachte leise in sich hinein. Teufel, sein kleiner Sammy hatte ein Mädchen! Das war wirklich cool. Und wahrscheinlich sah sie richtig toll aus.

Jack hätte am liebsten seine Wohnung aufgeräumt, aber dafür hatte er jetzt keine Zeit. Er musste in sein Büro fahren, das im Grunde nur ein kleiner Arbeitsplatz war, den man im Keller der National Oceanic and Atmospheric Administration frei gemacht hatte. Das war die Stelle, an der man den Paläoklimatologen des Instituts vergrub. Aus den Augen, aus dem Sinn. Aber damit hatte er sich abgefunden. Sein komplettes Budget war kaum mehr als das, was bei der Abrundung des Gesamtetats abfiel. Niemand, der in irgendeiner Weise von Bedeutung war, würde protestieren, wenn die NOAA sich aus dem paläoklimatologischen Geschäft zurückzog.

Die Sache war nur die, dass die Paläoklimatologie von entscheidender Bedeutung war. Wenn man herausfand, was in der Vergangenheit geschehen war, würde man auf genau das stoßen, was die NOAA eigentlich erforschen sollte, wozu das Institut gegründet worden war – weil es genau das war, was in der Zukunft geschehen würde.

Er brachte den Sicherheitscheck hinter sich und stellte den Wagen ab. Dann stieg er in seine Gruft hinab. Der Witz kursierte, dass er so tief unter der Erde arbeitete, dass man von der Tiefgarage aus nach unten steigen musste, wenn man ihn aufsuchen wollte.

Da war etwas dran, aber wenigstens war er da. Er existierte. Er passierte die Sicherheitskontrollen im Gebäude und lief schließlich den langen, von Neonröhren erleuchteten Korridor entlang, bis zur Tür mit dem Schild »Paläoklimatologisches Laboratorium«, das etwas schief im Halter hing. Was ein zufälliger Besucher nicht ahnen konnte, war die Tatsache, dass Jacks Leute es so mit Sekundenkleber fixiert hatten. Falls Gomez jemals die Paläoklimatologie abschaffen sollte, würde er die komplette Tür austauschen müssen.

Jack tippte seinen Kode ein und betrat den Raum. Wie üblich wurde er von Neonlicht und Stille begrüßt. Er ging weiter bis zur Kammer, in der seine Bohrkerne entladen wurden. Wegen dieser Aktion war er sehr nervös. Nach der Katastrophe auf dem Eisschild, einem verlorenen Sno-Cat und dem ganzen Ärger wollte er in nächster Zeit nichts mehr mit solchen Oberflächenbohrungen zu tun haben. Die viel aufregendere Wissenschaft wurde von den Teams betrieben, die mitten in der antarktischen Eiswüste Tiefbohrungen vornahmen, die eine halbe Million Jahre und weiter hinab vordrangen. Das waren die Jungs, die von Sponsoren und Nachrichtenmachern geliebt wurden. Irgendein Trottel mit einer schrägen Theorie darüber, was vor zehntausend Jahren passiert sein könnte, war kein bisschen witzig. Was war mit der Luft, die *Tyrannosaurus rex* geatmet hatte? Das war es, was CNN interessierte.

Dann hörte er Franks erschöpfte Stimme. »Du solltest allmählich diese Proben katalogisieren. Der Chef sagte, dass es erledigt sein muss, wenn er zurückkommt.« Er befand sich im riesigen Eisschrank, in dem die Kerne aufbewahrt wurden, die sie vor dem Debakel in der Antarktis gerettet hatten. Sehr gut, denn das bedeutete, dass die Proben rechtzeitig und in brauchbarem Zustand hier eingetroffen waren.

Als Jack in den Eisschrank ging, hörte er Jasons Erwiderung. »Er wird nicht vor morgen kommen. Selbst der gestrenge Meister Hall muss gelegentlich schlafen.«

Der »gestrenge Meister«? Was zum Teufel sollte das heißen? Jack wollte nicht lauschen, also trat er in die eiskalte Luft des Gefrierschranks, sodass die anderen ihn sehen konnten. »Ich habe im Flugzeug geschlafen«, sagte er.

Er begutachtete die Kisten. Und dann waren sie das Einzige, was für Jack Hall noch eine Rolle spielte. Jeder Gedanke an Zeit und Raum, an sonstige Pflichten und Bedürfnisse hatte sich verflüchtigt. Jetzt gab es nur noch das Eis. Er maß ab, er bereitete vor, er stöberte, er etikettierte.

Irgendwann gingen Frank und Jason zum Mittagessen. Später hielt ihm irgendwer eine Truthahnkeule unter die Nase, worauf er zurückbrüllte, dass sie sein Eis nicht kontaminieren sollten. Noch etwas später hörte er Geflüster, in dem es um Pizza ging. Doch ihn beschäftigte nur, dass sein Projekt erst dann fortgesetzt werden konnte, wenn das Eis sicher verwahrt war, und das sollte so schnell wie möglich geschehen, weil Jack Hall etwas zu beweisen hatte. Und er würde es beweisen!

Jack hatte das Gefühl, vielleicht eine halbe Stunde lang gearbeitet zu haben, als Tom Gomez, der Leiter der NOAA, in den Gefrierschrank geschlendert kam.

»Ich weiß, dass Sie das angeborene Talent besitzen, andere Leute zu vergrätzen, Jack, aber warum in aller Welt mussten Sie den Vizepräsidenten der Vereinigten Staaten auf die Palme bringen?«

»Weil mein siebzehnjähriger Sohn mehr von Wissenschaft versteht als er.« Sehr viel mehr, um genau zu sein.

»Das mag sein, aber Ihr siebzehnjähriger Junge entscheidet nicht über unseren Etat. Wenn er auf uns sauer wäre, hätte das erheblich weniger Folgen.«

Etwas klickte in Jacks Kopf. Ihm wurde bewusst, dass sich die Anzeige der Uhr – sechs Uhr vierzig – nicht auf den Abend, sondern auf den frühen Morgen bezog. Das erklärte auch, warum er inzwischen alle Proben eingelagert hatte und warum sein Personal ihn allein gelassen hatte, weswegen er ein Donnerwetter loszulassen vorgehabt hatte.

Sam. Oh Gott, nein!

Jack stürmte an Gomez vorbei zur Tür. Er musste sich beeilen, um Sam noch rechtzeitig zu erwischen. Er brauchte unbedingt die halbe Stunde, die er mit seinem Jungen im Auto verbringen würde. Er fuhr wie ein Berserker – was jedoch im morgendlichen Berufsverkehr von Washington auf ein recht langsames Tempo hinauslief. In der Hauptstadt gab es keine Strecken, auf die man in Stoßzeiten ausweichen konnte. Da sich die Regierungsbehörden kreuz und quer von Wilmington über Richmond bis Baltimore verteilten, war an jedem Morgen jede Straße in jeder Richtung von sechs bis neun Uhr verstopft, und dieser Morgen bildete in dieser Hinsicht keine Ausnahme.

Als er um die Ecke auf die Straße bog, in der Lucy wohnte, sah er bereits das Taxi und wie Sam dem Fahrer seinen Koffer reichte.

Er sprang aus dem Wagen und nahm dem Mann den Koffer ab. »Tut mir Leid, dass ich mich verspätet habe, Sam. Ich ...«

»Dad, das Taxi ist schon da ...«

Nein, das kam nicht in Frage. Diesmal würde er sich durchsetzen. »Ich kümmere mich darum.« Er drückte dem Fahrer zwanzig Dollar in die Hand. »Reicht das als Entschädigung?« Noch zehn, und der Mann war zufrieden. Er fuhr mit geradezu glücklicher Miene davon.

Jack sah seinen Sohn an. Er war so verdammt erwachsen geworden, dass es ihm fast das Herz brach. Er wollte mit Sam zusammen sein, er hätte am liebsten jeden wachen Moment mit ihm verbracht, aber das entsprach nicht dem Lauf der Dinge in Jack Halls Welt. Es war ein Wettlauf gegen die Zeit, die Mächtigen dieser Welt davon zu überzeugen, dass sie gewaltige Anstrengungen unternehmen mussten, um auf einen plötzlichen Klimawechsel vorbereitet zu sein – um ihn vielleicht sogar aufzuhalten, wenn auch nur für eine Weile. Doch niemand glaubte ihm, niemand ließ sich beunruhigen, sodass nun das Schicksal der ganzen Welt auf den Schultern dieses einen Paläoklimatologen lastete.

Damals, als Sam fünf gewesen war ... Sie waren auf der Virginia State Fair mit dem Karussell gefahren, hatten Zuckerwatte gegessen und den Lukas gehauen.

Ach, die guten alten Zeiten!

Nun saß Sam schweigend neben ihm, behielt seine Teenagergeheimnisse wachsam für sich, verkroch sich geradezu im Schweigen. Jack hätte gerne Laura kennen gelernt. Aber er wagte es nicht einmal, nach ihr zu fragen.

»Bist du deshalb zu spät gekommen, um mich für meine schlechte Note in Algebra zu bestrafen?«

Ach, wie weit er danebenlag! »Natürlich nicht.«

»Ich hatte den Eindruck, dass du gestern ziemlich wütend warst.«

Auch das stimmte nicht. Er konnte durchaus wütend auf Sam sein, aber nicht länger als ein paar Sekunden. »Nicht wütend, nur enttäuscht ...«

»Willst du meine Version der Geschichte hören?«

»Es gibt verschiedene Versionen?«

»In der Abschlussprüfung habe ich jede Frage richtig beantwortet. Mr. Spengler hat mich nur deshalb durchfallen lassen, weil ich die Lösungswege nicht ausgeschrieben habe.«

»Warum nicht?«

»Weil ich alles im Kopf ausgerechnet habe.«

Sam und sein atemberaubender Verstand. »Hast du es ihm gesagt?«

»Er hat mir nicht geglaubt. Er sagt, er könne so etwas nicht im Kopf rechnen, also muss ich geschummelt haben.«

Jetzt wurde Jack wirklich wütend. Sehr wütend. Sam hatte sein ganzes Leben lang mit Lehrern zu tun gehabt, die seiner überragenden Intelligenz mit Missgunst oder Furcht begegnet waren. Spengler gehörte offensichtlich ebenfalls zu diesen Schmalspurpädagogen. »So ein Blödsinn!«, sagte Jack und versuchte sich nichts von seiner Wut anmerken zu lassen. »Er kann es dir doch nicht zum Vorwurf machen, dass du schlauer bist als er.«

»Genau das habe ich ihm auch gesagt.«

»Wirklich? Wie hat er darauf reagiert?«

»Ich glaube, die Antwort darauf steht in meinem Zeugnis.«

Dann hatte Jack seinem Jungen Unrecht getan. Er hatte gedacht, Laura hätte ihm völlig den Kopf verdreht. »Es tut mir Leid, dass ich voreilige Schlussfolgerungen gezogen habe, Sam.«

Sams Gesichtsausdruck veränderte sich nicht. Er war nicht bereit, zu sagen, dass es okay war, weil es eben nicht okay war. Er wusste, was auf dem Spiel stand, dass ihm diese eine schlechte Zensur die Zukunft verbauen konnte, falls sein Vater kein Wunder bewirkte. Zwischen ihnen hing die unausgesprochene Wahrheit, die beiden bewusst war: Wenn Jack da gewesen wäre, um mit Spengler zu reden, wäre vielleicht alles ganz anders gekommen. Aber Jack war nicht da gewesen.

»Du musst nach rechts!«

»Was?«

»Rechts abbiegen! Zum Abflugschalter!«

Jack wäre fast quer durch den Flughafen gefahren, weil seine Gedanken so weit von der wirklichen Welt entfernt waren. Er musste über mehrere Spuren ziehen, begleitet von einem erzürnten Hupkonzert, um den richtigen Terminal zu erreichen. Er sah, dass die Sicherheitsleute ihn sehr genau beobachteten, und dachte: Immer mit der Ruhe, Jungs, dieser Wagen ist nicht mit Sprengstoff beladen, jedenfalls nicht im wörtlichen Sinne.

»Ich werde diesen Lehrer anrufen und ein Wörtchen mit ihm reden. Das kriegen wir wieder hin.«

»Vergiss es, Dad. Ich kümmere mich selbst darum.«

Sam stieg aus, hob seinen Rucksack vom Rücksitz und lief zur Halle. Ohne ein Abschiedswort. Jack brach es fast das Herz. »Sam ...«

Sam verschwand im Terminal.

4

Captain Parker fuhr auf einem Trainingsfahrrad in der Internationalen Raumstation. Die Tatsache, dass er mit dem Kopf nach unten hing, störte ihn nicht weiter – so hatte er es sogar lieber. In ein paar Tagen würde er zurückfliegen, und er wollte nicht wie ein entgräteter Karpfen in sich zusammensacken, wenn er ausstieg – was gewöhnlich mit

Astronauten geschah, die sich hier oben nicht ans strenge Trainingsprogramm hielten. Während er auf der Stelle radelte, hörte er, wie sich der Flugleiter meldete, der ihn zweifellos über den Start des erwarteten Shuttles informieren wollte.

Dann hörte er, dass die Mission gestrichen worden war, wegen schlechten Wetters.

Was sollte das heißen? Der Start war doch sicherlich nur verschoben worden! Ein gestrichener Flug war eine ganz andere Geschichte.

Nein, der Orbiter war von einem leichten Blitz getroffen worden, und der Sicherheitsausschuss hatte eine vollständige Inspektion angeordnet. Jede Hitzekachel, jede Niete, jeder Draht. Also war dieser Flug tatsächlich komplett abgeblasen worden. Jetzt musste eine ganz neue Mission auf die Beine gestellt werden.

»Wie lange wird es dauern, bis Sie einen neuen Starttermin haben?«

»Es sieht nicht danach aus, als könnten Sie diese Woche nach Hause fahren, Parker. Ihre Frau wird mir wieder die Ohren voll heulen.«

Er hätte am liebsten genau das getan. Kam die NASA immer noch nicht mit einem simplen Blitzschlag klar? Aber er antwortete nur: »Verstanden.« An Bord der Station herrschte eine strenge Disziplin. Es ging gar nicht anders. Man lebte hier in Nullschwerkraft mit null Platz und null Privatsphäre. Und seine Emotionen regulierte man am besten ebenfalls auf Null herunter.

Hideki, der japanische Astronaut, der seit drei Wochen in der Station war, schaute zum Fenster hinaus, während er sich rasierte. Er hatte immer noch Spaß an den kleinen Dingen, zum Beispiel den Rasierer einfach in der Luft hängen zu lassen, wenn er sich prüfend über das Gesicht strich. Parker wartete nur darauf, dass er etwas vom Schaum in die Nase bekam. Er würde sich wie jeder andere hier mit Hautöl rasieren, sobald er festgestellt hatte, wie sich ein Niesanfall auf einen schwerelosen Körper auswirkte.

Dann drehte Hideki sich mit besorgter Miene um. »Komm mal rüber und sieh dir dieses Wolkenmuster an.«

War er wegen eines Wolkenmusters besorgt? Das klang interessant. Als er auf die Erde hinunterschaute, verstand Parker im ersten Moment gar nicht, was er sah. Doch dann wurde ihm klar, dass es ein Sturmwirbel war, und er spürte einen Angstschauer. Das verdammte Ding musste fünfzig Kilometer hoch sein. Und die oberen dreißig Kilometer ... bestanden sie etwa aus Eis? Was zum Teufel war da unten los? Wie erging es den Menschen, die sich darunter befanden?

Dann sah er weiter im Norden einen zweiten Wirbel, über dem Yukon. Was hatte Gott da ausgeheckt?

Sam aß Erdnüsse, weil sie im Erdboden gewachsen waren und er den Erdboden liebte. Auch wenn er sich wie fester Boden anfühlte, war der Fußboden eines Flugzeugs etwas anderes als der Erdboden, und er spürte den gewaltigen Abgrund aus leerer Luft, der wenige Meter unter seinen Füßen begann. Er hatte viele Studien über Flugzeugabstürze gelesen, und jetzt ging sein brillanter und etwas morbider Verstand den ganzen Katalog der Absturzursachen von Materialermüdung bis Triebwerksversagen durch.

Es gab einen Ruck, als würde man mit einem sehr guten Auto durch ein Schlagloch fahren. Aber das hier war kein gutes Auto, es war ein Flugzeug und zweifellos ein ziemlich schlechtes, das von Leuten gewartet wurde, die die erstaunlichsten Dinge mit Klebeband vollbrachten. Und das war auch kein Schlagloch in einer Straße, sondern ein Luftloch, und darunter befand sich kein fester Boden.

»Alles in Ordnung mit dir?«

»Er hat Angst vorm Fliegen«, sagte Brian, ohne von seinem Laptop aufzublicken.

Das war das Letzte, was er jetzt gebrauchen konnte. »Mir geht es bestens!«

Wumm!

Das war ein richtiges großes Luftloch! Oh, Gott, war das Heck abgebrochen? Sam wartete. Nein, das Flugzeug flog ganz normal weiter. Natürlich waren viel heftigere Erschütterungen nötig, um diese Kiste in einen Konfettiregen zu verwandeln, also...

Wumm!!!

Großer Gott, sie würden sterben! Gleich wäre alles vorbei! Ein *Pling* ertönte. Das Anschnallzeichen leuchtete auf. Er griff nach dem Gurt und zog daran. Er saß fest. Aber spielte das überhaupt eine Rolle?

So diskret wie möglich vergewisserte sich Sam, dass eine Tüte im Netz an der Rückenlehne des Vordersitzes vorhanden war. Da war sie, Gott sei Dank. Wenn er sie benutzen musste, würde er schnell und effizient reagieren, damit sich niemand belästigt fühlte.

Sie würden sich nicht belästigt fühlen, sondern sich schlapp lachen, und die Sache würde zur Legende werden. *Laura, es war nett, dich gekannt zu haben. Ich dachte... aber jetzt ist es sowieso egal, was ich gedacht habe.*

»Wenn dir übel wird, dreh dich bitte auf die andere Seite«, sagte Brian.

Er konnte sich nicht auf die andere Seite drehen! Weil

auf der anderen Seite Laura saß! Und er fühlte sich eindeutig grün im Gesicht. Die verdammten Erdnüsse, die verdammte Coke!

»Halt die Klappe«, murmelte er. Grün ... giftgrün ... gallegrün.

Nun bewegte sich das Flugzeug ständig auf und ab. Auf und ab. Eine Stewardess wankte vorbei. »Erdnüsse?«

Bitte nicht! Nein! Nicht einmal den Geruch von Erdnüssen konnte er jetzt ertragen.

»Rein statistisch liegt die Wahrscheinlichkeit, dass ein Flugzeug wegen Turbulenzen abstürzt, bei weniger als eins zu einer Milliarde ... oder war es eine Million? Die genaue Zahl habe ich leider ...«

Laura beugte sich über Sam. Er nahm den Duft ihres wundervollen Parfüms wahr. Wie machten es die Frauen nur, dass sie immer so gut rochen?

»Halt die Klappe, Brian«, sagte sie. Dann legte sie Sam eine Hand auf die Schulter. »Hör nicht auf ihn. Alles ist in Ordnung. Sieh mal, sie servieren immer noch Essen und Getränke.«

Wwwwwwummm! Plastikbecher schwappten über, Eiswürfel rutschten über den Fußboden, und die Leute schrien. Ja, sie schrien wirklich. Und das hier war ein Linienflug. Diese Passagiere benutzten ständig Flugzeuge.

Es wurde wirklich ernst. Das war das Ende. Die Stewardessen eilten hinter den Servierwagen her. Nichts war mehr in Ordnung. Und es gab keinen Zweifel, ihre Mienen waren blass und verängstigt, sie waren bereit, die Flucht zu ergreifen.

Rauschen drang aus den Lautsprechern. Dann sprach der Pilot: »Meine Damen und Herren, wir scheinen es hier mit ein paar Turbulenzen zu tun zu haben. Bitte bleiben Sie angeschnallt sitzen. Stellen Sie die Sitzlehnen aufrecht und klappen Sie die Tische hoch ...«

Das gesamte Flugzeug bebte, dann kippte es nach rechts weg, und Sams Magen hob sich, bis er gegen seine Kehle drückte. Er beobachtete, wie ein Eiswürfel, eine Olive und eine *Time*-Ausgabe in Zeitlupe an seinen Füßen vorbeiwanderten. Er hörte Stimmen, einen ganzen Chor. Es war ein Chor aus Schreien.

Und wieder: *Wumm!* Magen an Füße: Ich komme runter! Es klapperte, und die Sauerstoffmasken fielen herunter. Laura starrte mit fassungslos geweiteten Augen darauf, ohne sich zu rühren. Brian musste endlich seinen verdammten Laptop ausschalten. Er starrte auf die Sauerstoffmaske, und sein Unterkiefer berührte fast die Knie.

Schließlich flog das Flugzeug wieder geradeaus. Und es gab keine weiteren Erschütterungen mehr.

Die Stewardessen kehrten zurück und sagten allen Passagieren, dass sie die Sauerstoffmasken nicht benutzen sollten. Und sie halfen den Leuten, die sie bereits aufgesetzt hatten, sie wieder abzunehmen.

Laura drehte sich zu Sam um. Er drehte sich zu ihr um.

»Sam«, sagte sie.

»Ja?« War dies der Augenblick, in dem sie ihm offenbarte, dass sie das gleiche Geheimnis hatte wie er, in dem sie ihm die Liebe gestand, von der er seit langem träumte?

»Sam, du tust mir weh.«

Er schaute nach unten. Ihre Finger sahen wie gefangene rote Würmer aus. Er zog seine Hand zurück. Auf ihrer Haut blieben weiße Abdrücke zurück, so fest hatte er sie gehalten.

»Tschuldigung.«

Brian klappte seinen Laptop wieder auf. Wenigstens an

einer Sache gab es keinen Zweifel, dachte Sam, der Typ hatte Nerven.

In Hedland änderte sich das Wetter, bis es wieder normal für diese Jahreszeit war. Die absurde Hitze hatte sich verzogen. Im Gegenteil, jetzt fiel sogar etwas Schnee. Simon hatte Rapsons Wagen auf dem Parkplatz gesehen, also beschloss er, sich hier von seiner Frau zu verabschieden, statt hineinzugehen und die Sache in die Länge zu ziehen. Sie waren fast immer zusammen, und er freute sich keineswegs über zwei Wochen ohne sie. Jeanette war das größte Glück, das ihm in seinem Leben jemals widerfahren war.

»Ich kann es immer noch nicht glauben, dass ich zwei Wochen lang ganz allein bei meiner Mutter wohnen werde«, sagte sie, während sie durch das Seitenfenster zu ihm aufschaute.

Ihm ging es genauso, aber er wusste auch, dass ihre Mutter wegen dieser Reise furchtbar aufgeregt war. »Hab Geduld mit ihr«, sagte er, »sie freut sich seit Monaten auf diesen Urlaub.«

Jeanette lächelte wehmütig. Ihre Mutter konnte ihr manchmal ganz schön auf die Nerven gehen, weil sie ständig etwas an ihr auszusetzen hatte. »Ich weiß«, sagte sie leise.

Simon beugte sich über den alten Vauxhall und küsste sie. »Ich liebe dich«, sagte er. Er wollte sie immer wieder küssen, viele Male, aber sie entzog sich ihm.

»Ich liebe dich auch«, sagte sie und lachte verhalten. Dann legte sie eine Hand an seine Wange. »Versprich mir, mich nicht alle zehn Minuten anzurufen, ja?«

Sie kannte ihren Mann. Er dachte bereits an den ersten Anruf, um sich zu überzeugen, dass sie auf den verschneiten Straßen gut vorankam. »Ich werde es versuchen«, sagte er.

Er sah ihr nach, als sie losfuhr, dann kehrte er ins Gebäude zurück. In der Kontrollzentrale war es wie immer still und düster. Nur dass Rapson vor der Monitorstaffel stand.

»Das ist wirklich merkwürdig«, sagte er, als er hörte, dass Simon zurückkam. »Diese Boje meldet, dass die Temperatur des Ozeans um sieben Grad gefallen ist.«

Simon dachte, er hätte es Rapson bereits erzählt. Er war sogar fest davon überzeugt, dass er es getan hatte. Vielleicht hatte der alte Mann es wieder vergessen. Aber das wollte er ihm nicht auf den Kopf zusagen. »Ich habe vergessen, es Ihnen zu sagen. Diese Boje ist seit gestern gestört. Ich habe Bescheid gesagt, damit eins unserer Schiffe die St.-Georges-Bank ansteuern und nach dem Rechten sehen kann.«

»Ich rede nicht von der Boje vor der St.-Georges-Bank«, gab Rapson ungehalten zurück. »Diese hier liegt vor der Küste Grönlands.«

Das war wirklich seltsam. Simon trat näher an die Monitore heran. Vor Grönland blinkte ein Punkt. Er vergrößerte den Maßstab, um zu sehen, wo sich die Boje befand – und empfing das Signal einer anderen, die ebenfalls einen rapiden Temperaturabfall meldete. »Wie hoch ist die Wahrscheinlichkeit, dass zwei Bojen gleichzeitig kaputtgehen«, sprach er seinen Gedanken aus.

Dann kam von einem anderen Monitor ein akustisches Signal. Dieser Teil der Anlage überwachte die Bojen in der Nähe wichtiger Schifffahrtswege, und wenn diese beschädigt wurden oder fehlerhaft arbeiteten, würde das Problem unverzüglich gelöst werden müssen.

»Damit wären es schon drei«, sagte Rapson.

Was war plötzlich los? Simon warf einen Blick auf seinen

Chef. Rapson starrte in Gedanken versunken auf die Bildschirme.

Während Sam, Laura und Brian mit einem Taxi im Stau festsaßen, schob Luther seinen mit Müll beladenen Einkaufswagen zwischen den Autos hindurch. Das hieß, eigentlich zeigte Buddha ihm den Weg. Luther fühlte sich ziemlich schlecht, seit das Bombenwetter plötzlich zu Ende gegangen war, in dem sich New York seit dem März gesonnt hatte.

Als er aus einem Autoradio den Wetterbericht hörte, steuerte er auf das gelbe Taxi zu. Der Fahrer hatte das Fenster ein Stück geöffnet, sodass Luther alles mithören konnte. »Die Temperatur am LaGuardia Airport liegt im Augenblick bei kühlen drei Grad«, sagte der Sprecher. »Das ist ein rekordverdächtiger Temperatursturz um neunundzwanzig Grad seit dem gestrigen Höchstwert von zweiunddreißig Grad.«

Der Fahrer kurbelte das Fenster hoch, und gleichzeitig setzte sich der Verkehr wieder in Bewegung. Buddha und er mussten sich jetzt ganz schnell in Sicherheit bringen. Er überlegte, ob es zwischen seinen gesammelten Schätzen irgendwo einen Mantel gab. Und was war mit Buddha? Er konnte Kälte nicht ausstehen. Er machte sich auf die Suche nach einem warmen Lüftungsschacht. Er brauchte dringend eine wärmere Umgebung.

Sam genoss es so sehr, derart eng neben Laura zu sitzen, dass er gar nicht mehr auf die Zeit achtete. Und auf Luther und Buddha achtete er erst recht nicht.

Laura beugte sich vor. »Entschuldigen Sie bitte«, sagte sie in ihrem höflichsten Tonfall, »aber wenn es nicht bald weitergeht, kommen wir zu spät.«

»Wir sind fast da«, gab der Taxifahrer zurück.

Brian schlug seinen Stadtplan von Manhattan auf. »Stimmt. Nur noch zwei Blocks.«

Laura nahm ihm die Karte ab. »Lass mal sehen. Okay, Jungs, wir gehen zu Fuß weiter.«

Sie stiegen aus dem Taxi, traten in den eiskalten Wind. Kein Wunder, dass der Flug so unruhig verlaufen war, wenn sich das Wetter ständig schlagartig änderte. Insgeheim glaubte er, dass sie noch Glück gehabt hatten. Als er den Fahrer bezahlte, hörte er ein merkwürdiges Geräusch von oben. Alle Menschen um ihn herum starrten nach oben, also tat er dasselbe, obwohl sein Vater ihm eingetrichtert hatte, so etwas in New York niemals zu tun. »Wenn du in Manhattan nach oben schaust, outest du dich als Tourist. Und dann kannst du dich von deinen Wertsachen verabschieden.«

Sein Vater hatte zweifellos Recht, aber das hier war einfach zu merkwürdig. Am Himmel flogen riesige Schwärme von Vögeln. Es mussten Millionen sein. Er konnte kleinere Punkte erkennen – Spatzen oder ähnliche Vögel –, die gleitenden Formen von Schwalben oder Lerchen, die bedrohlichen Konturen von Falken. Ihre Rufe hallten von den Wolkenkratzern wider und erzeugten einen unheimlichen kreischenden Lärm, wie Sam ihn noch nie zuvor gehört hatte.

Der lange Streifen des Himmels über den Vögeln wirkte ziemlich dunkel. Sam konnte sogar erkennen, wie sich Wolken zusammenbrauten. Sie sahen wie schwarzer, schnell aufsteigender Rauch aus. Trotzdem war die Luft am Boden still und kühl.

Was Sam nicht wusste – was niemand wusste –, war die Tatsache, dass die Veränderungen so intensiv waren, dass die Instinkte sämtlicher Tierarten darauf reagierten. Hunde, die normalerweise sanftmütig waren, sprangen herum und knurrten, wenn ihre Besitzer ihnen zu nahe kamen, Katzen verkrochen sich und fauchten, kratzten und bissen, wenn man versuchte, sie hinter Sofas oder Schränken hervorzuziehen. Im Central Park Zoo – in allen Zoos von Toronto bis Richmond – warfen sich die Tiere gegen die Käfigwände, trommelten sich Affen auf die Brust, brüllten Löwen und schlugen Adler mit den gestutzten Flügeln.

Die Besucher des Zoos im Central Park bekamen eine Gänsehaut, als die Wölfe zu heulen begannen. Die Wärter wussten nicht, was das zu bedeuten hatte. Sie hatten diese Laute bisher nur selten gehört – gelegentlich in der Nacht, aber noch nie bei Tag. Aber es war ohnehin ein merkwürdiger Tag, mit düsterem Himmel, unter dem sogar die Parktauben verrückt spielten und sich in großen wirbelnden Schwärmen langsam in südlicher Richtung bewegten. Tauben waren keine Zugvögel – jedenfalls nicht unter normalen Umständen.

Gary Turner sah aus dem Fenster seines Büros an der Wall Street auf die ungemütliche Wetterküche und hatte das Gefühl, in den tropischen Dschungel versetzt worden zu sein. Er beugte sich über sein Handy und hielt sich eine Hand vor den Mund.

»Ich weiß, dass Sie bestimmt eine Menge anderer Probleme haben, Mr. Masako, aber es ist wirklich wichtig. Ihr Sohn hätte sich gewünscht, dass Sie mir bei dieser Sache helfen ...«

Plötzlich war die Leitung tot. Gary schnappte überrascht nach Luft und wäre beinahe zusammengeklappt, weil er den Eindruck hatte, dass sich seine Eingeweide von innen nach außen stülpen wollten. Was war hier los? Großer Gott

– ihn trennten nur noch wenige Zentimeter vom Gefängnis! Und er war auf diesen verdammten Japaner angewiesen, der nur jedes zehnte Wort verstand und ihn vermutlich abgrundtief hasste.

»He, Gary, Gefahr aus Richtung drei Uhr im Anzug«, flüsterte Paul ihm von nebenan zu. Dann tauchte Mr. Foster auf. Er wirkte nicht allzu verärgert. Andererseits sah er eigentlich immer so aus.

»Gary, Gary, Gary. Sie sind ein schlauer Junge, Gary, aber nicht ganz so schlau, wie Sie gedacht haben.«

Gary saß wie steif gefroren da. Mr. Foster beugte sich herab und stützte sich mit den Fingerknöcheln auf dem Schreibtisch ab. Gary hätte die Poren seiner Nase zählen können. Es waren Krater. Schluchten. Er nahm den schwachen Geruch einer furchtbaren Haarcreme wahr. »Ich habe gerade einen Anruf vom SEC erhalten, mein lieber Gary.«

Gary räusperte sich vorsichtig und sammelte genügend Speichel, um sprechen zu können. »Wirklich?«, zirpte die Stimme eines Schuljungen. »Von der Securities and Exchange Commission? Von der Börsenaufsicht?«

Foster brach der Schweiß aus. Seine Augen wirkten, als hätte er sie sich von einer kampfwütigen Ratte ausgeborgt. »Sie wissen alles über die Voridium-Optionen, die Sie offshore gekauft haben.«

Gary wollte »Was für Voridium-Optionen?« fragen, aber er befürchtete, dass das keine gute Idee wäre.

Mr. Fosters Gesicht wurde rot, was es auch geworden wäre, wenn Gary diese Frage gestellt hätte. »Sie wissen genau, wovon ich rede«, knurrte er. »Die Papiere werden nach der Fusion ein Vermögen wert sein.«

Sie hatten ihn erwischt. Er hatte das Ende der Fahnen-

stange erreicht. Jetzt blieb ihm nur noch eine einzige Wahl.
»Ich habe keine gekauft ...«

»Erzählen Sie mir keinen Unsinn, Gary. Sagen Sie Ihren Freunden in Japan, dass sie die Optionen abstoßen sollen, bevor die Fusion kommt. Dann hat die Börsenaufsicht nichts mehr gegen Sie in der Hand. Andernfalls sollten Sie sich einen guten Anwalt besorgen, weil ihr Arsch wegen dieser Geschichte hinter Gittern landen wird.«

Er richtete sich auf und strich sich mit den dicken Fingern durch sein bizarres Haar. Womit hatte er es eingeschmiert? Brylcreem? Haaröl von Clubman? »Mich persönlich«, sagte Foster, »interessiert es einen Scheißdreck, was mit Ihnen geschieht. Aber wenn Sie in die Grube fallen, bleibt der Gestank an uns allen hängen. Also treffen Sie die richtige Entscheidung, Gary.«

Er drehte sich um und schlenderte davon, völlig ruhig und gelassen. Paul, der jedes einzelne Wort mitgehört hatte, fragte ihn, was um Himmels willen geschehen war.

Gary wagte es nicht, auch nur ein Wort zu sagen. Er gab nur ein knappes »Frag nicht« zurück und hoffte, dass der Trottel die Botschaft kapierte.

Wie lebte es sich im Gefängnis? Entweder erreichte er Mr. Masako, oder er würde es schon bald herausfinden. Die Ironie daran war, dass er sehr reich werden würde, obwohl er es verzweifelt zu verhindern versuchte, weil jemand von einem blöden Hagelkorn erschlagen worden war. Normalerweise hätte er laut darüber gelacht. Aber nicht heute.

Die Akademie von Pinehurst stand seit über hundert Jahren am Ufer des Hudson River. Im Kontrast zur wilden und verrückten Stadt auf der anderen Seite waren die Bereiche zwischen den hohen Mauern aus roten, alten Ziegeln und der weitläufige Rasen des Campus normalerweise Oasen der Ruhe. Aber nicht heute. Als der Sturm anrückte, sich Wolkenberge übereinander schichteten, die wie eine Lawine aus dem Norden heranrollten, waren die gebeutelten Bäume, der regengetränkte Rasen und die überfluteten Gehwege alles andere als friedlich.

In der Turnhalle, einem hübschen alten Bauwerk mit Scheunendach, das von massiven, dunklen Balken getragen wurde, prasselte der Regen so laut, dass die nervösen Teams der akademischen Wettkämpfer Schwierigkeiten hatten, ihre eigenen Antworten zu verstehen, ganz zu schweigen von den gestellten Fragen. Hinter dem Schild mit der Aufschrift »Woodmont High School« saßen Sam, Brian und Laura neben den anderen am langen Tisch.

Sie blickten auf ein kleines Podium, wo der Moderator in einem gepflegten dunklen Anzug und mit brauner Krawatte die nächste Frage vorlas. »Im Jahre 1532 besiegte der spanische Conquistador Francisco Pizarro in der peruanischen Stadt Cajamarca den König der Inkas. Wie lautete sein Name?«

Sam dachte missmutig, dass es tatsächlich kaum mehr als ein besseres Trivial Pursuit war. Wenn es nicht um die liebreizende Laura gegangen wäre, hätte er sich nie im Leben an diesem kindischen Quiz beteiligt.

»Montezuma«, flüsterte Brian.

»Montezuma war in Mexiko und nicht in Peru«, zischte Laura zurück. »Nein, er hieß Ana-irgendwas ... oder Ata...?«

Sam beobachtete, wie sie sich abmühten. Dann schaute er zu den anderen Teams hinüber, die sich eifrig berieten. Nebenbei kritzelte er auf seinem Block herum. Er war dabei, eine Galeone zu zeichnen, die durch die Karibik segelte. Vielleicht war es Pizarros Schiff auf dem Weg nach Peru, wo er eine der größten Zivilisationen der Welt auslöschen würde, wegen einer Beute von ganzen sechzigtausend Pfund Gold – die die spanischen Könige nach nur einer Generation verprasst hatten. Fünf Jahre später würde die eine Hälfte der Inka-Bevölkerung tot sein und die andere Hälfte versklavt. Zehn Jahre später wäre Peru nur noch ein Geisterreich.

Laura versetzte ihm einen Rippenstoß, damit er sich wieder auf die Frage konzentrierte.

»Atahualpa«, sagte er geistesabwesend und zeichnete bereits an der Takelage weiter. Sah die bei einer Galeone des Jahres 1532 wirklich so aus? Er war sich nicht ganz sicher. Laura schrieb etwas auf den offiziellen Antwortbogen.

»Die Zeit ist abgelaufen«, sagte der Moderator.

Sie drückte ihre Antwort dem Schiedsrichter in die Hand, der von hinten an ihren Tisch trat. »Stimmen die Antworten?«, fragte der Moderator.

Es gab nur zwei richtige Antworten – von Woodmont und von Pinehurst selbst. Aber natürlich war Pinehurst der Gastgeber und die ehrwürdigere Schule. Die Pinehurst Academy war so etwas wie die New York Yankees im akademischen Dekathlon. In der Eingangshalle waren ihre Trophäen ausgestellt. Dann bemerkte Sam etwas, das ihm gar nicht gefiel. J. D. White, der Kapitän des Pinehurst-Teams, stellte Blickkontakt zu Laura her und deutete einen Gruß an.

Er sollte etwas besser aufpassen, auf wen er seinen Blick richtete! Er hatte Laura geradezu mit Blicken verschlungen, seit sie diesen verdammten Raum betreten hatte.

5

Als Dr. Lucy Hall in die Intensivstation der Kinderabteilung eilte, dachte sie für einen flüchtigen Moment an Sam. Wie schlug er sich? Lag sein Team vorne? Sie hoffte es. Ihr Sohn war ein verbissener Wettkämpfer. Es würde ihm gar nicht gefallen, wenn er verlor. Außerdem war er eine fast unerschöpfliche Wissensquelle. Es war äußerst frustrierend, Trivial Pursuit mit ihm zu spielen. Sie wünschte sich, man würde Kinder zu diesen Fernsehshows zulassen, in denen es um richtig viel Geld ging. Dann hätte Sam als reicher Mann ins Erwachsenenleben eintreten können.

Sie dachte nicht mehr an ihren Sohn, als sie sich dem Bett eines ihrer jungen Patienten näherte. Wie immer dankte sie stumm Gott und ihrem Schicksal, dass ihr eigenes Kind so gesund und stark war. Die Menschen machten sich nur selten bewusst, wie leicht alles ganz anders kommen konnte.

Sie betrachtete Peter. Er hatte einen Hirntumor, der den Sehnerv beeinträchtigte. Operation unmöglich, Chemotherapie unwirksam. Also blieb als letzte Waffe nur noch die Bestrahlung. Peter wirkte ziemlich erschöpft.

»Durch die Behandlung ist der Tumor um zwanzig Prozent geschrumpft«, sagte Maria, als sie Lucy das Klemmbrett reichte.

»Und wie steht es heute um seine Sehkraft?«, fragte Lucy leise.

»Unverändert«, antwortete Maria schnell.

Das war gar nicht gut. Sie trat näher ans Bett heran. »Hallo, Peter. Wie geht's?«

»Etwas besser, glaube ich.«

Eine solche Antwort von einem jungen Patienten bedeutete genau das Gegenteil. Peter ging es also etwas schlechter. Sie hätte am liebsten in seinen Kopf gegriffen und mit den bloßen Händen die böse Masse herausgezogen. Wieso hatte es ausgerechnet diesen hübschen Jungen getroffen? Warum? War Gott am Steuer eingenickt?

Als sie sah, dass vor ihm ein häufig gelesenes Exemplar von *Peter Pan* lag, regte sich in ihrem Herzen eine verzweifelte Hoffnung. Vielleicht war die medizinische Einschätzung seiner Sehkraft doch nicht ganz korrekt. »Kannst du das lesen?«

»Nein. Aber ich kenne die Geschichte und die Bilder. Meine Mutter hat sie mir immer vorgelesen.«

Wie die meisten Kinder in dieser Abteilung wurde Peter durch ein großes Team – Eltern, Geschwister, Tanten, Onkel, Kusinen und Vettern – unterstützt, die jederzeit für ihn und füreinander da waren. Freundschaften erblühten draußen im Wartezimmer, Hoffnungen wuchsen und verdorrten, Gelächter brach wie Sonnenschein hervor, und Tränen flossen wie Wasserfälle. In Lucys Augen war das Zimmer so etwas wie ein Rettungsboot, das durch die Stürme der Krankheiten trieb. Die Menschen weinten sich an den Schultern von Fremden aus, und jeder half jedem.

Wenn man etwas über die Ideale der Menschlichkeit erfahren wollte, wenn man einen Moment lang daran glauben wollte, dass nicht überall nur Gier, Grausamkeit und Gewalt herrschten, dann musste man nur ein paar Stunden hier verbringen, wo Kinder im Sterben lagen oder gesund wurden. Dann würde man zwei Dinge feststellen: dass es in dieser Welt viel mehr Heilige als Sünder gab und dass in den Augen eines kranken Kindes eine höhere Liebe strahlte. Kaum jemand konnte einen Ort wie diesen verlassen und weiter daran glauben, dass das Universum keine Seele besaß und alles zu Ende war, wenn man starb.

»Ich weiß, dass deine Mutter sehr stolz auf dich war«, sagte sie zu Peter. »Du bist ein sehr tapferer Junge.«

Plötzlich erzitterte das Gebäude, als würde es auf Lucys Worte reagieren. Dann hörte sie ein Geräusch, wie sie es noch nie zuvor im Krankenhaus gehört hatte, ein lang gezogenes Heulen, als würde der Wind um eine Ecke oder einen Dachvorsprung pfeifen, wie die Klage einer Todesfee an einem stürmischen, unruhigen Tag.

Am Abend war es in Los Angeles unheimlich still. Es war eine Stille, wie sie früher einmal in London geherrscht hatte, wenn jedes Geräusch durch den Nebel gedämpft wurde. Aber es hatte auch etwas Malerisches, wie der Nebel vom Pazifik heranrollte, die Strände von Santa Monica einhüllte, Venice in eine Geisterstadt verwandelte, sich dann über den Sunset und den Wilshire Boulevard bis zur Zehnten Straße hinaufschob, sodass der Verkehr auf der 405 von Schildkröten- auf Schneckentempo abgebremst wurde.

Der Nebel wälzte sich wie ein Lebewesen aus Feuchtigkeit und Schatten heran, er schob sich durch die Straßen und verbreitete Magie und Gefahr.

Im Fox-Hubschrauber saß Bart Tonnies und machte sich Sorgen, dass auch L. A. eine Dosis des schlechten Wetters abbekam, wie es zurzeit in New York und Tokio herrschte. Er überlegte, ob es etwas mit dem Taifun Noelani zu tun hatte, der sich vor ein paar Tagen nördlich von Hawaii aufgelöst hatte. Dann widmete er sich wieder seinem Bericht.

Im Studio stand Tommy Levinson vor dem Bluescreen und hörte sich an, was Bart berichtete. Er war froh, dass er nicht mit dem Hubschrauber vor Ort war. Es war keineswegs angenehm, damit durch dichten Nebel zu fliegen.

»Dieser Nebel ist ziemlich ungewöhnlich für Los Angeles«, sagte Bart. »Er entsteht, wenn feuchte Warmluft auf kaltes Meereswasser trifft. Die Oberflächentemperatur des Pazifiks muss ungewöhnlich niedrig sein, damit diese Voraussetzungen gegeben sind.«

Tommys Kamera ging auf Sendung. »Vielen Dank für diesen Einblick, Bart«, sagte er. Aber das war gar nicht die Top-Story des Tages. Nein, darin ging es um Noelani. Vor ein paar Stunden war eine Sturmwarnung von der NOAA hereingekommen. Selbst die E-Mail war ungewöhnlich gewesen. Denn man bekam nicht allzu häufig E-Mails von der NOAA, die mit dem Vermerk »KATASTROPHENWARNUNG« versehen waren. Er setzte seine Moderation nahtlos fort. »Und im Verlauf des Tages, so haben uns Experten mitgeteilt, bekommen wir es mit einer rekordverdächtigen Brandung an den südlichen Stränden zu tun, von Santa Barbara bis hinunter nach San Diego.«

Seine kurze Pause war das Stichwort für seine Komoderatorin Lisa Richards. Und wie immer reagierte Lisa sofort. »Welche Höhe sollen diese Wellen erreichen, Tommy?«

»Das lässt sich natürlich nicht genau sagen, Lisa, aber sie kommen vom Hurrikan Noelani, der vergangene Woche über Hawaii hinweggezogen ist. Ich denke, es dürfte eine wirklich kräftige Brandung werden.«

»Danke, Tommy. Ich hoffe, dass niemand verletzt wird.« Sie wandte sich an Kevin Garner, ihren Kollegen.

»Das war es von uns«, sagte er. »Im Namen der Redaktion der Elf-Uhr-Nachrichten von Fox wünschen wir Ihnen eine gute Nacht. Bis morgen.«

Es wäre ein mittleres Wunder, wenn niemand verletzt

wurde, dachte Tommy. Er schätzte, dass ein halbes Dutzend Surfer ertrinken würden. Sein Kameralicht erlosch. Er war fertig. Eilig verließ er die Kulissen. Er hatte eine Mission zu erfüllen, und er durfte keine Zeit verlieren.

Bernies Büro war verlassen. Tommy beeilte sich und erwischte ihn auf dem Parkplatz. »He, Bernie, du hast gesagt, dass du wartest!« Er brauchte etwas von diesem Mann, und es sah ganz danach aus, dass Bernie nicht bereit war, es ihm zu geben.

»Du machst das Wetter, Tommy«, sagte er.

Wie er diese Worte hasste! Wenn ein Produzent »Wetter« sagte, meinte er »Karrieresackgasse«. In diesem Job ging es nicht mehr weiter – außer wieder nach unten. Wenn seine Einschaltquoten jemals sinken sollten, standen ihm tausend Möglichkeiten offen – die jedoch allesamt schlechter bezahlt waren. Er hatte sich an der glatten Fahnenstange des Fernsehens weit hinaufgearbeitet. Er brauchte nur noch diesen kleinen Schubs.

Er zwang sich dazu, Bernie anzulächeln, dieselbe strahlend gute Laune zu verbreiten, die auch sein Publikum so an ihm liebte. »Es geht um eine Wettergeschichte«, sagte er. »Die Leute vom Wetterdienst sagen, dass sie die größte Brandung aller Zeiten erwarten.«

»Brandung ist kein Nachrichtenthema.«

Tommy lächelte weiter, auch wenn er Bernie insgeheim als Schwachkopf verfluchte. »Ich kann mehr als nur den Wetterbericht vorlesen, Bernie. Gib mir nur diese eine Chance. Du weißt, dass ich irgendwann in die Nachrichten wechseln will.«

»Tut mir Leid, ich hab den Bericht schon Jaeger versprochen.« Er stieg in seinen Wagen.

Jaeger? Was lief hier verkehrt? Jaeger machte Beerdigungen und Feuerwehreinsätze, bei denen Katzen aus Bäumen geholt wurden, um Himmels willen! Dann wurde ihm alles klar. *Bernie, du bist gemein. Du bist ein hundsgemeines Arschloch.* »Okay«, sagte er, »ich gebe dir mein Lakers-Ticket.«

Bernie erstarrte mitten in der Bewegung.

»Court-Seite, zweite Reihe. Du kannst dir die Dusche sparen.«

Bernie runzelte die Stirn.

»Weil du vom Schweiß der Spieler nass wirst, Bernie. Du bist ganz nah dran.«

Bernie lächelte.

Das Pinehurst Jazz Quartett spielte etwas, von dem Sam annahm, dass es Musik darstellen sollte, während Kellner in weißen Jacken herumliefen und Kanapees verteilten. Draußen regnete es, genauso wie in den vergangenen vierzig Tagen, wie es schien. Sam fühlte sich extrem verunsichert, um es vorsichtig auszudrücken. Wie sollte man sich auf einer Erwachsenenparty für Kinder verhalten? Indem man sich wie ein Erwachsener zu benehmen versuchte? Er konnte nicht einmal seine uralte Sportjacke zuknöpfen. Er entdeckte Brian und schlenderte hinüber. Er hoffte inständig, ihn in ein Gespräch verwickeln zu können. »Mann, ist das retro hier«, flüsterte er Brian ins Ohr, »es könnte richtig cool sein, wenn es Absicht wäre.«

Der oberste Knopf an Brians Hemd saß so stramm, dass sein Hals Falten warf und sein Gesicht rot geworden war. Immerhin gab es eine Person in diesem Raum, die noch bescheuerter als Sam Hall aussah. »Ja«, sagte Brian, dessen Stimme ein näselndes Winseln war. »Schau dir all die Spießer an!«

Dann geschah etwas absolut Unglaubliches. Er ließ doch tatsächlich den Kopf im Rhythmus der Musik wippen!

Nein, das war unmöglich. Niemand konnte so schräg drauf sein. Eine Versammlung von Verrückten! Brian sah wie ein betrunkener Truthahn aus. Sam schlich sich davon und wünschte sich, irgendein Gott der jugendlichen Peinlichkeit hätte Gnade mit ihm und würde ihn senkrecht durch die Decke zerren, durch das Gewitter und die Stratosphäre bis ins Weltall. Viele Lichtjahre fort.

Dann kam es zu einer Erscheinung. Ihr offizieller Name war Laura Bowden, aber es war kein gewöhnliches irdisches Mädchen. In diesem atemberaubenden altertümlichen Kleid sah sie aus wie von Renoir gemalt. Er wusste, dass ihm der Unterkiefer heruntergeklappt war, weil er einige Kraft aufbringen musste, um den Mund wieder zu schließen. Wie konnte jemand gleichzeitig so hip und so schmerzhaft schön aussehen? »Dieser Raum ist einfach wunderbar«, schwärmte sie. »Könnt ihr euch vorstellen, dass das hier die Cafeteria von Pinehurst ist?«

Oh, meine Geliebte, bitte lass dich nicht von diesen idiotischen Räumlichkeiten und diesen unglaublich coolen Jungs beeindrucken, nicht, wenn ich nicht einmal meine Jacke zuknöpfen kann! »Na ja«, sagte er, »für den Raubritter-Stil des neunzehnten Jahrhunderts ist es ganz in Ordnung.«

Ihre Augen blitzten auf. »Sei nicht so kaustisch!«

Er konnte nicht anders. Sonst hatte er nichts mehr in der Hand. »Was soll das heißen?«, fragte er und bemühte sich verzweifelt, cool zu bleiben, obwohl er sich alles andere als cool fühlte.

Brian witterte seine Schwäche und hörte mit der Truthahn-Nummer auf. »Kaustisch. Das bedeutet so viel wie ätzend, wenn etwas von Chemikalien angegriffen wird. Aber auch sarkastisch, im übertragenen Sinne.«

»Ich weiß, was kaustisch bedeutet«, erwiderte Sam und wandte sich an Laura. »Und du glaubst, dass das auf mich zutrifft?«

Sie wollte etwas antworten und hätte auch geantwortet, wenn nicht das unvorstellbare, schreckliche Ereignis eingetreten wäre. J. D. in seinem perfekt geschnittenen Schulanzug, in all seiner Pracht, trat zu ihr. »Ihr habt euch in der ersten Runde großartig geschlagen«, sagte er. Aber er meinte nicht das Team, sondern nur sie. Dann bot er Laura seine Hand an. Sam konnte bis hierher die Maniküre riechen.

»Vielen Dank«, sagte Laura und sah ihn durch die Sterne hindurch an, die plötzlich in ihren Augen tanzten. »Aber ihr wart genauso gut.« Dann fügte sie zu Sams maßlosem Erstaunen hinzu: »Das sind meine Mitstreiter Sam und Brian.«

Mann! Sie hatte obendrein Stil! Sam entschied, dass er sie so sehr liebte, dass er tatsächlich den Verstand verlieren würde.

»Willkommen in New York, Jungs«, sagte J. D. »Ich bin J. D.«, fügte er überflüssigerweise hinzu. Für wen sollten sie ihn sonst halten? Sir Paul MacCartney? Oder den Papst?

Sams Blick fiel auf das Namensschild. Er wusste, dass er es eigentlich nicht sagen sollte, aber er zeigte bereits mit dem Finger darauf. »Ich verstehe«, hörte er sich sagen ... in sarkastischem Tonfall, in *kaustischem* Tonfall. Sein Gehirn schrie: »Halt dein Maul!«, aber die Worte kamen ihm bereits über die Lippen. »Kein Name, nur *Initialen*?«

Das war kein Stück witzig. Und dadurch wurde ihm schlagartig klar, dass seine kindische Dummheit, sein eigenes Namensschild mit »Yoda« zu beschriften, ihn für den Rest seines Lebens verfolgen würde.

»Hübsches Namensschild«, konterte J. D. ungerührt. »Du solltest meinen kleinen Bruder kennen lernen.« Er lächelte so verschmitzt, wie es normalerweise nur Filmstars konnten. »Ihr hättet euch bestimmt eine Menge Witze zu erzählen.«

Laura lachte. Brian lachte ebenfalls, aber das war ohne Bedeutung. *Sie* lachte. Dann sah Sam nur noch ihren Rücken – und dahinter J. D. Kaum merklich zwinkerte J. D. ihm zu.

»Eure Schule ist wunderbar«, sagte Laura mit einem leichten Zittern in der Stimme. Der Typ war so extrem cool, dass sie total nervös wurde.

J. D. war so schnittig und elegant wie ein Zerstörer, der durch das stille, vom Mond beschienene Meer glitt – und genauso tödlich. »Du solltest dir unbedingt die Bibliothek ansehen«, gurrte er. »Darf ich dich zu einer Besichtigungstour einladen?«

»Das wäre fantastisch!«

Fantastisch! Dann drückte sie Sam ihre Sachen in die Hand und schwebte in den Armen von Apollo davon, auf den Schwingen des Sonnengottes ... hinaus in den verfluchten Regen.

»Mann«, sagte Brian, »da scheinst du eine ziemlich ernste Konkurrenz bekommen zu haben.«

Das konnte er laut sagen. Wie wahr, wie grausam, wie katastrophal. »Bitte!«, sagte er nur.

Brian wusste genau, wie man Öl ins Feuer goss. »Ich wette, er ist stinkreich.«

Das reichte. »Halt die Klappe!«, sagte Sam.

Brian schmollte. Bis er Sams Gesicht sah. Dann hielt er die Klappe.

Donner hallte, und Blitze zuckten um die Denkmäler von Washington. Sie trafen das Kapitol, das Washington Monument und das Lincoln Memorial. Aber das war nicht weiter schlimm. Ein paar Blitze versetzten diese massiven Bauten bestenfalls in leichte Vibrationen. Aber der Wind, der durch die Straßen jagte und an den Fenstern von Jack Halls Apartment rüttelte, machte etlichen Menschen Sorgen. In Reagan hatte der Nationale Wetterdienst Böen von achtzig Meilen pro Stunde gemessen. Die Kirschbäume rund um das Jefferson Memorial wurden schwer gebeutelt, und die alten Eichen im Rock Creek Park bogen sich wie junge Schösslinge.

Jack schlief. Das hatte er schon seit etwa achtundvierzig Stunden tun wollen. Deshalb wachte er nicht auf, als das Telefon klingelte, sondern baute das Geräusch in das Tosen des Gewitters ein, von dem er gerade träumte.

Das Gewitter fand über einer paradiesischen Insel statt. Dort gab es große Tropenblumen, der Regen war warm, und der Wind fuhr sanft seufzend durch die Kokospalmen.

Klingelte da ein Telefon? In den Kokospalmen? Nein, in der Bar. Ja ... aber das war doch ein ganz anderer Traum. Hier gab es keine Bar.

Dann bewegte sich seine Hand, griff nach etwas und brachte es ans Ohr.

Die farbige Tropenblume verwandelte sich in einen schwarzen Telefonhörer. Er räusperte sich, versuchte seine Kehle wieder zum Funktionieren zu bringen. Nichts. Er versuchte es noch einmal. Aber vorsichtig. Er durfte die Maschine nicht überfordern. »Wer ist da?«, hörte er einen uralten Gorilla mit sehr heiserer Stimme krächzen.

Das Telefon sagte: »Hier ist Terry Rapson.«

»Werisda?«

»Terry Rapson. Entschuldigung, dass ich so früh anrufe.«

Weil er aus England anrief. Jacks Augen öffneten sich. Der letzte Rest Schlaf verflüchtigte sich. Er setzte sich auf. »Kein Problem, Doktor Rapson.«

»Ich störe Sie wirklich nur ungern, aber ich fürchte ... nun, wir haben hier etwas Außergewöhnliches festgestellt. Außergewöhnlich und beunruhigend. Wissen Sie noch, was Sie in Neu-Delhi gesagt haben? Dass das Abschmelzen des Polareises den nordatlantischen Meeresstrom stören könnte?«

Was sollte das? War das ein hinreichender Grund, jemanden um fünf Uhr morgens anzurufen? Jack war sich nicht sicher, ob er mehr darüber hören wollte. »Ja«, sagte er zurückhaltend.

»Ich weiß nicht genau, wie ich es sagen soll, aber ich glaube, es ist passiert.«

Das Zimmer schien zu wanken. »Was soll das heißen?« Blitze flackerten hinter den zugezogenen Vorhängen. Jack unterdrückte den Drang, ans Fenster zu stürzen.

»Eine unserer Nomad-Bojen hat einen Temperatursturz von sieben Grad Celsius gemessen.«

Das war kein Grund für einen solchen Aufstand. Was zum Teufel hatte das zu bedeuten?

»Zuerst dachten wir«, fuhr Rapson fort, »dass es sich um eine Störung handelte. Aber dann kam von vier weiteren Bojen aus dem Nordatlantik die gleiche Meldung. Ich habe Ihnen eine E-Mail geschickt.«

Die Nomad-Bojen gehörten zu einem komplexen System, das die Briten entwickelt hatten. Im Gegensatz zur gegenwärtigen starrköpfigen US-Regierung nahmen sie den Nordatlantikstrom verdammt ernst. Er war die Lebensader ihres Landes. Wenn er ausblieb, ging das Vereinigte Königreich zugrunde.

Jack rief die E-Mail ab. »Gütiger Himmel! Das ist ja unglaublich!«

»Sie haben vorhergesagt, dass es so kommt.«

»Ja, aber nicht zu unseren Lebzeiten! Es passiert viel zu schnell.« Doch er hatte schon seit langem befürchtet, dass dies geschehen könnte. Es hatte ihm seit Monaten Sorgen bereitet. Das war der Grund gewesen, warum er nach Wetteranomalien Ausschau gehalten hatte. Er musste etwas trinken. Nein, er brauchte einen Kaffee. Einen vierstöckigen Espresso, heiß. Und sofort.

»Es gibt kein Klimamodell, das einen solchen Ablauf auch nur annähernd vorhersagt«, sagte Rapson. »Außer Ihrem.«

Seinem? Er hatte nicht mehr als ein grobes Modell von dem, was vor zehntausend Jahren geschehen sein mochte. »Meine Theorie erklärt einen prähistorischen Klimawandel. Es ist kein Modell, das Vorhersagen erlaubt.« Ein solches Modell arbeitete mit Millionen Datensätzen und lief nur auf einem Supercomputer. Seines hatte ein paar hunderttausend und konnte auf seinem Laptop berechnet werden.

»Aber es kommt der Sache am nächsten. So etwas ist noch nie zuvor geschehen.«

Jack startete sein Programm und tippte die Wassertemperaturen ein, die zurzeit im Nordatlantik herrschten. »Zumindest nicht in den letzten zehntausend Jahren«, sagte er langsam. Diese Geschichte gefiel ihm ganz und gar nicht. Unter gar keinen Umständen.

In L. A. wurden über sechshundert Unfälle registriert, seit sich die Stadt in eine Waschküche und ein Irrenhaus verwandelt hatte. Elf Trottel hatten sich von ihren eigenen Surfbrettern zerstückeln lassen, und die Küste vor Santa

Monica wurde von einer Brandung bearbeitet, die sich mit unermüdlicher Gewalt auf den Strand warf.

Tommy war auf Sendung und hielt im Wind verkrampft das Mikro fest, während er in die Minicam starrte. Auf einen solchen Moment, eine solche Story hatte er gewartet. Er wusste, dass hinter ihm weiterhin die Surfer gegen die Wellen kämpften. Wahnsinnige.

»Diese Wellen sind noch viel größer, als ich mir vorgestellt hatte«, platzte es aus ihm heraus. »Schauen Sie sich das an. Oh Mann, sehen Sie den Lebensmüden da drüben?« Er hoffte, dass der Typ wieder auftauchte. Aber er war nicht mehr zu sehen. »Das dürfte wehgetan haben.«

Hatten diese Leute völlig den Verstand verloren? Ja, kein Zweifel. Dieser Kerl war höchstwahrscheinlich gerade ertrunken, und es gab immer noch welche, die mit ihren Brettern hinauspaddelten. Es machte ihn krank, wenn er sich vorstellte, dass durch seinen Bericht vermutlich noch mehr nach draußen und in diese Todesfalle gelockt wurden.

»Ich habe vor kurzem mit mehreren Leuten gesprochen, die behaupten, es wäre das beste Surfwetter, das sie jemals in Südkalifornien erlebt hätten.«

»Wir sind nicht mehr auf Sendung«, sagte der Kameramann.

»Nicht?«, rief er fassungslos. Nicht einmal Bernie würde diese Bilder zurückhalten. Niemand würde es tun. Trotzdem war es geschehen.

Das Zentrum des Nationalen Wetterdienstes in Los Angeles war für einen Meteorologen bequem eingerichtet, nur ausrichten konnte man hier nicht allzu viel. Weil das Wetter hier kein Thema war. Smog war das Thema, um das es hier ging. Das Wetter war normalerweise postkartenklar, außer wenn *el niño* ein paar Stürme in diese Gegend schickte. Dann konnte es verdammt gefährlich werden. Aber ein Wetter, bei dem es hieß: »Suchen Sie unverzüglich Schutz in einem festen Gebäude...« – unmöglich.

Das war der Grund, warum sich Bob Waters auf der Couch mit Tina amüsierte, der Verwaltungsmitarbeiterin aus Ojai. Sie waren bereits bis zur Unterwäsche gekommen. Bob war sehr zufrieden, wie sich die Dinge entwickelten.

Dann löste sich Tina von ihm. »Ich weiß nicht recht«, sagte sie mit ihrem Mund, der auf höchst erotische Weise mit Lippenstift verschmiert war, »aber solltet ihr hier nicht irgendwelche Daten sammeln?«

Ach, mein liebes, gutes Mädchen! »Wir sind hier in Los Angeles, in Kalifornien. Hier gibt es kein Wetter.«

Er machte sich wieder an die Arbeit. Er musste für eine Steigerung ihrer Temperatur sorgen, und zwar pronto. Er zog ihren BH herunter und entfachte aufs Neue das Feuer ihrer Lippen, indem er ihr den heißesten Kuss gab, zu dem er imstande war, langsam und mit fordernd drängender Zunge.

Sie sprach aus dem Mundwinkel weiter, als würde sie mit einer Zigarre zwischen den Lippen reden. »Was ist das für ein Lärm?«

Er zog sich zurück. »Welcher Lärm?«

Aber er hörte es auch. Was war das? Er stand von der Couch auf, stopfte sich provisorisch das Hemd in die Hose und zog den Reißverschluss zu, bis er die Tür einen Spalt öffnete und in den Korridor hinaussah. Eigentlich hatten sie nichts im Büro des Direktors zu suchen, aber hier gab es die mit Abstand beste Couch. Trotzdem wollte er es vermeiden, dem Hausmeister zu begegnen, der offenbar irgendwo in der Nähe die Fußböden bohnerte.

Was war das für ein Geräusch, verdammt? Auf jeden Fall nicht der Hausmeister. Er trat auf den Korridor hinaus. »Entschuldigung«, brüllte er. »Könnten Sie ...?«

Der Hausmeister stellte die Maschine ab. »Ja?«

Im ersten Moment wollte Bob es nicht glauben. Aber dann war er gezwungen, es zu tun. Im ganzen Gebäude klingelten sämtliche Telefone.

Er lief in die Kommandozentrale. Die Öffentlichkeit spielte verrückt. Er griff nach dem ersten Telefon in seiner Nähe. Jemand schrie ihn an. Der Typ faselte irgendwas von ... von einem »Tornado«. Ja, er meinte definitiv einen »Tornado«.

Ach du Scheiße! »Was Sie da sehen, ist eine Windhose. Nein, beruhigen Sie sich ... okay, trotzdem ... bitte bewahren Sie die Ruhe.« Er legte auf und ging schnell ans nächste Telefon. »In Los Angeles gibt es keine Tornados. Aber vielen Dank für Ihren Anruf. Ja, wirklich.«

Jetzt klingelte das rote Telefon. Großartig! Er ging ran. »Hier ist Tommy«, hörte er eine Stimme. »Ich bin am Strand.«

»Hören Sie, Tommy, ich bin gerade ziemlich beschäftigt. Wie kann ich Ihnen helfen?«

Tommy hatte sich unter einen Unterstand der Lebensrettung geflüchtet und presste sein Handy ans Ohr. »Hier kommen Hagelkörner so groß wie Golfbälle runter!« Während er sprach, reichte Manny Wolff ihm einen größeren und dann einen, der noch viel größer war. »Nein, wie Tennisbälle oder Orangen. Was ist hier los, Bob?«

Bob starrte auf den Doppler-Radar und war fassungslos. Er sah ein Monstrum, dessen Existenz ihm bislang nur theoretisch aus dem Studium bekannt gewesen war, und nun hing es mitten über dem Los-Angeles-Becken. Dann beobachtete er, wie sich eine rot gefärbte Zone bildete, die wie ein langer Haken geformt war. »Oh, mein Gott!«, sagte er und legte auf. »Ich muss sofort etwas tun.«

Als Nächstes rief er Direktor Jeff Baffin in dessen Haus in den Hollywood Hills an.

Jeff ging sofort ran. Er hatte gar nicht richtig geschlafen, weil es bei dem Donner ohnehin kaum möglich war. Er war aus einem bestimmten Grund Meteorologe geworden – weil ihn das Wetter faszinierte. Es war das letzte Phänomen der Welt, das noch wild und unkontrollierbar war, der Beweis, dass die Natur mächtiger als der Mensch war. Er hatte den Donner gehört, bevor das Telefon klingelte, und sich gesagt, dass er aufstehen und die Vorhänge zurückziehen sollte, um einen Blick auf das Treiben zu werfen, das sich nach einem ordentlichen Sturm anhörte.

»Hier ist Bob. Schalten Sie den Wetterkanal ein. Sofort.«

Den Wetterkanal? Bob hatte Zugang zu viel ergiebigeren Informationsquellen als dem Wetterkanal. Trotzdem suchte Jeff die Fernbedienung und tat, wozu er aufgefordert worden war.

»Ich glaube, wir müssen eine Tornado-Warnung rausgeben.«

Was sollte der Quatsch? In Südkalifornien? »Wie darf ich das verstehen?«

Dann sah er auf dem Fernsehbildschirm das gleiche Radarbild, das wahrscheinlich auch Bob betrachtete. Er hatte kurze Zeit im Forschungszentrum für schwere Stürme in Oklahoma gearbeitet, und er wusste sofort, womit sie es hier zu tun hatten. Instinktiv sprang er auf. »Warum haben Sie mich nicht früher angerufen?«

»Mir war nicht klar ...«

Es donnerte. Jeff ging zur Terrassentür, zog die Vorhänge zurück und öffnete sie. Ein feuchter Wind schlug ihm ins Gesicht, in unregelmäßigen Böen, wie sie typisch für die Randbereiche eines größeren Sturmtiefs waren, bevor das Unwetter mit voller Wucht hereinbrach.

Vor ihm breitete sich der großartigste und furchterregendste Anblick aus, den er jemals erlebt hatte. Das Monster schob sich über die Hollywood Hills, mit tief hängenden, schwarzen Wolken, die sich ihm wie die Zitzen einer Himmelsdämonin entgegenwölbten. Während er zusah, wurde eine dieser Zitzen in Rotation versetzt, worauf sie sich zum Hollywood Boulevard hinabsenkte. Sie wich schlängelnd nach links und rechts aus – dann schwenkte sie in Jeffs Richtung und legte innerhalb weniger Sekunden mehrere Kilometer zurück.

Instinktiv duckte sich Jeff. Das verängstigte Tier, das im Hinterkopf jedes Menschen wohnte, schrie: »Versteck dich! Lass nicht zu, dass es dich sieht!«

Er hörte es zischen, ein stetig lauter werdendes Geräusch, das sich bis zu einem tosenden Dröhnen steigerte.

Dann kam er wieder zu Bewusstsein. Er legte das schnurlose Telefon ans Ohr. »Bob«, schrie er, »geben Sie sofort die verdammte Warnung raus!«

Und dann machte er, dass er von hier wegkam.

6

»Und Sie meinen wirklich, dass ich mit einem Fünfereisen besser beraten wäre?«, fragte Präsident Richard Blake. »Ich hatte eher an ein Vierer gedacht.«

»Ein Fünfer ist genau der richtige Schläger für Sie«, sagte Tim Cooper. Der Präsident nahm den Schläger, fixierte den Ball und wusste in dem Moment, als sich Eisen und Ball berührten, dass es ein außergewöhnlich guter Schlag war. Er beobachtete, wie der Golfball in perfektem Bogen über den Fairway flog. Als er auf dem Grün landete, applaudierten die Leute vom Secret Service. »Ich hätte Ihre Weisheit niemals in Frage stellen dürfen, Cooper«, sagte der Präsident.

Er dachte, dass er vielleicht noch eine Neunerrunde schaffte, wenn er sich beeilte. Seine Anweisungen waren eindeutig, denn der Präsident nahm das Golfspielen sehr ernst. Auf dem Rasen durfte er nicht gestört werden. In Wirklichkeit brauchte er diese Zeit zum Nachdenken. Seit er diesen Höllenjob angenommen hatte, gab es für ihn keine Privatsphäre und keinen Freiraum mehr, und das machte ihm immer mehr zu schaffen.

Natürlich kreisten drei Hubschrauber über ihm, und wahrscheinlich versteckten sich fünfzig Sicherheitsleute mit den unterschiedlichsten Aufgaben rundum im Gebüsch, aber das war in Ordnung, damit konnte er leben. Solange er nicht mehr als Cooper und die Leibwächter sah, erfüllte das Spiel für ihn seinen Zweck.

Dann hörte er ein lautes Summen. Er blickte sich um und erkannte, dass es für heute mit dem Golf vorbei war. »Vielleicht können wir die Runde später zu Ende spielen«, sagte er wehmütig zu Cooper, als sechs Golfcarts auf ihn zufuhren, beladen mit allen möglichen Leuten, von der Außenministerin Angela Linn bis zum ... war das wirklich der Leiter der NOAA? Jedenfalls waren es lauter wichtige Leute.

»So sieht es wohl aus«, sagte Cooper.

Was in Gottes Namen war nun schon wieder passiert?

Tommy war auf Sendung, während er den Übertragungswagen lenkte. »Im Moment bewege ich mich auf der 10 nach Osten«, schrie er, um sich im Donner, im Gehupe und im Getöse des Sturms verständlich zu machen. »Was Sie genau hinter mir sehen, sind tatsächlich zwei Tornados, die über dem internationalen Flughafen von Los Angeles wüten – nein, warten Sie, jetzt haben sie sich zu einem großen Tornado vereinigt.«

Er schien regungslos genau über den Landebahnen zu stehen, wie eine gigantische schwarze Säule zwischen Himmel und Erde. Tommy fragte sich, ob die Trümmer, die er überall durch die Luft fliegen sah, Stücke von Flugzeugen waren – oder vielleicht von Menschen.

Dann erkannte er – höchstens einen Kilometer voraus – einen weiteren Tornado, und dieser zog über die Autobahn hinweg. Seine Lungen zitterten, und er spürte, wie ihm die Luft durch die Nase gesogen wurde. Dann wurde der ferne Lärm des Flughafentornados durch einen Lärmschwall ersetzt, der wie ein Lebewesen zu schreien schien.

In der Luft tauchte ein Ford Focus auf. Tommy sah den Fahrer, der sich ans Lenkrad klammerte; er erkannte seine gebleckten Zähne und die zusammengekniffenen Augen. Er scherte abrupt aus und hörte protestierenden Lärm von hinten, wo die Übertragungstechnik untergebracht war. Dann schlug der Focus neben ihm auf und rutschte auf dem Dach weiter. *Ich habe gerade einen Menschen sterben se-*

hen, dachte Tommy. Dann hatte der Tornado die Straße verlassen, Gott sei Dank.

Hinter ihm hupte ein altersschwacher Honda. Der verängstigte Fahrer hatte sich vor Verzweiflung buchstäblich an seine Stoßstange gehängt.

Dann schien der Tornado innezuhalten. Tommy starrte auf die Wand aus schwarzem Wind und sah den Schatten eines neunachsigen Trucks hineinrasen. Oder war es ein Wohnmobil gewesen?

Ihm wurde übel vor Entsetzen, als er erkannte, dass der Tornado jeden Augenblick zurückschwenken konnte.

Jack Hall holte Dr. Gomez und Janet Tokada in einem Korridor ein. Ein ausgezeichnetes Manöver, wesentlich effizienter als der übliche bürokratische Weg. Seine vereinbarten Termine mit Gomez neigten dazu, niemals stattzufinden, und dieser musste unbedingt stattfinden, und zwar sofort.

»Ich muss mit Ihnen reden«, sagte Jack und stellte sich Gomez in den Weg.

»Nicht jetzt, Jack, ich habe zu tun.«

Wenigstens prügelte er nicht sofort auf ihn ein. Er änderte sogar den Kurs und versuchte sich an ihm vorbeizuschieben. Doch Jack ließ sich nicht beirren. »Die Sache duldet keinen Aufschub, Tom.«

Gomez seufzte, aber er hörte damit auf, ihm aus dem Weg gehen zu wollen.

»Wir arbeiten an einem Vorhersagemodell, und dazu brauchen wir ...« Er wandte sich an Jason, der mit allen technischen Details vertraut war. Jack wusste, was das Endergebnis zu bedeuten hatte, während Leute wie Jason verstanden, welche Art von digitaler Massage die Daten benötigten, damit ein brauchbares Ergebnis herauskam.

»Wir brauchen uneingeschränkten Zugang zum Supercomputer, für zwei oder vielleicht auch drei Tage.«

Jack schluckte entsetzt. Diese Sache fiel eine Nummer größer aus, als er gedacht hatte.

Gomez riss die Augen auf. »Ach, weiter nichts? Ist das wirklich schon alles?«

»Ja. Wir müssen sofort loslegen.«

Tom blickte zu ihm auf. »Ich würde sagen, jetzt haben Sie völlig den Verstand verloren. Aber im Prinzip verhalten Sie sich nicht anders als in den vergangenen zwanzig Jahren.«

Das brachte Jack in Rage. Er konnte es nicht ausstehen, wenn man ihn für einen anmaßenden Exzentriker hielt. Er versuchte sich zusammenzureißen, aber er konnte kaum verhehlen, dass er vor Wut tobte. »Tom, es ist wirklich sehr wichtig«, sagte er ruhig.

Tom sah ihn an, und Jack erwiderte den Blick. Er lächelte nicht, er alberte nicht herum. Er musste so klar wie möglich rüberbringen, wie dringend sein Projekt war, ohne den Eindruck zu erwecken, dass er seinen Boss zu etwas zwingen wollte.

Die Frau neben Tom fragte: »Was ist das für ein Modell, an dem Sie arbeiten?«

Wer zum Teufel war sie? Irgendjemand vom Kongress, der nach weiteren Posten im Budget suchte, die sich streichen ließen, damit ein paar weitere Wissenschaftler als Lehrer an die Highschool geschickt werden konnten, um zu unterrichten, statt die Forschungsarbeit zu leisten, für die sie ausgebildet worden waren?

»Janet Tokada«, sagte Tom. »Jack Hall. Janet ist Hurrikan-Spezialistin bei der NASA. Jack ist Paläoklimatologe, und ich habe nicht den leisesten Schimmer, was er im Schilde führt.« Er wandte sich der Tür zur Datenzentrale zu. »Janet, ich möchte Ihnen jetzt zeigen ...«

Als er die Türflügel aufstieß, schlug ihnen das totale Chaos entgegen. Techniker brüllten sich gegenseitig an, Mitarbeiter tippten hektisch Daten in Computertastaturen, und Wissenschaftler drängelten sich um Monitore.

»Was geht hier vor sich?«, fragte Gomez erstaunt. Normalerweise ging es in diesem Raum recht ruhig zu, wie in einem üblichen elektronischen Labor.

Der Atmosphärenspezialist Glen Vorsteen rief: »In Los Angeles wurde gerade eine Tornado-Warnung rausgegeben!«

Jack dachte nur: *Oh Gott, ich muss mein Modell gar nicht mehr theoretisch berechnen lassen. Es ist bereits Wirklichkeit geworden.*

Jason starrte mit offenem Mund und totenbleichem Gesicht auf einen Fernseher, auf dem die Nachrichten liefen. Jack folgte seinem Blick und sah die blutroten Worte am unteren Bildschirmrand: SONDERSENDUNG – WETTERKATASTROPHE. Eine junge Frau sagte gerade: »Der erste Tornado wurde vor zwanzig Minuten gesichtet. Wir haben hier einen Livereporter vor Ort, im Hubschrauber Fox Eleven. Können Sie uns hören, Bart?«

»Oh Gott, sie haben einen Hubschrauber in der Luft!«, schrie jemand.

Bart war so aufgeregt, dass er gar nicht bewusst registrierte, dass der Hubschrauber praktisch Purzelbäume in der Luft schlug. Er hatte nur Augen für die imposante Bestie da draußen. Wie lautete überhaupt die korrekte Bezeichnung dafür? Fiel der Tornado in die Kategorie vier oder fünf? Er ragte wie ein massives Gebilde in den Himmel auf. »Lisa«, sagte er und bemühte sich, mit gleichmäßiger Stimme zu sprechen, während der Hubschrauber einen weiteren Satz auf die Wand des Trichters zu machte. »Lisa, so etwas habe ich noch nie gesehen. Diese Tornados bilden sich so schnell ...« Der Pilot packte seinen Arm und zeigte nach draußen. »Was?« Bart schnappte nach Luft. Er durfte nicht vergessen, dass sie auf Sendung waren.

Ein Tornado strich über die Hollywood Hills hinweg. Seine Bewegung war merkwürdig gleitend, wie ein vom Wind verwehtes Blatt. Auch die anderen bewegten sich auf diese Weise, schlängelnd und verstohlen suchend.

Und nun wurde live übertragen, wie dieser Tornado nach einem berühmten Symbol suchte. Jeder sah, wie der brodelnde Wirbel den HOLLYWOOD-Schriftzug in Stücke riss, die Lettern tausend Meter hoch emporwirbelte und die Überreste wie Konfetti herabregnen ließ, verteilt von den unberechenbaren Böen, die den Zentraltrichter umgaben.

Der Motor von Jeff Baffins Porsche heulte auf, als er auf den Sunset zuraste. Vor sich sah er den erstaunlichsten Anblick, den er jemals erlebt hatte. Ein gewaltiger Sturm breitete sich aus, die schwarze Wand versperrte den gesamten Horizont. Über ganz Los Angeles brannte künstliche Beleuchtung, als wäre es Mitternacht. Dabei sollte die Sonne am Himmel stehen und die Straßen in morgendliches Licht tauchen.

In einiger Entfernung sah er die blass schillernden Streifen eines Hagelschauers. Doch viel näher war der unglaubliche Anblick, das Unfassbare, Schreckliche, Ehrfurchtgebietende.

Der Trichter war gar kein Trichter, sondern ein gigantischer schwarzer Kolben, der eine Gesamthöhe von mehreren hundert Metern erreichte. Er war von so viel Staub umgeben, dass die genaue Struktur des Tornados gar nicht mehr zu erkennen war. Winzige Objekte umkreisten ihn wie Satelliten, hell vor dem dunklen Hintergrund wirbelnd. Jeff sah einen Pick-up, Dächer, einen Polizeiwagen, dessen Blaulicht noch blinkte, und menschliche Körper. Durch die um sich schlagenden Arme und Beine waren sie leicht auszumachen. Sie wurden mit majestätischer Anmut emporgetragen und stürzten dann mehrere hundert Meter tief auf die Straßen der heimgesuchten Stadt.

Über dem Heulen seines Motors konnte er die Schreie der Menschen hören. Er bog auf den Sunset, und hier wurde das Geschrei noch lauter.

Die Leute schrien vor Aufregung oder sogar vor Begeisterung. Einige Kinder – das jüngste war vermutlich noch keine zwölf – standen in einer Gruppe auf der Straße, lachten hysterisch und nahmen den Sturm auf Video auf. Er war inzwischen so nahe, dass die Erde zitterte. Jeff rief den unschuldigen, verrückten Kindern zu: »Ihr dürft hier nicht bleiben! Bringt euch in Sicherheit. Los, lauft!«

Sie sahen ihn an, als hätte er den Verstand verloren, und machten ungerührt weiter. Dann gab es ein lautes Krachen und eine kleine Explosion, als ein Motorrad mitten auf die Straße stürzte. Es folgte eine Bürotür und ein Coca-Cola-Kühlschrank, der zu einer schäumenden Masse aufplatzte.

Die Kinder sahen sich gegenseitig an. Und ergriffen endlich die Flucht.

Jeff beobachtete, wie sich der Trichter auf das Gebäude von Capitol Records zubewegte, das von außen wie ein runder Schallplattenstapel aussah. Er hatte kein besonders gutes Sichtfeld, also fuhr er mit dem Wagen ein paar Ecken weiter. Er wollte das Monstrum im Auge behalten.

Sein Handy klingelte.

Es war Bob. Er wollte wissen, wo er war.

Der Sturm riss die Verkleidung vom Gebäude. Jeff sah, wie Büros freigelegt wurden, wie Papiere von Schreibtischen aufflogen, dicht gefolgt von Stühlen und Schränken. Der Trichter schien durch das Gebäude verlangsamt zu werden, wie ein Rasenmäher, der in höheres Gras geriet.

Während das Gebäude zerlegt wurde, war eine Reihe von dumpfen Knallgeräuschen zu hören, als würde in der Ferne ein automatisches Artilleriegeschütz feuern. Dann verschwand das Gebäude vollständig in einer schwarzen Masse, die mit Millionen weißer Papierfetzen gesprenkelt war. Für einen kurzen Moment wirkte der Tornado wie eine Konfettiparade, die von Satan höchstpersönlich veranstaltet wurde. Dann war es vorbei, und das Gebäude tauchte wieder auf. Jetzt war es nur noch ein Skelett aus abgenagten Eisenknochen, an denen hier und dort ein paar Reste baumelten. Er konnte mitten hindurchsehen, als wäre es ein Baugerüst, das noch auf Wände, Fenster und Mobiliar wartete.

»Jeff, wo bist du?«

»Ecke Yucca und Vine. Ich bin auf dem Weg nach ...«

Vor ihm hob ein Taxi ab. Es sah aus wie in *Zurück in die Zukunft*. Es stieg in den Himmel auf, die Bremslichter leuchteten auf und die Vorderräder drehten sich hin und her, während der Fahrer instinktiv darum kämpfte, das Fahrzeug wieder unter Kontrolle zu bekommen.

Dann stürzte es ab. Jeff sah es kommen. Er dachte nur: *Oh!*

Das Taxi schlug auf den Porsche, der ebenfalls gelb war. Aber jetzt waren beide Fahrzeuge nicht mehr nur gelb, sondern von rotem Blut überströmt.

Für Tommy Levinson war die Katastrophe gleichzeitig die Erfüllung eines Traums. Sie war *die* große Chance für einen Fernsehreporter, und er wollte sie unbedingt nutzen. Er hatte die 10 verlassen und raste eine Wohnstraße in der Nähe der Innenstadt hinunter. Er hatte vor, sich dem anrückenden Tornado von vorne zu nähern, auch wenn es gefährlich war. Aber er wollte dorthin, wo sich die menschlichen Dramen abspielten, wo die Leute vor dem tödlichen Sturm aus ihren Häusern flüchteten.

Als er aus dem Wagen sprang, hätte er beinahe eine ältere Dame umgerannt, die mit einer mindestens ebenso alten Katze auf den Armen davonhumpelte. Die Katze erbrach sich.

»He!«, rief sein Kameramann. »Der Sender wird deinen Bericht live bringen!«

Wunderbar! Tommy Levinson würde landesweit auf Sendung gehen. »Wirklich?«, fragte er vorsichtshalber und versuchte zu verhindern, dass sich seine Stimme vor Aufregung überschlug.

»Du bist in den Fünf-Uhr-Nachrichten!«

Menschen strömten nun aus ihren Häusern. Im Norden und Westen war der Himmel eine schwarze Wand aus herabregnenden Dächern, Fahrrädern, Autos und allen möglichen anderen Dingen, von chinesischen Fertigmahlzeiten bis zu einem Pferd, das mit wehendem Schwanz anmutig zu Boden schwebte.

»Mach einen 360-Grad-Schwenk um mich herum, damit wir alles in einer Szene haben!«

Böiger Wind kam auf. Es fühlte sich an, als würde er von einem Bodybuilder angerempelt werden. Er hätte fast das Gleichgewicht verloren. Aber das spielte jetzt keine Rolle – er ging landesweit auf Sendung!

»Drei ... zwei ... eins ...«

»Hier ist Tommy Levinson aus dem Zentrum von Los Angeles. Hier kommt es zu unglaublichen Verwüstungen.«

Eine Plakattafel wurde in Stücke zerfetzt, die auf ihn zuflogen. Die Werbung für einen neuen Film, aber er konnte nicht erkennen, für welchen. Überall ergriffen die Bewohner dieses Viertels panikartig die Flucht. Der Sturm würde in nur wenigen Minuten hier sein.

»Hier sieht es aus wie in einem großen Special-Effects-Hollywood-Blockbuster, nur dass das alles wirklich passiert!«

Teile der Plakatwand flogen wie ein abgerissener Flügel auf ihn zu. Tommy spürte nicht mehr, wie er von einer Holzlatte durchbohrt wurde. Doch die Kamera zeichnete alles auf, wie Tommys lebloser Körper über die Straße davonsegelte, als wäre ihm plötzlich ein Flügel aus Holz und Papier gewachsen.

Im Fox-Nachrichtenstudio sprach Lisa angestrengt in ihr Mikrofon. »Tommy? Tommy? Ist alles in Ordnung?«

Aus dem Off warf Kevin ihr einen Blick zu, der ihr riet, das Thema sofort fallen zu lassen. Sie hielt die Klappe. Der Regisseur sah, dass Kevin bereit war, die Moderation zu übernehmen, und schaltete seine Kamera ein.

»Ich glaube, diese Verbindung ist unterbrochen, Lisa. Hören wir uns lieber an, was Bart zu berichten hat.«

Der Hubschrauber stand etwa zwei Meilen südlich der Innenstadt. Hier war die Luft nicht so turbulent, sodass Bart zumindest die Peinlichkeit erspart wurde, sein Frühstück über die Instrumentenkonsole ergießen zu müssen. Von seinem gegenwärtigen Standpunkt konnte er mehrere

Tornados erkennen, von denen die meisten in Richtung Zentrum vorpreschten.

»Ich habe schon von Tornados der Kategorien vier oder fünf gehört. Aber ich kann nicht sagen, wie dieser hier einzuordnen ist, Kevin. Gibt es auf der Fujita-Skala so etwas wie einen Kategorie-zehn-Tornado?«

Kevins Antwort aus der Sicherheit des Studios knisterte in seinen Ohren. »Keine Ahnung, Bart, aber an deiner Stelle würde ich nicht zu nahe rangehen.«

Darauf konnte er Gift nehmen. Der verfluchte Tornado warf sich nun gegen einen Wolkenkratzer und schabte ihm die Glaswände ab, wie ein Kind, das den Zuckerguss von einem Kuchen kratzte. Menschen wurden durch den Sog nach draußen gerissen, zweifellos direkt von ihren Schreibtischen. Bart wurde unwohl, aber nicht wegen der Turbulenzen. Er hatte noch nicht viele Tote gesehen und ein solches Massensterben schon gar nicht.

»Ich rate jedem, der sich am Boden befindet, sich so weit wie möglich von der Sturmzone zu entfernen«, brüllte er in sein Mikro und hoffte, dass er immer noch auf Sendung war.

Im Wetterzentrum von L. A. wünschte sich Bob inständig, sein Chef würde sich beeilen und endlich hier aufkreuzen. Jeff verspätete sich sonst nie, aber jetzt war er schon seit längerer Zeit nicht mehr an sein Handy gegangen. Kam er wegen des Verkehrschaos nicht durch? Dann hätte er zweifellos angerufen, gerade in einer solchen Krisensituation. Natürlich gab es noch eine ganz andere Möglichkeit, aber daran wollte Bob gar nicht denken.

Er horchte auf das Heulen der Bohnermaschine im Korridor. Was genau wurde in dieser Situation eigentlich von ihm erwartet? Er hatte die Warnung rausgeschickt. Dazu hatte er nicht mehr tun müssen, als das Notwarnsystem mit einem Schlüssel zu aktivieren. Ein Kinderspiel. Aber was nun? Der Sturm war ein außergewöhnliches Phänomen. Er hatte bereits Dutzende Menschenleben gekostet, so viel stand fest. Was sollte er also tun?

Jeff, setz deinen verdammten Arsch in Bewegung! Wieder rief er seine Handynummer an und wartete, bis die Ansage der Mailbox kam. Und als er noch etwas länger wartete, brach die Verbindung ganz ab.

Er blickte auf seine Füße. Das Gebäude vibrierte. Dann nahm ein neues Geräusch an Lautstärke zu, ein gewaltiges Geräusch, als würde ein Höllendämon auf die Tasten einer Orgel hauen, die die Größe von Mount Rushmore hatte. Die Bohnermaschine und alles andere auf der Welt wurden übertönt.

Tina hatte sich hinter einen Stuhl gekauert. Bob lief zum Fenster des Konferenzraums und riss die Vorhänge zurück. Vor seinen Augen breitete sich eine schwarze Wand aus. Sonst nichts. Einfach nur ein tiefes Schwarz. Dann kam etwas aus der Wand hervor, das sich wild überschlug. Es war gelb, und es kam ihm ... irgendwie bekannt vor. Er spürte kaum, dass Tina an seiner Seite war und sich an seine Schulter klammerte.

Eine Ampelanlage wog über hundert Pfund, und als sie durch die Fensterfront krachte, geschah es mit einer Wucht von etwa vier Stangen Dynamit – wenn man berücksichtigte, dass sich das Ding mit etwa hundert Stundenkilometern bewegte.

Der Hausmeister stellte die Bohnermaschine ab. Er schaute durch den Korridor zu den verschlossenen Türen, die in den Konferenzraum und zum Kontrollzentrum führten. Vor wenigen Augenblicken war es verdammt laut gewesen, aber nun war alles wieder still. Es war eine Besorgnis erregende Stille, um genau zu sein.

Er lief mit zügigen Schritten zu den Türen. Er würde die Räume sowieso demnächst betreten, weil sie noch gereinigt werden mussten, bevor die Leute von der Tagschicht kamen. Die Nachtschicht machte ihm immer besonders viel Arbeit, wenn sie Berge aus leeren Pizzakartons hinterließ. Und er wollte gar nicht genauer wissen, was die zwei Turteltäubchen auf der Couch im Büro des Direktors trieben.

Er öffnete die Tür und wäre fast aus dem Gebäude gefallen. Er stand mit aufgeklapptem Mund da, und seine Augen appellierten flehend an die Welt, dass das nicht die Wirklichkeit sein konnte. Er blickte nicht in ein Zimmer, sondern auf andere Gebäude der Stadt, auf das Zentrum von Los Angeles, aber das alles ergab einfach keinen Sinn – denn, gütiger Himmel, wo waren die zwei Turteltäubchen abgeblieben?

An der Ostküste war es bereits zehn Uhr morgens, aber das akademische Dekathlon an der Pinehurst Academy war immer noch nicht fortgesetzt worden. Sam machte sich große Sorgen. Hier stimmte etwas nicht. Laura hatte ebenfalls ein ungutes Gefühl. Sie saß direkt neben ihm. J. D., den die Bilder des Fernsehens gar nicht so sehr mitzunehmen schienen, stand in der Nähe herum und wartete auf einen Ansatzpunkt.

Der Bildschirm zeigte die Aufnahmen eines Hubschraubers vom schrecklichsten Ereignis, das Sam jemals miterlebt hatte – die Verwüstung von Los Angeles durch etwas, das ein Schwarm aus unheimlichen Tornados zu sein schien. Sie materialisierten einfach am Himmel und griffen nach unten, sie wirbelten glitzernde Trümmer zu den schwarzen Wolken empor, die weiter Tod und Verderben brachten.

Brian kam herein. »Ich habe gerade mit meiner Mutter telefoniert«, gab er bekannt. Dann griff er nach der Fernbedienung und schaltete auf einen anderen Kanal.

»... ist offensichtlich ein zweites Flugzeug abgestürzt, ebenfalls infolge extrem starker Turbulenzen ...«

Nun zeigte der Bildschirm einen Schwenk über den Flughafen von L. A. Von vielen Brandherden stieg Rauch auf, insbesondere auf den Start- und Landebahnen. Als Sam an die Turbulenzen dachte, die sie auf dem Herflug erlebt hatten, hätte er sich beinahe übergeben. Laura drückte seine Hand. Er beugte sich zu ihr und küsste sie auf die Wange. Sie drückte seine Hand noch etwas fester.

7

Camp David war von Franklin Delano Roosevelt in den Catoctin-Bergen nicht weit vom Regierungsdistrikt gegründet worden. Dann hatte Dwight Eisenhower für eine Neugestaltung des Anwesens gesorgt, das einen wichtigen Zufluchtsort vor dem in Washington herrschenden Stress darstellte. Mit dem Hubschrauber war es nur ein kurzer Flug, und es hatte seit damals keinen Präsidenten gegeben, der FDR nicht für seine Voraussicht und Ike für seinen guten alten Geschmack zutiefst dankbar gewesen wäre.

Doch im Laufe der Jahre hatten immer mehr Präsidenten ihre Arbeit nach Camp David mitgenommen. Manche wie Johnson, Reagan und Clinton hatten es mehr für Konferenzen und weniger zur Entspannung genutzt. Richard Blake hatte versucht, wieder den besinnlichen Charakter zu betonen, aber ohne besonderen Erfolg. Das Präsidentenamt verfolgte auch ihn überallhin, hartnäckiger als der treueste Schoßhund. Manchmal jedoch war es eher wie ein Tiger, der ihn jagte – wie zum Beispiel jetzt.

Er trug immer noch seine Golfkleidung, als er den Konferenzraum mit der Täfelung aus Kiefernholz und den Fernsehapparaten an einer Wand betrat. Hier sah es ein bisschen wie in einem rustikalen Wohnzimmer aus, das von einem HiTech-Fanatiker aufgemotzt worden war, aber dadurch sollte sich niemand täuschen lassen, denn hier war alles HiTech. Die Kommunikationssysteme von Camp David standen denen des Weißen Hauses in nichts nach.

Vizepräsident Becker beendete gerade ein Telefongespräch. »Die FAA bittet um Ihr Einverständnis, jeden Luftverkehr einstellen zu dürfen.«

Becker war der Fachmann für Sachen wie Wetter und Umwelt, also für Sachen, mit denen sich ein Präsident nicht abgeben sollte, mit denen er sich aber viel zu oft hatte abgeben müssen. Becker hatte den Auftrag, der Industrie auf jede erdenkliche Weise zu helfen, sich aus den Schlingen der Umweltgesetze zu befreien, durch die vielen von Blakes Unterstützern erhebliche Geldsummen aus der Tasche gezogen wurden.

Womit sie ihrem Land einen großen Gefallen erwiesen. Die USA waren schließlich eine Wirtschaftsmacht und kein verdammtes Naturreservat. Er suchte Blickkontakt mit seinem Vize, sagte aber nur: »Was sollten wir Ihrer Meinung nach tun, Raymond?« Es gab vieles, was er nicht laut auszusprechen wagte, nicht einmal vor seinen engsten Vertrauten. Auch das ging mit der Präsidentschaft einher – es sickerte immer irgendwo etwas durch. Wenn sie allein gewesen wären, hätte er vielleicht hinzugefügt: »Um eine so idiotische Anfrage zurückzuweisen?«

Becker verstand die Bedeutung dieses Blicks. Er schüttelte ernst den Kopf und sagte: »Solange wir nicht genau wissen, was los ist, dürfte uns keine andere Wahl bleiben, Sir.«

Teufel auch. Es hatten sich tatsächlich ein paar ganz gewaltige Stürme zusammengebraut. Und es hatte Flugzeugabstürze gegeben, die vielleicht mit dem Wetter zusammenhingen. Vielleicht!

Er seufzte. Wenn Raymond der Ansicht war, dass sie der Empfehlung Folge leisten sollten, dann würden sie es eben tun. »Gut, einverstanden. Was sagt der Nationale Wetterdienst?« Er wusste genau, wie die Vorhersage lautete: »Vielleicht wird's warm, vielleicht wird's kalt, es könnte regnen oder trocken bleiben. Schuld ist die globale Erwärmung oder vielleicht eine natürliche Ursache. Oder auch nicht.«

Der Vizepräsident machte ein ernstes Gesicht. Sehr ernst. Da wusste der Präsident, dass er ihm noch nicht die ganze Geschichte erzählt hatte und dass es keinesfalls eine angenehme Geschichte war. Becker würde jeden Moment ein Briefing »vorschlagen«.

»Ich habe Tom Gomez bereits gebeten, zu uns ins Weiße Haus zu kommen. Er wird uns in einem Briefing über alles Notwendige informieren.«

Tom Gomez, der Leiter der NOAA, war ein professioneller Wissenschaftler und kein Angestellter der Verwaltung. Normalerweise meldete er sich im Innenministerium bei seinen Vorgesetzten und nicht direkt beim Präsidenten. »Was ist mit dem Innenminister?«

»Er wird ebenfalls anwesend sein, Sir.«

Hier war etwas im Busch. Etwas ziemlich Schlimmes. Daran konnte kein Zweifel mehr bestehen. Der Präsident begriff, dass er heute nicht mehr dazu kommen würde, seine Runde Golf zu Ende zu spielen.

Jack Hall dachte an einen Apfelbaum. Er hatte vor zehntausend Jahren im Norden von Alaska in einer Landschaft gestanden, die heute Tundra war. Eines schönen Junitages, als er in voller Blüte gestanden hatte, war das Ende der Welt gekommen. Und in voller Blüte war er schockgefroren worden, durch einen so heftigen Sturm, dass innerhalb weniger Minuten extrem kalte Luft aus fünfzehntausend Metern Höhe auf den Boden gezogen worden war. Die Temperatur war vermutlich innerhalb von Sekunden von plus 25 auf minus 100 Grad Celsius gefallen. So waren die Mammuts mit halb verdauten Pflanzen zwischen den Zähnen und im Magen zu Eis erstarrt, genauso wie der Apfelbaum.

Seine Gedanken kehrten in die Gegenwart zurück, zur Konferenz, in der es gar nicht um die tatsächlichen Ereignisse ging und die ihn zweifellos in den Wahnsinn treiben würde.

Tom Gomez trat auf das Podium. »Ich bitte um Ihre Aufmerksamkeit. Wir haben nicht viel Zeit, also sollten wir sofort anfangen. Dr. Vorsteen?«

Der Leiter des hydrometeorologischen Vorhersagezentrums sprang auf wie ein Soldat, der Haltung annahm. »Alle unsere Gittermodelle sind unbrauchbar«, schrie er beinahe. »Wir stehen vor einem Rätsel.«

Gut, das war immerhin ein Schritt in die richtige Richtung.

Nun erhob sich Walter Booker mit seiner wilden Haarmähne und der Einstein-Brille. »Ich glaube kaum, dass wir hier mit Gittermodellen weiterkommen dürften. Wir haben es mit einer starken Zirkulation zu tun, die ihren Ursprung in der Arktis hat, mit zwei Sturmzentren im Pazifik und einem weiteren, das sich in der Karibik entwickelt.«

Tim Lanson, der junge Heißsporn aus dem Forschungszentrum für Schwere Stürme, fiel ihm ins Wort. »Wollen Sie damit andeuten, dass die arktischen Ereignisse in irgendeinem Zusammenhang mit dem stehen, was wir an der Westküste erleben?«

Das war eine ausgezeichnete Frage, und Jack wusste, dass sie niemand von den Anwesenden beantworten konnte. Und er hatte noch nicht genügend Daten, um eine Antwort geben zu können.

Booker erwiderte tapfer: »Wir müssen diese Möglichkeit in Betracht ziehen.«

Darauf schlug Vorsteen erbarmungslos in die Kerbe. »Die einzige Energiequelle, die stark genug ist, um das globale Wetter nachhaltig zu beeinflussen, ist die Sonne«, erklärte er. Ja, klar, Kumpel, die und dein großer wunderschöner Lexus und ein paar Milliarden weiterer Verbrennungsmotoren ...

»Was sagt die NASA dazu?«, fragte Gomez.

Die unerhört hübsche Janet Tokada sagte: »Das haben wir bereits überprüft. Die Sonnenaktivität ist völlig normal.«

Jack unternahm einen Versuch. Nicht, dass er sich etwas davon versprach. »Wie steht es mit dem Nordatlantikstrom?« Alle Augen wandten sich in seine Richtung. Er lehnte sich mit verschränkten Armen zurück und wünschte sich, er hätte seinen Indiana-Jones-Hut dabei. Schade.

»Was soll damit sein?«, fragte Vorsteen.

»Nun, ich habe etwa gegen fünf Uhr heute früh einen Anruf von Professor Rapson aus Hedland bekommen. Er ist überzeugt, dass sich der Strom wie ein verletzter Wurm nach Süden schlängelt.«

Booker schüttelte den Kopf. »Ich bitte Sie, Jack, wie sollte so etwas passieren?«

Dazu konnte er genauso gut eine kleine Idee einwerfen. »Vielleicht, weil die Strömung von einem empfindlichen Gleichgewicht zwischen Süß- und Salzwasser abhängig ist.«

»Okay«, sagte Vorsteen. Er war darüber informiert, dass sich der Nordatlantikstrom alles andere als normal verhielt.

Jack fuhr fort. »Niemand hat bisher in Betracht gezogen, wie viel Süßwasser durch das abschmelzende Polareis in die Ozeane gelangt ist. Ich denke, wir könnten einen kritischen Sättigungspunkt unterschritten haben.«

Er konnte die Skepsis deutlich schmecken. Seine Theorie hatte bedauerlicherweise die Fantasie von populären Autoren und Filmregisseuren angeregt. Ganz gleich, ob sie richtig oder falsch war, dadurch hatte sich die wissenschaftliche Gemeinschaft verraten gefühlt.

»Das sehe ich nicht ein«, erwiderte Vorsteen, der das Schweigen korrekt als Zweifel interpretierte.

Ein unerwarteter Verbündeter meldete sich zu Wort. »Es würde erklären, was dieses ungewöhnliche Wettergeschehen antreibt«, sagte Janet Tokada.

Er hörte, wie Lanson Booker warnte. »Wenn er Recht hat, wären alle unsere Vorhersagemodelle unbrauchbar.«

Jack beschloss, es mit einem Frontalangriff zu versuchen. Eine uralte Diskussionsstrategie, wenn auch keine besonders gute. »Die Forscher in Hedland haben einige recht überzeugende Daten gesammelt. Sie haben mich gefragt, ob ich sie in mein paläoklimatisches Modell eingeben könnte, um einen Hinweis auf die künftige Entwicklung zu bekommen.«

Das brachte Gomez in Fahrt. »Moment mal, Jack, wollen Sie damit andeuten, dass diese Wetteranomalien weitergehen werden?«

Zeit für eine kleine Prise Wirklichkeit, Leute. »Sie werden nicht nur weitergehen, sie werden noch viel schlimmer.«

»*Schlimmer?*«

»Ich glaube, wir haben es hier mit einem umfassenden Klimawandel zu tun.«

Einen Moment lang herrschte absolute Stille. Er beobachtete, wie sich mehrere Augenpaare weiteten. Dann breitete sich ein Lächeln über Vorsteens breites Gesicht aus. Und schließlich brach eine heftige Debatte aus. Gomez sah, dass es vorbei war, und verließ das Podium.

Jack machte seinen Schachzug, den er geplant hatte, seit er neben der Tür in Stellung gegangen war. Er folgte seinem Opfer in den Korridor. »Tom! Einen Moment. Was werden Sie jetzt dem Weißen Haus sagen?«

Gomez sah alles andere als glücklich aus. Aber er blieb stehen. Wenn auch widerstrebend. »Was meinen Sie, was ich dem Präsidenten sagen sollte?«

Leidenschaft stieg in ihm auf, ein emotionales Feuer, das heiß brannte. »Dass sie sofort mit langfristigen Vorbereitungen beginnen müssen!«

»Jack, Sie haben nicht mehr als eine Theorie in der Hand.«

»Geben Sie mir die Rechenzeit am Supercomputer, Tom, dann ist es eine beweisbare Theorie.«

Gomez dachte darüber nach. Vorsteen hatte Einfluss auf die Verwaltung, das wusste er. Und er wusste auch, dass irgendetwas total aus dem Ruder lief. In ganz großem Maßstab. »Also gut. Sie können ihn für achtundvierzig Stunden haben.«

Ein großzügiges Geschenk, das im Rahmen ihres Budgets etwa sechzigtausend Dollar wert war. Jason und Frank waren dazugestoßen, um ihren Chef zu unterstützen. »Das ist nicht allzu viel Zeit«, gab Jason zu bedenken.

Gomez zog die Augenbrauen hoch. »Ich kann unmöglich ...«

»Es wird reichen«, versicherte Frank ihm.

Janet Tokada stand in der Nähe und hatte offenbar zugehört. »Funktioniert Ihr Modell auch für Sturmszenarien, wie wir sie derzeit erleben?«

In Wirklichkeit sagten sie noch viel schlimmere Szenarien voraus. Aber es gab noch so vieles, das er nicht wusste. »Wir hatten bisher keine Zeit ...«

»Vielleicht kann ich Ihnen dabei helfen.«

Er dachte darüber nach. Das konnte sie bestimmt. In mehr als nur einer Hinsicht, vermutete er. Nein, er hoffte es. Immer mit der Ruhe, Kumpel, wenn du zu stürmisch bist, machst du ihnen Angst. Er schenkte ihr sein angenehmstes Lächeln und reichte ihr die Hand. »Willkommen an Bord.«

Jason lief neben Janet her, als sie sich auf den Weg zum Labor machten. »Hallo, ich bin Jason«, plapperte er.

Gut, mein Junge, dachte Jack, mach dich zum Idioten oder gib dein Bestes. Es wird sowieso keine Rolle mehr spielen.

In Hedland war das Wetter in den vergangenen Stunden immer schlechter geworden, und nun hatte es einen äußerst ungewöhnlichen Zustand erreicht. Die Bewohner dieser Region waren mit ziemlich heftigen Winterstürmen aufgewachsen, sodass sie sich keine allzu großen Sorgen machten. Aber sie waren nicht mit den Statistiken vertraut. Sie wussten nicht, dass die Station noch nie zuvor so viel Schneefall zu dieser Jahreszeit registriert hatte.

Dennis war hinausgegangen, um die Satellitenschüsseln vom Schnee zu befreien, und verfolgte über Kopfhörer die BBC-Nachrichten. »Inzwischen schneit es seit vierundzwanzig Stunden heftig über den Britischen Inseln«, sagte der Sprecher, »und es sieht nicht danach aus, dass sich bald etwas daran ändert.«

Im Kontrollzentrum hörte Professor Rapson ebenfalls die Nachrichten. Einer seiner Assistenten hatte einen guten Geschmack für Tee und bereitete gerade eine Kanne zu, die recht verheißungsvoll roch. Seine Gene waren viel zu englisch für Kaffee.

Auf dem Fernseher, der in die Kontrollkonsole eingebaut war, las ein Reporter recht beunruhigende Nachrichten ab. »Ein Rettungsteam der Royal Air Force wurde per Hubschrauber eingeflogen, um die Königliche Familie in Sicherheit zu bringen ...«

Dennis kam herein, klopfte sich die Stiefel auf dem Fußboden ab und zog sie sich aus. »Ob man auch uns herausholt, wenn wir eingeschneit sind?«

»Wohl kaum«, erwiderte Rapson. »Zum Glück haben wir unseren eigenen Generator und genügend Tee und Kekse auf Lager. Wir kommen zurecht, solange das Klo nicht wieder dichtmacht.«

Ein BBC-Reporter meldete aus Paris, dass die Temperatur dort über Nacht weit unter den Gefrierpunkt gefallen war. Das war fraglos die radikalste Wetterveränderung, die Rapson jemals erlebt hatte. Er sagte es nicht zu seinen Assistenten, aber er glaubte, dass sie hier festsaßen und vermutlich nicht überleben würden, sofern kein Wunder geschah.

Auch in der NOAA hörte man den Bericht aus Paris. »Unmittelbar nach den sintflutartigen Regenfällen der letzten Zeit«, fuhr der Reporter fort, »sind die Straßen nun buchstäblich zu Eisbahnen geworden. Im restlichen Europa sind die Wetterverhältnisse ähnlich extrem.«

Jack war froh über den Kaffee, den Jason ihm brachte. Sie hatten rund um die Uhr am Modell gearbeitet, und sogar er musste zugeben, dass er ziemlich müde war. Wie müde er war, wurde ihm klar, als seine Finger ihm den Dienst versagten und er die Tasse fallen ließ. Er mochte es nicht, wenn sein Körper ihn auf diese Weise im Stich ließ. Die Arbeit war grundsätzlich wichtiger als körperliches Wohlbefinden, und in diesem Moment galt das mehr als je zuvor.

Sie mussten diese Sache zu Ende bringen, und zwar bis gestern.

»Jack«, sagte Frank, als er ihm half, die Bescherung in Ordnung zu bringen, »du hast jetzt vierundzwanzig Stunden durchgearbeitet. Du bist der Einzige, der noch keine Pause gemacht hat.«

Das stimmte leider, und Jack musste selbst zugeben, dass seine Effizienz nachließ. Jemand, der es nicht schaffte, eine Tasse Kaffee in die Hand zu nehmen, war letztlich auch nicht mehr in der Lage, tausende von Daten korrekt von Ausdrucken abzulesen und sie an den richtigen Positionen innerhalb des Modells einzugeben, was er die ganze Nacht über getan hatte. Und den ganzen gestrigen Tag.

»Vielleicht mache ich mal für ein paar Minuten die Augen zu. Weck mich, wenn wir die ersten Ergebnisse haben.«

In seinem Büro gab es ein Sofa, das sich recht gut als Ersatzbett eignete. Jack machte sich auf den Weg.

Janet blickte ihm nach. Es war ungewöhnlich, dass ein so großer Mann wie Jack Hall ständig unter Strom stand. »Ist er immer so obsessiv?«

Der junge Assistent Jason antwortete fast genauso schnell wie sein Partner Frank; beide sagten: »Ja.« Janet war von Jack fasziniert. Er war brillant darin, Modelle zu erstellen, und verstand es, auf lebhafte Art über Paläoklimatologie zu sprechen, ganz anders als die meisten seiner Kollegen. Als er ihr von Mammuts erzählt hatte, die friedlich an einem Seeufer gegrast hatten und durch superkalte Winde schockgefroren worden waren, hatte sie eine anschauliche Vorstellung von dieser Szene bekommen.

Was nicht hieß, dass sie sich eine Wiederholung solcher Szenen wünschte, zum Beispiel mitten in New York City. Aber sie machte sich große Sorgen, dass es wieder geschehen könnte.

»Frank arbeitet schon seit der Steinzeit mit Jack zusammen«, sagte Jason. »Ich habe es bisher nur fünf Jahre als sein Diener ausgehalten.«

Wollte er sie anbaggern? Der Benjamin des Teams? Wie süß!

»Wenn er so ein schlimmer Chef ist, warum sind Sie dann so lange geblieben?«

»Weil er der beste Wissenschaftler ist, den ich je kennen gelernt habe.«

Dann sagte Frank: »Wir sind fertig.«

Janet sah ihn an. Sein Gesichtsausdruck gefiel ihr ganz und gar nicht. Irgendwo tief drinnen hatte sie vielleicht das Gefühl, dass sie duch die Fertigstellung des Modells die reale Katastrophe auslösen könnten. Vielleicht war sie aber auch nur todmüde – ganz zu schweigen von ihrer Todesangst. Ohne ein weiteres Wort erhob sich Frank vom Stuhl. Dann gingen sie zu dritt zu Jacks Büro.

Der Regen strömte an den Fenstern von Pinehurst herunter. Das idyllische Gelände war zu einer grauen Wasserfläche geworden, aus der hier und dort ein Baum oder ein Autodach herausragte. Die Straße nach draußen war allerdings noch frei, da sich die Überflutung hauptsächlich auf die Sportplätze beschränkte.

In den Korridoren wimmelte es vor Studenten mit Koffern, und Sam ekelte sich vor dem Gestank, der das Gebäude durchdrang. Der Dunst aus den Abwasserrohren passte nicht zu den elegant geschnittenen Schulanzügen und all der übrigen Pracht, und das gab Sam ein etwas besseres Gefühl.

»Anscheinend sind die sanitären Anlagen der Schule schon recht alt, Dad«, sagte Sam in sein Handy. »Auf jeden Fall hat der Regen die Kloaken überlaufen lassen.«

Jack wollte, dass Sam so schnell wie möglich nach Hause kam. Doch er zögerte, ihm den wahren Grund zu nennen, weil er auf keinen Fall wollte, dass Sam sich in dieser Situation auf Reisen begab, die viel zu gefährlich waren. Jack hatte sich deswegen schon seit einiger Zeit Sorgen gemacht. Aber jetzt war er mehr als nur besorgt. Er hatte Angst. Schreckliche Angst.

Im Hintergrund war auf einem Fernseher im Supercomputerraum zu sehen, wie der Präsident zur Nation sprach.

»Wo wirst du die Nacht verbringen, Sam?«

»Sie wollen uns zu Hause bei den Schülern unterbringen, die hier in der Nähe wohnen.«

Es war genauso, wie er befürchtet hatte. »Bist du dir sicher, dass du für heute kein Ticket mehr bekommst? Warum muss es erst morgen sein?«

Wenn er Recht hatte, konnte diese Sache wirklich schlimm werden. Morgen konnte es bereits zu spät sein. »Glaub mir, wenn ich könnte, würde ich abreisen. Dieser Gestank ist wirklich unerträglich.«

»Ich meine es ernst.«

»Ich auch. Ich halte den Gestank keine Sekunde länger aus.«

Er begriff es einfach nicht! Jack hätte ihm am liebsten gesagt, wie ernst es war, aber dann hätte er ihm auch die Wahrheit sagen müssen: Seiner Meinung nach bestand die Möglichkeit, dass die Welt, wie sie sie kannten, zu Ende ging, dass sie sich wahrscheinlich nie mehr lebend wiedersahen. »Sam, ich möchte, dass du nach Hause kommst.«

»Ich habe zwei Stunden lang angestanden, um Tickets zu bekommen, Dad.«

Jack brach es das Herz. Er warf einen Blick zum Fernseher, wo immer noch der Präsident sprach, dann machte er sich bereit, Sam die Wahrheit zu sagen.

»Mach dir keine Sorgen«, kam Sam ihm zuvor, »ich werde den Zug auf keinen Fall verpassen.«

Vielleicht war der Verkehr bis morgen noch nicht zusammengebrochen. Vielleicht war es sogar besser so. »Okay.«

»Ich muss jetzt gehen, Dad.«

»Okay. Ich liebe dich.«

Sam trennte die Verbindung und steckte das Handy ein. Laura sagte: »Rate mal, wo wir heute übernachten werden!«

Sie blickte zu J. D., der grinsend dastand. Also würden

sie in seinem Haus unterkommen. Wenigstens galt die Einladung nicht nur für Laura. »Großartig«, sagte Sam. Er verzog die Mundwinkel und hoffte, dass es einem glaubwürdigen Lächeln nahe kam.

8

In Braemar, nicht weit von Balmoral Castle in Royal Deeside, war die tiefste Temperatur seit Beginn der Aufzeichnungen im Vereinigten Königreich gemessen worden. Am 10. Januar 1982 war das Thermometer auf minus 26 Grad Celsius gefallen. Als Flight Lieutenant Scott Harrow von der Royal Air Force nun einen Blick auf seine Außentemperaturanzeige warf, war ihm klar, dass sie in diesem Moment am Boden viel tiefer liegen musste.

Minus 42 Grad auf achtzehnhundert Fuß bedeutete, dass es am Boden wahrscheinlich um die minus 35 waren. In Balmoral Castle, wohin sie unterwegs waren, musste es höllisch kalt sein. Die Königliche Familie war eingeschneit, und dann war die Heizung ausgefallen. Jetzt war diese ungewöhnliche Rettungsmission nötig geworden, um die Queen und ihren äußerst mürrischen Ehemann Prinz Phillip aus einer sehr gefährlichen Lage zu befreien.

Man erkannte erst, wie alt sie wirklich waren, wenn man sie aus der Nähe sah. Scott hatte als Mitglied der Queen's Flight häufig mit ihnen zu tun gehabt, und für ihn waren sie im Prinzip nur schwache alte Menschen in sehr teurer Kleidung.

»Schau dir die Autos an, sie rühren sich nicht von der Stelle«, sagte sein Kopilot.

Der Hubschrauber überflog die A-93, eine alte Militärstraße quer durch Royal Deeside. Scott blickte auf die lange Schlange von Fahrzeugen hinunter. Es machte den Eindruck, als hätten sämtliche Einwohner von Braemar beschlossen, gemeinsam die Stadt zu verlassen. Und es sah danach aus, dass sie im Schnee nicht mehr weiterkamen. Wahrscheinlich hatte es dort unten bereits die ersten Toten gegeben.

»Funk das Hauptquartier an und sag ihnen, dass sie jemanden herschicken sollen, der dort nach dem Rechten sieht.«

Im Hubschrauber war es verdammt kalt geworden, obwohl die Heizung lief. Scott sah auch, was der Grund dafür war. Jetzt lag die Außentemperatur bei – 47 °C. »Das kann unmöglich stimmen«, sagte Flugoffizier Williams. Aber seine Anzeige und die von Scott zeigten dieselben Werte.

Minus 50 Grad.

Plötzlich reagierte der Steuerknüppel träger als gewöhnlich. »Was zum Teufel ist hier los?«

Ein Netz aus Haarrissen erschien in Scotts Außentemperaturanzeige. Sie war mit einem externen Pitot-Rohr verbunden, das einen dünnen Luftstrahl von außen zum Messfühler führte. Anscheinend war die Temperatur innerhalb des Instruments unter die Toleranzgrenze gefallen.

Der Steuerknüppel reagierte immer unzuverlässiger, was Scott einigermaßen beunruhigte. Das war kein gutes Zeichen. Instinktiv schaute er wieder aus dem Fenster. Diese Gegend war nicht besonders geeignet, eine Landung mit Gegenrotation zu versuchen.

»Verdammt, die Hydraulikflüssigkeit gefriert!«, schrie Williams.

Kurz darauf erstrahlte ein ganzer Weihnachtsbaum von

blinkenden Warnlichtern. Alle Systeme, die mit hydraulischem Druck arbeiteten, fielen nach und nach aus.

Hydraulikflüssigkeit gefror bei minus einhundert Grad Celsius. Scott versuchte, die Höhe zu verringern, weil er hoffte, dass es näher am Boden nicht ganz so kalt war.

»Pan! Pan! Pan! Hier Royal zwo-null, unsere Flugkontrollen reagieren nicht mehr«, sagte er in sein Mikrofon. »Versuchen Autorotation. Wir gehen runter. Wiederhole, hier ist Royal zwo-null ...«

Er hörte die Stimme der automatischen Sicherheitsansage: »Ihr Treibstoffdruck ist unter das geforderte Sicherheitslimit gefallen. Bitte korrigieren Sie diesen Zustand. Ihr Treibstoffdruck ...«

Er zerrte den Knüppel mit aller Kraft zurück.

Nichts tat sich.

Er hörte das erste Krachen, als der Rumpf des Hubschraubers mit einem langen seufzenden Scharren über die stahlharte Oberfläche des Schnees glitt.

Es war das Letzte, was er hörte.

Die übrigen zwei Hubschrauber der Staffel schlossen auf. Der Staffelleiter Major Wilfred Tyne war entsetzt über das, was er soeben gesehen hatte. Scott und Willie waren wie ein Stein vom Himmel gefallen. Er wusste, dass sie es nicht überlebt haben konnten. Er hatte gesehen, wie ihre Maschine beim Absturz auseinander gebrochen war. Es war jedoch kein Rauch zu sehen, was bedeutete, dass sie nicht explodiert war. Das war merkwürdig, weil alle drei Hubschrauber für den Hin- und Rückflug voll betankt waren. Sie mussten davon ausgehen, dass sie das Treibstoffdepot von Balmoral vielleicht nicht benutzen konnten, wenn alle Generatoren ausgefallen waren.

Plötzlich hörte er, wie der dritte Hubschrauber meldete: »Druck im Backbord-Triebwerk fällt ab.«

Der Pilot rief: »Versuche auf eins umzuleiten.«

Sie hatten tatsächlich ein Triebwerk verloren, und Wilfred wusste auch, warum. Diese Hubschrauber waren nicht für den Einsatz bei so niedrigen Temperaturen konstruiert.

Er sah, wie Hubschrauber drei zurückfiel und in der Luft taumelte. Dann hörte er: »Steuerbord-Triebwerk ebenfalls ausgefallen!«

Er flog eine Kurve. Die andere Maschine sackte ab, dann konnte sie sich mit einer recht erfolgreichen Gegenrotation abfangen. Sie schienen sie wieder unter Kontrolle zu haben. Ausgezeichnet, so konnten sie zumindest eine nicht allzu heftige Bruchlandung hinlegen.

Dann sah er, wie die Rotoren immer langsamer wurden und schließlich stehen blieben. Keine Rotation, keine Gegenrotation. Während einer langen Sekunde hing der Helikopter reglos in der Luft, als würde ihm erst nach einem Moment klar werden, dass er jetzt herunterfallen musste.

Er kippte geradezu anmutig zur Seite und stürzte dann dem Boden entgegen. Er verschwand in einer dichten Schneewolke. Wilfred hatte seine Staffel verloren. Er war viel zu benommen, um die Information wirklich verarbeiten zu können. Sechs Männer waren tot, und die Rettungsmission war gescheitert.

Dann blinkten die Warnmeldungen auf seinen eigenen Instrumenten.

»Gehe auf Autorotation«, sagte er. »Schalten Sie auf Nottreibstoff um.«

»Nottreibstoff auf beiden Motoren.«

Wilfred drückte den Pitch-Hebel. Er hätte genauso gut

gegen eine solide Wand drücken können, was die Nachgiebigkeit betraf.

»Komm schon, du Miststück!«

Er durfte nicht seine gesamte Staffel verlieren. Was sollte dann aus der Queen werden?

»Komm schon!«

»Schalte auf Manuellsteuerung.«

Er benötigte seine ganze Kraft, um den Hubschrauber einigermaßen unter Kontrolle zu halten, während er tiefer ging. Ein kurzer Blick verriet ihm, dass die Anzeige des Höhenmessers so schnell wechselte, dass er nichts mehr erkennen konnte. Er kämpfte mit den Rotoren, versuchte irgendwie den Neigungswinkel zu regulieren und spürte selbst die leichteste Reaktion, wenn der Luftdruck über den schräg gestellten Rotoren anstieg.

Dann gab es ein lautes Krachen, gefolgt von einem heftigen Ruck nach links, dann ein wildes Taumeln, das anscheinend nie mehr aufhören wollte.

Als es endlich doch vorbei war, rührte sich etwas im verbogenen Gehäuse der Maschine. Wenig später fiel eine verbeulte Tür in den Schnee, und Wilfred kletterte nach draußen. Er richtete sich in seiner zerfetzten Fliegermontur auf und blickte in ein weites, von Schnee bedecktes Tal hinunter.

War das da unten Rauch? Vielleicht stieg er von einem Haus auf, das ansonsten vollständig unter den Wehen begraben lag. Er wollte loslaufen, doch als der erste Schock des Absturzes nachließ, spürte er, dass sein Oberschenkel brannte. Es fühlte sich an wie glühende Kohlen. Instinktiv drückte er eine Hand auf den Riss in seiner Montur, durch den die extrem kalte Luft eindrang.

Aber es war zu spät, viel zu spät. Er versuchte ein paar

Schritte zu machen, doch seine Bewegungen wurden rasch langsamer. Ihm war so kalt, dass er überhaupt nichts mehr wahrnahm. Schließlich fühlte es sich an, als würde er nicht erfrieren, sondern verbrennen.

Dann war es zu Ende. Er war zu Eis gefroren, mit einem Stück Kaugummi zwischen den Zähnen. Wie die Mammuts in Alaska vor langer Zeit. Nur dass sie Gänseblümchen gekaut hatten. Wilfred bevorzugte Doublemint.

Der Wind wehte heulend aus dem Norden heran und fuhr durchs Tal. Auf den Graten und Hügeln wirbelte er den Schnee anmutig auf. Dann schlug er Wilfred ins Gesicht und ließ die Plastikscheibe in seinem Helm zersplittern.

Wilfred schwankte im Wind, dann kippte er um. Als sein Körper gegen die linke Landekufe des Hubschraubers prallte, zersplitterte er wie Glas. Die Stücke verteilten sich über den Boden und würden eines Tages zu einer seltsamen Anordnung aus Knochen werden. Doch zuvor fiel weiterer Schnee aus dem Himmel und verhüllte die Absturzstelle.

Jack Hall und Tom Gomez eilten durch den Metalldetektor ins Old Executive Office. Die Sicherheitsleute blickten kaum von ihren Fernsehern auf. Ein Reporter berichtete gerade, dass die Leute in ganz Washington Proviant einkauften. Die Menschen waren nicht dumm. Ihnen musste nicht ausdrücklich gesagt werden, dass die Lage sehr ernst war.

»Ich hoffe, dass Sie sich nicht getäuscht haben, Jack. Hier steht immerhin mein Arsch auf dem Spiel.«

»Sie haben das Modell gesehen.«

»Ja, aber ich bete trotzdem zu Gott, dass es falsch ist.«

Jack hätte sich in diesem Moment gerne aus dem Staub gemacht, denn Becker kam ihnen entgegen. Tom verzog das

Gesicht zum breitesten Arschkriechergrinsen und sagte: »Herr Vizepräsident ...«

Becker verlangsamte nicht einmal sein Tempo. »Hallo, Tom.«

Tom zerrte Jack mit sich und eilte neben dem kräftig ausschreitenden Becker her. »Sie kennen Dr. Hall?«

Was für eine saublöde Frage! Hatte Tom vergessen, was vor nur einer Woche geschehen war? Oder lag Neu-Delhi schon länger zurück? Es kam ihm vor, als hätte die Konferenz in einem früheren Leben auf einem ganz anderen Planeten stattgefunden. Hoffentlich ging es Becker genauso.

Becker warf ihm einen finsteren Blick zu. Jack versuchte zu lächeln. »Wir sind uns begegnet«, erwiderte der Vizepräsident.

»Professor Hall hat neue Informationen, die Sie sich unbedingt ansehen sollten.«

Jack hielt Becker den Ordner hin, während die drei weiter durch den langen Korridor eilten. »Das sind die Resultate der Simulation. Sie erklären, wodurch die aktuellen Wetterveränderungen verursacht werden.«

»Ich werde sie mir später ansehen. Jetzt habe ich keine Zeit. Der Direktor der FEMA wartet auf mich.«

»Es ist sehr dringend, Sir«, sagte Jack. »Das Klima verändert sich rapide, und das alles wird in den nächsten sechs bis acht Wochen geschehen.«

Becker warf ihm einen ultrakurzen Seitenblick zu. Jack erkannte, dass sich Becker seiner Anwesenheit durchaus bewusst war, und zwar auf ziemlich unangenehme Weise. »Ich dachte, Sie hätten gesagt, es würde noch mehrere hundert Jahre dauern.«

»Ich habe mich geirrt.«

Becker lächelte dünn. »Vielleicht irren Sie sich immer noch.«

»Sehen Sie sich an, was überall auf der Welt geschieht. Europa steckt bereits in großen Schwierigkeiten.«

»Wir treffen alle notwendigen Vorkehrungen. Was erwarten Sie sonst noch von uns?«

Jack überlegte sich ernsthaft, ob er diesen Hornochsen packen und durchschütteln sollte, damit er endlich zur Vernunft kam. Wahrscheinlich standen dreißig Millionen Menschenleben in den USA und in Kanada auf dem Spiel. »Sie sollten sich unbedingt auf Evakuierungen in großem Maßstab vorbereiten.«

Damit brachte er Becker endlich zum Stehen. Langsam drehte er sich zu Jack um. »*Evakuierungen*? Jetzt sind Sie völlig durchgedreht.«

Ein paar von Beckers Mitarbeitern, die am Ende des Korridors auf ihn warteten, kamen ihm nun entgegen.

»Entschuldigen Sie, aber ich muss jetzt gehen«, sagte Becker.

Jack durfte nicht aufgeben. Er konnte all die Menschenleben nicht ignorieren, nur weil sein Anliegen gegen die Gebote der Höflichkeit verstieß. »Herr Vizepräsident, wenn wir nicht sofort handeln, wird es zu spät sein.«

Becker drehte sich nicht mehr um. Jack und Tom starrten nur noch auf eine geschlossene Bürotür.

»Das ist es, was ich am meisten an Ihnen mag«, sagte Tom. »Ihr unglaubliches Geschick, mit Menschen umzugehen.«

»Ich habe mir alle Mühe gegeben!«

Gomez schüttelte den Kopf.

»Er ist ein Idiot, Tom.«

»Regel Nummer eins: Der Chef ist immer ein Genie.«

»Ich bitte Sie, Tom!«

»Der Chef ist ein Genie!«

Ja, er verstand, was er damit sagen wollte. »Wunderbar«, sagte er. »Ich bin überwältigt!«

Wie lange dauerte es, bis zwanzig Millionen Amerikaner erfroren waren?

Im Vergleich zu J. D.s Apartment sah seine Schule wie eine baufällige Ruine aus. Ganz zu schweigen von Sams Bude in Arlington. Selbst die Korridore waren halbhoch getäfelt. Und war das richtige Seide an den Wänden oder nur eine Tapete, die wie braune Seide aussah?

Er gelangte zum Schluss, dass die Tapeten im Foyer wahrscheinlich mehr kosteten als sämtliche Möbel im Haus seiner Mutter. Mit der Einrichtung seines Vaters war es nicht zu vergleichen. Er stand nicht auf Dekoration. Seine Couch sah aus, als hätte er sie bei einer drittklassigen Tombola um 1990 gewonnen, irgendwann in prähistorischen Zeiten.

Laura war hin und weg. Sie war total begeistert. »Hier wohnst du?«, fragte sie atemlos.

»Nur an den Wochenenden. Eigentlich ist es die Wohnung meines Vaters, aber er ist nur selten da.«

Laura warf Sam einen Blick zu, der sein Herz schmelzen ließ, der ihm unglaublich gut tat. Sie hatte sich an ein Gespräch mit ihm erinnert, in dem er ihr gestanden hatte, wie sehr er seinen Vater vermisste.

»Ist dein Vater jetzt zu Hause?«, fragte Brian.

»Er ist mit Cindy in Europa, Skifahren.« Er zeigte auf ein Foto, das auf einem kleinen Tisch stand. Darauf waren ein distinguierter älterer Herr und ein Mädchen von vielleicht achtundzwanzig Jahren zu sehen. »Meine Stiefmutter«, sagte J. D. tonlos.

»In Europa gibt es im Moment jede Menge Schnee«, sagte Sam. Sie betraten eine Art Gewächshaus voller Pflanzen. Es gab Orchideen und Bromelien in voller Blüte und etwas, das genauso roch, wie tropische Nächte seiner Meinung nach riechen sollten. Frangipani?

»Hier versteht jemand, mit Pflanzen umzugehen«, bemerkte Brian.

»Dafür haben wir eine Haushälterin«, sagte J. D. »Das ist das Hobby meines Vaters.«

»Wo werden wir schlafen?«, fragte Sam.

»Hier gibt es sechs Schlafzimmer. Sucht euch etwas aus.«

Sechs Schlafzimmer mit Blick auf die Park Avenue und die Achtundsechzigste Straße. Sam fragte sich, wie viel man für so etwas hinlegen musste. Bestimmt zehn Millionen, schätzte er. Konnten ein nettes Lächeln und sehr viel Liebe mit zehn Millionen Dollar konkurrieren?

J. D. lächelte – auf sehr nette Weise. Er hatte bemerkt, dass Laura sich ein anderes Foto ansah.

»Das ist mein kleiner Bruder. Ich habe ihm gerade das Radfahren beigebracht.«

Also war er außerdem ein richtig netter Kerl. Das klang gar nicht gut.

Brian war zum großen Fenster gegangen. Der Regen war so heftig, dass man höchstens einen halben Block weit sehen konnte. Man konnte sogar kaum die andere Seite der Park Avenue erkennen. So stark regnete es nun schon seit vierundzwanzig Stunden.

»Wie lange wird das so weitergehen«, fragte Brian.

Sam hatte sich die gleiche Frage gestellt. Sein Vater wollte, dass er nach Hause kam, und sein Vater kannte sich verdammt gut mit dem Wetter aus. Sam wäre auf jeden Fall gerne zu Hause gewesen, bei seiner Mutter und seinem Vater. Er stand neben Brian und starrte in den strömenden kalten Regen hinaus.

Jack stand mit seinem Team an einem Telefon mit Freisprechanlage. Dr. Rapsons Stimme wurde aus dem hohen Norden von Schottland übertragen. »Vor etwa zwei Stunden sind drei Hubschrauber abgestürzt, die zu einer Rettungsmission nach Balmoral unterwegs waren. Die Motoren versagten, weil der Treibstoff in den Leitungen gefroren ist.«

Jack wurde übel. Ging es hier um Temperaturen, wie sie bei einem superkalten Sturm zu erwarten waren? »Bei wie viel Grad ...«

»Minus einhundert Grad Celsius«, sagte er. »Wir mussten den Wert nachschlagen. Der Temperatursturz erfolgte außerdem extrem schnell. Menschen wurden quasi schockgefroren.«

Jack dachte nach. Es musste Bildmaterial existieren, das einem solchen Phänomen Gestalt verlieh, das bewies, dass es nicht nur ein Ausrutscher war, der höchstens alle paar Jahrtausende vorkam.

»Können wir ein Satellitenbild von Schottland bekommen?«, fragte Jack. »Von vor zwei Stunden?« Dann wandte er sich wieder an Rapson. »Woher wissen Sie von all diesen Ereignissen, Terry?«

»Unsere Überwachungsstationen haben alles aufgezeichnet. Wir haben hier Berge von Daten, aber nicht annähernd genug Rechnerkapazität, um sie auswerten zu können. Jeder Supercomputer in Großbritannien scheint entweder mit extrem wichtigen Dingen beschäftigt oder ausgefallen zu sein.«

»Das dürften sehr große Datenmengen sein«, sagte Jason.

»Transferieren Sie sie zu uns«, sagte Jack zu Rapson. Sofern das Web noch funktionierte. Die Sache wurde allmählich brisant. Sämtliche internetabhängigen Kommunikationssysteme litten unter Störungen.

Janet hatte vom DSRS-Geosatelliten ein Bild von Schottland abgerufen. »So hat es über Schottland ausgesehen, als es zum Temperatursturz kam«, sagte sie.

»Sieht aus wie ein Hurrikan«, sagte Frank.

Jack starrte die weiße Wolke an und konzentrierte sich besonders auf das Auge, das nicht sehr deutlich ausgeprägt war. Trotzdem rotierte das Ganze, daran bestand kein Zweifel. Er hatte noch nie zuvor eine Megazelle gesehen. Solche Tiefdruckgebiete existierten nur in der Theorie.

Er starrte es an und dachte, dass es das bedrohlichste Gebilde war, das er jemals gesehen hatte, eine der gefährlichsten Katastrophen, die die Natur im Repertoire hatte. Er fragte sich, wie viele dieser Dämonen er sehen würde, wenn er Satellitenbilder der gesamten nördlichen Hemisphäre zusammenstellte. *Bitte nicht über New York*, dachte er, *bitte nicht über meinem Jungen!*

9

In New York goss es immer noch in Strömen, und Luther war ratlos. Er und Buddha waren zwar im Augenblick trocken, zumindest einigermaßen trocken. Sie hielten sich unter dem Vordach eines sehr schicken Gebäudes auf, und der Pförtner war nirgendwo zu sehen.

Dann war plötzlich doch einer da. »He, Sie! Sie können hier nicht bleiben. Machen Sie, dass Sie weiterkommen.«

Mach, dass du weiterkommst. Wie oft hatten er und Buddha diesen Satz schon gehört? Nun, sie wussten aus jahrelanger Erfahrung, dass sie dieser Aufforderung nachkommen sollten, wenn sie keine nähere Bekanntschaft mit einem Schlagstock machen wollten. Denn alle Pförtner hatten einen, irgendwo unter ihren schmucken Uniformen verborgen.

Sie machten, dass sie weiterkamen. Sie kehrten in den Regen zurück, aber sie ließen sich Zeit damit, bis der blöde Latino sich auf den Schenkel klopfte – beziehungsweise auf seinen Schlagstock, der an seiner rechten Hüfte zu hängen schien.

Vielleicht die U-Bahn. Sie konnten einem nicht verbieten, sich dort aufzuhalten, solange man in Bewegung blieb. Die U-Bahn-Polizisten waren ganz in Ordnung, die meisten. Sie gönnten einem armen Schlucker eine Verschnaufpause, wenn es regnete. Die meisten.

Aber als Luther hinuntersteigen wollte, merkte er, dass es nicht ging, weil so viele Leute nach oben stiegen. Das konnte er überhaupt nicht verstehen. Warum wollten die Leute eine sichere Zuflucht *verlassen*? Es kamen mindestens zwei Zentimeter Regen pro Stunde herunter, und es wurde ständig kälter. Der Regen fühlte sich bereits frostig an, und Buddha zitterte immer heftiger.

Sie hatten sich etwa zehn Stufen nach unten vorgekämpft, als Luther sah, dass der verdammte U-Bahnhof voller Wasser war! Es war nicht nur ein bisschen knöcheltiefes Wasser. Nein, der Bahnhof wurde überflutet, und zwar rasend schnell. Ihm wurde klar, dass da unten vielleicht sogar Menschen ertranken, so schnell strömte das Wasser.

Buddha warf Luther einen unglaublich Mitleid erregenden Blick zu. »Schau mich nicht so an!«, sagte er. »Ich kann doch auch nicht schwimmen.«

Buddha schwamm wie ein Stein. Er war ein paarmal in den See im Central Park gesprungen, wenn er Enten gejagt hatte, und Luther hatte jedes Mal hinterherspringen und ihn vom Grund hochholen müssen. Manche Hunde konnten einfach nicht schwimmen, genauso wie manche Menschen – auf jeden Fall merkwürdige Hunde wie Buddha.

Gute hundert Meter höher in einer völlig anderen Umgebung saßen vier hochbegabte Jugendliche, denen man unwillkürlich zutraute, dass sie die Menschheit in eine strahlende Zukunft führen würden, vor dem Fernseher. Das Wohnzimmer hatte die Ausmaße eines kleinen Kinos, und auf dem riesigen Fernseher war ein Reporter zu sehen, der alles andere als glücklich wirkte. Im Gegenteil, er wirkte sogar verängstigt; sein Gesicht war blass, und seine Augen zuckten hin und her, als würde er damit rechnen, dass jeden Moment die Hölle losbrach.

»Hier an der Grand Central herrscht das Chaos«, brüllte er im Lärm einer großen Menge. »Die meisten Bahnsteige sind überflutet, und der Verkehr wurde größtenteils eingestellt...«

Sam war mindestens genauso besorgt wie der Reporter. Er war weit von zu Hause weg, und er wusste, dass es Laura genauso ging, weil sie fest seine Hand gedrückt hielt. Brian saß mit verschränkten Armen da und hielt seine Schultern umklammert. J. D. telefonierte. »Mach dir keine Sorgen, Benny, ich bin in ein paar Stunden bei dir. Wir sehen uns bald.«

»Der Chauffeur meines Vaters kommt, um mich abzuholen. Soll er euch am Bahnhof absetzen?«

»Jetzt nicht mehr«, sagte Brian.

J. D. verfolgte einen Moment lang die Nachrichten. »Ich werde meinen kleinen Bruder holen. Ich könnte euch mitnehmen.«

»Wo ist er?«, fragte Laura.

»In einer Schule in der Nähe von Philadelphia. Von dort könnt ihr bestimmt einen Zug oder einen Bus nehmen.«

»Der Dow Jones erlitt heute Vormittag einen erdrutschartigen Sturz um einundsechzig Prozent, bevor der Handel vor wenigen Augenblicken eingestellt wurde ...«

Anderthalb Meilen entfernt in der Wall Street kam sich Gary vor, als wäre ein gnädiger Engel vom Himmel herabgestiegen und hätte ihn aus der Hölle der Börsenaufsicht befreit. Gestern war der Markt noch stark gewesen. Ganz oben. Und jetzt war die Welt zusammengebrochen.

Paul schien ähnlich zu empfinden. »Es ist wie das Ende der Welt«, sagte er.

»Milliarden Dollar sind vernichtet«, flüsterte Tony, »Milliarden ...«

Gary lächelte. Er hätte jetzt gerne die Sektkorken knallen lassen. »So viel zum Thema Voridium-Fusion.«

Paul sah ihn an, als wäre er verrückt geworden. »Voridium. Ja, das war eine Sache, mit der unsere Firma etwas Geld hätte machen können.« Er starrte auf den Fernseher, als wollte das Gerät ihn beißen. »Was machen wir jetzt?«

Gary ertrug es nicht. Er musste einfach darauf anstoßen, dass sein Leben gerettet worden war. »Ich sage dir, was wir tun werden. Wir werden losziehen und den heutigen Tag feiern.«

In der luxuriösen Wohnung an der Park Avenue war J. D. immer noch vergleichsweise gelassen, soweit Sam es beurteilen konnte. Ruhig und gefasst. Sam versuchte sich daran festzuhalten. Er brauchte jetzt jemanden, der den Überblick behielt. Er wollte nicht in Panik geraten, obwohl er kurz davor stand.

»Victor steckt drüben auf der Fifth Avenue im Stau«, sagte J. D. »Es dürfte einfacher sein, die Stadt zu verlassen, wenn wir dort zu ihm stoßen.«

Brians Unterkiefer klappte herunter. »Du meinst, wir sollen zu Fuß gehen? Bei diesem Wetter?«

»Es sind nur ein paar Blocks.«

In diesem Moment flackerte die Beleuchtung. *Oh Gott, bitte kein Stromausfall, denn ich will nicht vor den Jungs losheulen!*, dachte Sam. Laura schien zu spüren, wie es ihm ging; vielleicht stand sie selbst kurz vor dem Nervenzusammenbruch. Ihre Hand wurde zu einer Stahlklammer. Nur dass es warmer Stahl war, der etwas Tröstendes hatte.

Morton's Bar war geöffnet und rappelvoll. Die meisten Gäste waren Börsenmakler, die sich einen hinter die Binde kippten. Tony wollte es ihnen gleichtun, aber er würde es unmöglich bis ganz nach vorne schaffen, wo das Vergessen lockte, wo man einen Fünfer auf den Tresen legte und einen neuen Bourbon oder Wodka bekam – oder was gerade die Runde machte.

Hier hinten hatte man nur die Möglichkeit, das Geld nach vorne durchreichen zu lassen, eine Weile zu warten und zu hoffen, dass das Glas auf dem Weg nach hinten nicht von irgendeinem Arschloch ausgetrunken wurde.

»Ich habe gerade eine zweite Hypothek aufgenommen«, beklagte sich Tony frustriert.

Gary fühlte sich auf seltsame Weise überlegen. Er hatte überhaupt nichts dazu beigetragen, dass sein Arsch gerettet worden war. Doch Wunder solchen Ausmaßes geschahen nicht jeden Tag, oder? Also musste er bei jemandem da oben ziemlich hoch im Kurs stehen. Bestimmt.

»Weißt du, was dein Problem ist?«, sagte er zu Tony.

»Ja, dass ich alles verloren habe.«

»Dein Problem ist, dass du dir viel zu viele Sorgen um Geld machst.«

Paul legte Gary eine Hand auf die Stirn. »Geht es dir nicht gut?«

Gary hatte unterwegs eine Packung Camel gekauft. Er machte sie auf, zog eine Zigarette heraus und kramte in der Tasche nach dem Feuerzeug, das er gleichzeitig erworben hatte.

»Ich dachte, du hättest damit aufgehört«, sagte Paul.

»Von nun an lebe ich jeden Tag, als wäre er mein letzter, Bruder. Du weißt nie, was die Zukunft für dich bereithält. In dieser Minute hast du zehn Millionen Dollar in der Hand, in der nächsten erwarten dich zehn Jahre Gefängnis. Oder umgekehrt.« Er wusste, dass er immer lauter sprach. So laut, dass die anderen Leute es bemerkten, trotz des ohrenbetäubenden Gejammers, das den Laden erfüllte. »Ich zahle fünftausend pro Monat für ein Apartment, in dem meine Putzfrau mehr Zeit verbringt als ich. Warum tue ich das? Ich sage dir eins, Paulie, es wird Zeit, einige Dinge zu ändern. Sag Lebewohl zum alten egoistischen, materialistischen, geldgierigen Gary. Ich werde kein Sklave des allmächtigen Dollars mehr sein!«

»Vielleicht solltest du dich ein Weilchen hinsetzen, Gary.«

»Von nun an lebe ich nur noch für den Augenblick. Geld ist mir scheißegal. Von nun an!«

»Gary, setz dich!«

Gary zog einen Geldschein aus der Tasche, rollte ihn wie einen Strohhalm zusammen und zündete ihn an. »Das hier ist völlig wertlos«, verkündete er.

»Himmel!«, sagte Paul. »Das ist ein Hundert-Dollar-Schein, Mann!«

»Es ist nur ein Stück Papier.«

Das Licht ging aus. Schockierte Stille. Nur ein schwaches Glimmen erhellte die Dunkelheit – der zwischen Garys Fingern brennende Geldschein. Bis er erlosch.

Dann brach das Chaos aus.

J. D. hatte gerade auf den Knopf gedrückt, um den Fahrstuhl zu holen, als auch in seinem Haus der Strom ausfiel. »Vielleicht sollten wir die Treppe nehmen«, sagte Sam.

»Wir sind im obersten Stockwerk«, erwiderte J. D.

Sie warteten. Doch diesmal kam der Strom nicht zurück.

»Also doch die Treppe«, sagte Brian.

Sie machten sich auf den Weg. Das Treppenhaus wurde schwach von batteriebetriebenen Notlampen erleuchtet, die auf jedem Absatz an der Wand hingen.

Es war kein besonders hohes Gebäude, also war es kein allzu großes Problem, von ganz oben nach unten zu gelangen. Sie brauchten etwa zehn Minuten, um das Erdgeschoss zu erreichen.

Draußen hatte sich die Park Avenue in einen Fluss verwandelt. Unter normalen Umständen war die Kanalisation von Manhattan sehr gut, und Regenwasser lief problemlos ab, aber wenn man zwei Zentimeter Regen pro Stunde über der Stadt ausschüttete, und das über mehrere Stunden, musste es zu Überflutungen kommen.

Laura schlug vor, dass sie einfach in der Lobby bleiben

sollten. Sam hielt es grundsätzlich für eine gute Idee, nur dass er den intensiven Drang verspürte, nach Hause zu fahren. Die Lage war ziemlich ernst. Viel ernster, als die anderen ahnten. Hier lief etwas Großes aus dem Ruder, etwas, von dem sein Vater sehr viel verstand und vor dem er seine Familie beschützen konnte. Aber damit er es tun konnte, musste die Familie zusammen sein, und insgeheim befürchtete er, dass sie alle ihre Familien nie wieder sahen, wenn sie nicht bald wieder bei ihnen waren.

»Wir müssen nach Hause«, sagte er und trat in den Sturm hinaus. Das Wasser auf der Straße reichte den Autos bis zu den Felgen, und auf den Gehwegen stand es hoch genug, dass es einem in die Schuhe schwappte, wenn man nicht aufpasste. Und der Regen war ein strömender, rauschender Niagarafall. Es regnete so unablässig, dass man sich gar nicht mehr vorstellen konnte, es würde je wieder aufhören.

Trotzdem blieb die Stadt in Bewegung. Überall drängelten sich Autos, in allen Richtungen staute sich der Verkehr. Sam befürchtete, dass es daran lag, dass Millionen Menschen gleichzeitig versuchten, durch zwei Tunnel und über eine Brücke nach New Jersey zu gelangen, und das konnte einfach nicht funktionieren. Außerdem war es gut möglich, dass die Tunnel überflutet waren. Der gesamte Verkehr hatte vielleicht nur noch ein einziges Ziel: die George Washington Bridge.

J. D. versuchte sie zu führen. »Hier entlang«, sagte er und nahm Lauras Hand. J. D. mochte sie, weil sie so verdammt hübsch war, und das konnte Sam ihm nicht einmal verübeln. Allmählich erkannte er eine andere Seite dieses Kerls. J. D. gab sich alle Mühe, sich um diese fremden Altersgenossen zu kümmern. Aber Sam glaubte nicht, dass sie mit J. D.s Limousine weiter als mit dem Zug kamen. Es sah überhaupt nicht gut aus.

Gary, Tony und Paul waren sich immer noch nicht in vollem Umfang dessen bewusst, was rund um sie herum geschah. Überall herrschte Verkehrschaos und ein heilloses Durcheinander, und es regnete in Sturzbächen, aber sie hatten weiterhin das Gefühl, ihr Leben im Griff zu haben. Wenn man sie gefragt hätte, wären ihnen ein Dutzend möglicher Gründe für den Zusammenbruch des Marktes eingefallen, von denen jedoch keiner den Tatsachen entsprach.

Die Öffentlichkeit, die an den Fernsehern verfolgte, wie sich das Drama in Europa und dann auch in den USA entwickelte, hatte mit großer Sorge darauf reagiert. Ein Investor nach dem anderen hatte erkannt, dass diese Katastrophe auf jeden Fall verdammt viel Geld kosten würde. Wer selbst in den Krisenjahren 2000 bis 2002 bei der Stange geblieben war, hatte nun endgültig das Handtuch geworfen. Die Großen konnten sehr viel Einfluss auf die Markttendenzen haben, aber wenn die Kleinen gleichzeitig das Gleiche wollten und verkauften, stürzten die Makler in einen bodenlosen Abgrund.

Tony war bald klitschnass, als sie sich den Gehweg entlangkämpften und ein Taxi anzuhalten versuchten. »Schaut euch das an, mein Fünfzehnhundert-Dollar-Anzug ist ruiniert!«

Gary sah einen Stadtbus, der am Straßenrand stand, und hastete hinüber. Seine durchnässten Schuhe klatschten in die eiskalten Pfützen. Er hämmerte gegen die Türen.

»Wir fahren nicht mehr!«

Aber der Fahrer öffnete dennoch die Tür. Gary betrat den

Bus und lächelte verbissen. »Ich gebe Ihnen hundert Dollar, wenn Sie wieder fahren.«

Der Fahrer nahm die Scheine und sah sie an. Er schien erstaunt zu sein, so viel Geld auf einmal in der Hand zu halten.

»Hören Sie, ich ...«

»Zweihundert! Und kein Wort mehr, mein Freund.«

Tony folgte ihm in den Bus. Der Fahrer schloss die Türen. Und nun?

Jedes Mal, wenn sie den Wetterbericht hörte oder nach draußen sah, machte sich Lucy größere Sorgen um Sam. Viele Kollegen drängten sich um den Fernseher in der Stationszentrale, und schließlich ging sie ebenfalls hinüber.

»... haben die schweren Regenfälle zu größeren Stromausfällen in ganz Manhattan geführt. Die Arbeiten zur Wiederherstellung der Stromversorgung werden durch die Überflutungen behindert.«

Das gefiel ihr ganz und gar nicht. Sie wollte ihren Jungen bei sich haben, und zwar sofort. Sie sah, wie live zu einer Straße in New York geschaltet wurde. »Die Lage hier in Manhattan ist ziemlich ernst. Es wurden bereits über zweihundert Unfälle gemeldet ...«

Gott, hilf meinem Sammy!

Dieser Regen wurde allmählich zu einem ernsten Problem für Buddha, der völlig durchnässt war, den Schwanz zwischen die Beine geklemmt hatte und vor Kälte zitterte. Es war noch nasser und noch kälter geworden.

Luther konnte die zwei großen Löwen vor dem Hauptsitz der Bibliothek erkennen, und er steuerte seinen Einkaufswagen in diese Richtung. Etliche Menschen stiegen die Treppe vor dem Gebäude hinauf, um Zuflucht vor dem Regen zu suchen.

Er parkte seinen Wagen vor den Stufen. Darin lagerten die Erinnerungen an ein ganzes Leben, an seine besseren Tage, an seine Jahre als Posaunist und Schlagzeuger und sogar an lange zurückliegende Zeiten, die hellen Tage seiner Jugend, als er beim Baseball mühelos einen Home Run nach dem anderen erzielt hatte.

»Der Hund darf hier nicht mit hinein.«

Wieder ein Wachmann. Manchmal glaubte er, sie wurden irgendwo gezüchtet, wie Champignons in einem Keller. Normalerweise ließ er sich von solchen unfreundlichen Worten verjagen, aber nicht heute, weil sie heute auf dem Zahnfleisch krochen, weil Buddha hier draußen sterben würde und Luther wahrscheinlich auch.

»Seien Sie kein Unmensch. Es gießt in Strömen und es ist saukalt.«

»Sehen Sie das Schild da drüben?«

Ja, er sah es, es war so riesig, dass es nicht zu übersehen war: *Essen, Getränke und Haustiere verboten*. Also durfte er seinen gebratenen Truthahn nicht mitbringen und auch nicht seine Champagnerflaschen oder sein zahmes Wiesel. Und wenn Buddha sterben musste, dann würde es ihm eben genauso ergehen. »In einer öffentlichen Bibliothek ist nun mal nicht alles erlaubt«, murmelte Luther, als er wieder in den Regen hinausstapfte.

Im Central Park Zoo gab es weitere Hinweise darauf, wie sehr die Situation aus dem Ruder gelaufen war. Menschen, die sich daran gewöhnt hatten, hinter dicken Wänden zu leben, sich vor Sonne oder Sturm in Sicherheit zu bringen, hatten ihre Instinkte verloren, die die meisten Lebewesen mit der Natur verbanden. Tiere hatten sie nicht verloren, und aus diesem Grund war der Zoo ein heulendes, kreischendes, rennendes und flatterndes Chaos aus verängstigten Kreaturen.

Aber nicht überall. Einer der Wärter, der selber große Angst hatte und bereit war, sich nach Hause zu flüchten, richtete den Strahl seiner Taschenlampe ins Wolfsgehege, in dem es überraschend still war. Er stellte fest, dass die Tiere nicht mehr ganz weit hinten zusammengedrängt in den Verschlägen kauerten. Vor einiger Zeit hatte er ein lautes Krachen gehört, und jetzt wusste er, wodurch es verursacht worden war. Ein Baum war ins Gehege gestürzt und hatte die hintere Umzäunung aufgerissen.

Die Wölfe waren verschwunden, das komplette Rudel. Wenn er diesen Zwischenfall meldete, würde man eine große Suchaktion starten. Dann würde er die nächsten zwei oder drei Tage ständig im Dienst sein, um den Polizisten zu helfen, sie bei diesem Unwetter wiederzufinden.

Zum Teufel. Er schaltete die Taschenlampe aus und eilte in sein Büro zurück.

J. D. führte Sam und Laura zwischen langen Autoschlangen hindurch, die bis zu den Scheinwerfern im Wasser standen. Einige Motoren liefen, andere nicht. J. D. telefonierte mit seinem Handy, das erstaunlicherweise immer noch funktionierte.

»Er steckt ein paar Blocks weiter im Stau«, rief er ihnen zu.

Klar, im Stau, dachte Sam. Niemandem würde es gelingen, mit einem Auto aus diesem Verkehrschaos herauszukommen. Die einzige Möglichkeit, diese Insel zu verlassen, bestand im Augenblick darin, bis zum Ufer zu laufen und ein Boot zu nehmen.

»Das ist doch idiotisch«, sagte Laura. »Mit einem Auto kommen wir so nicht weiter. Wir sollten zum Apartment zurückgehen.«

»Ich bin ebenfalls dafür«, setzte Brian hinzu.

Sie hatten es immer noch nicht begriffen. Sam bezweifelte, dass Manhattan tatsächlich unterging, aber das Wasser stand schon ziemlich hoch. Sie waren die ganze Zeit J. D. gefolgt, bis sie von der Zweiundvierzigsten Straße auf die Fifth Avenue abgebogen waren. Sam glaubte nicht daran, dass sie diesen Weg noch einmal zurückgehen konnten. Der untere Abschnitt der Zweiundvierzigsten war vermutlich längst unpassierbar.

Er blickte nach vorn und sah die Bibliothek wie eine große Insel aufragen. »Da hinauf«, rief er. Jetzt hatte er die Führung übernommen, und die anderen folgten ihm.

Laura schrie auf, als sie unter Wasser mit dem Bein gegen eine Stoßstange stieß, aber im Tosen des Regens hörte Sam es nicht. Er schob sich weiter, an einem Taxi vorbei, das in ein paar Minuten vollständig untergetaucht sein würde.

Aber davon wussten die Autofahrer nichts. Andernfalls wären sie stehen geblieben. In Manhattan soffen keine Autos ab. So etwas passierte einfach nicht in der Welt, die sie kannten.

Officer Thomas Campbell war nicht so unbesorgt. Er befürchtete vielmehr, dass die Frau und das kleine Mädchen, die in diesem Taxi gefangen waren, ertrinken könnten. Der Wagen war zwischen anderen Autos eingekeilt, sodass sich die Türen nicht mehr öffnen ließen. Vom Fahrer war nirgendwo etwas zu sehen.

»Beruhigen Sie sich, Ma'am«, brüllte Tom. »Ich hole Sie da raus.«

Aber zuerst musste sie sich ein Stück von der Heckscheibe entfernen. Er musste sie zerschlagen, aber das konnte er nicht tun, wenn sie sich weiter mit ihrer Tochter an das Glas presste.

»*Au secours! Ma fille a peur de l'eau! Sortez-nous!*«

Oh, Mann, was war das? Irgendeine afrikanische Sprache? Italienisch? Französisch? Es klang wie Französisch, aber das spielte jetzt ohnehin keine Rolle, nicht wahr?

»Ma'am, ich verstehe kein Wort von dem, was Sie sagen. Gehen Sie bitte vom Fenster weg!« Er hob seinen Schlagstock, worauf sie die Augen aufriss. Sie drückte ihr Kind noch näher an die Scheibe, als hoffte sie, dieser Anblick würde sein Mitleid erwecken.

Plötzlich geschah etwas Bemerkenswertes. Eine junge Frau, die klitschnass war, aber mit ihren großen blauen Augen und vollen Lippen trotzdem wie ein Engel wirkte, kam aus dem Sturm herbeigelaufen. Sie schrie ins Taxi: »*Allez plus loin de la fenêtre!*«

Tom war von ihrer strahlenden Schönheit und ihrem perfekten Französisch hingerissen. Wenn es so etwas wie Schutzengel gab, dann war er soeben einem begegnet.

»*Le monsieur va vous sortir*«, fügte sie hinzu.

Wie durch einen Zauber zog sich die Frau im Taxi mit ihrer Tochter vom Fenster zurück.

»Danke«, sagte Tom, und machte sich mit seinem Schlagstock an die Arbeit.

Auf Liberty Island waren die Sichtverhältnisse so schlecht, dass nur noch der Sockel der Freiheitsstatue zu erkennen war, aber lediglich bis zu einer Höhe von fünf Metern. Vom New Yorker Hafen war gar nichts zu sehen, mit Ausnahme des kleinen Bootes, das am Pier der Parkverwaltung festgemacht war, mit dem das Personal jeden Tag hierher und zurück gebracht wurde.

Jimmy Swintons Walkie-Talkie erwachte krächzend zum Leben. »Warum brauchst du so lange?«, wollte sein Kollege wissen.

»Nur noch eine Minute.« Er hatte Schwierigkeiten mit dem Sicherheitssystem. Er konnte die verdammte Tür noch so heftig zuschlagen, die Alarmanlage reagierte einfach nicht. Aber sie musste sich einschalten. Sie konnten die Insel nicht verlassen, wenn sie nicht aktiviert war. Weil es so Vorschrift war.

Er versuchte es wieder und stieß die alte Bronzetür mit aller Kraft zu. Und endlich ging die grüne Lampe an, und die Sirene gab zur Bestätigung ein kurzes Signal. Nun war die Statue gegen Einbrecher gesichert, und die erforderlichen Maßnahmen zur Notevakuierung waren abgeschlossen.

Er drehte sich um und lief durch den Park. Er hatte es genauso eilig wie die anderen, nach Jersey zurückzufahren. Er wünschte sich einen Kaffee, ein gutes Essen und vor allem ein nettes, trockenes Wohnzimmer, in dem er die Füße hochlegen, ein Bier schlürfen und fernsehen konnte, ganz gleich, was gerade in der Glotze lief.

Als er lief, spürte er etwas – nein, er hörte es. Durch das Rauschen des Regens nahm er ein grollendes Geräusch wahr. Es wurde immer lauter. Er blieb stehen. Was zum Teufel war das? Es nahm weiterhin an Lautstärke zu. Himmel, war da ein Schatten? Er sah, dass es ein Schiff war, ein großes, schwarzes Schiff, das genau auf die Insel zukam.

Es musste zum Zusammenstoß kommen. Nur dass dieses verdammte Schiff immer höher stieg und wie ein Korken auf dem Wasser tanzte.

Dann sah er es. Er sah, was sich unter dem schwarzen Schatten des Schiffes befand und was es tanzen und schwanken ließ, während es näher kam. Das Schiff schwamm auf einer schäumenden Wand aus Wasser.

Er drehte sich um und rannte los. Er konnte nur noch daran denken, dass er unbedingt in die Statue gelangen und sich nach oben flüchten musste, wenn er nicht einfach von der Insel gespült werden wollte.

Das Schiff kippte zur Seite weg, aber das Wasser schob sich weiter voran, eine fünfzehn Meter hohe Mauer, auf der sich kleine Brecher gischtend mit donnernden Geräuschen überschlugen, während das Wasser heranrollte.

Er sah, wie es die Anlegestelle verschlang, wusste, dass es die Fähre mitgenommen hatte, sah, wie es erste Ausläufer auf die Insel schickte und dann über die Rasenfläche und Gehwege stürmte. Inzwischen hatte er die Schlüssel wieder hervorgeholt und schob sie ins Schloss.

Das Wasser erreichte seine Füße, als er den Schlüssel drehte. Dann spürte er die Kälte und sah plötzlich in eine seltsame graue Stille hinaus. In diesem Moment wusste er, dass die Welle ihn eingeholt hatte. Er schwamm, aber er fand die Wasseroberfläche nicht. Er kämpfte sich ab, er strampelte wie ein Besessener, aber es wurde immer dunkler und stiller. Schließlich erkannte er, dass er nicht nach oben schwamm, sondern tiefer nach unten gezogen wurde.

Seine Lungen schmerzten, all seine Instinkte schrien nach Luft. Er spürte, wie sein Herz in der Brust rebellierte, dann überwältigte ihn der unbändige Hunger nach Luft.

Er musste atmen, er konnte sich so wenig dagegen wehren, wie man einen rasenden Zug mit bloßen Händen aufhalten konnte. Trotzdem zwang er sich dazu, es nicht zu tun, er presste sogar die Hände auf Mund und Nase.

Ein Blitzen, dann noch einmal. Und dann atmete er wieder, aber es war Wasser. Er hustete, doch hier gab es nichts außer noch mehr Wasser. Seine Mutter sagte zu ihm: »Ich habe deine Jeans gebügelt, Junge.«

Es war so ein wunderbarer Tag.

Aber das war früher gewesen und nicht jetzt. Jetzt stürmte das Wasser weiter, in der größten Flutwelle, die die Ostküste der USA jemals erlebt hatte, genau auf die ahnungslose dunkle Stadt zu, auf Manhattan im Regen.

Immer mehr Gesichter erschienen an den Fenstern der Wolkenkratzer im Süden Manhattans, während das Monstrum, eine schwarze, kochende Masse aus Wasser und Schiffswracks, heranrollte und die Insel packte.

Im gesamten U-Bahn-System geriet das Wasser, das die verlassenen Bahnsteige überflutet hatte, in Bewegung, gefolgt von einem tiefen, rhythmischen Dröhnen, das direkt aus der Hölle zu kommen schien. Dann brach das Wasser von oben mit explosionsartiger Gewalt in die Tunnel.

Auf den Straßen verschwanden Autos und Menschen. Hupen und Sirenen schrillten. Und dann deckte die Welle alles unter sich zu. Sie brach durch die Fenster von Läden und Restaurants, schlug in die Gesichter überraschter Gäste, ließ die Grillfeuer erlöschen und tötete die Köche, die nicht einmal mehr schreien konnten. Das Wasser erreichte die Trinity Church, schoss mit der geschmeidigen Hektik eines Einbrechers zwischen den Stühlen hindurch, schwappte über den uralten Friedhof und legte die Gräber frei, sodass Särge zusammen mit Stühlen, Markisen und Jacken und allem möglichen anderen Treibgut herumgewirbelt wurden. Und darunter in der dunklen, feuchten Tiefe erstarben gurgelnde Stimmen, zuckten Körper ein letztes Mal. Und immer noch raste die Welle weiter.

Vor der Bibliothek war noch alles wie zuvor. Aber nicht ganz – im Regen war es kaum zu erkennen, aber es gab da einen Fleck Dunkelheit, der zwanzig oder dreißig Blocks südlich Gestalt anzunehmen schien.

Officer Campbell zog das kleine Mädchen durch die Heckscheibe, die er mit seinem Knüppel eingeschlagen hatte, nach draußen. Der Schutzengel half der Mutter ins Freie. Sie schoben sich zwischen den größtenteils verlassenen Autos hindurch. In einem großen Ford Expedition saß eine winzige wütende Frau, die wie eine Besessene auf die Hupe drückte. Ihre Augen schienen sich wie bei einer Ratte nach außen zu wölben.

Und das Wasser rückte weiter vor. Es wurde nur hier und dort durch ein Gebäude aufgehalten, oder weil es zunächst nach unten lief, um einen neuen Tunnel zu überfluten, bevor es wieder durch die langen breiten Straßen weiterströmte.

Laura, Tom, Jama und ihre Tochter hörten jetzt auch das Donnern, aber sie achteten nicht darauf. Für sie gab es nichts mehr außer dem Regen, der unablässig vom Himmel fiel, und der einen Hupe, die unablässig hupte.

»*Mon sac! Nos passports sont là-dedans!*«

Sie war plötzlich stehen geblieben. »Was ist los?«, fragte Tom.

»Sie hat ihre Tasche im Auto liegen gelassen«, sagte Laura. »Darin sind ihre Pässe.«

»Sagen Sie ihr, dass sie sie vergessen soll.«

Der Tod im Wasser war jetzt noch höchstens einen Kilometer entfernt.

»Ich werde sie holen«, sagte Laura. Tom fand, dass sie es nicht tun sollte, aber sie hatten sich erst ein paar Meter vom Taxi entfernt, sodass er sie nicht zurückhielt. Er drängte Jama und die Kleine, die Stufen hinaufzusteigen, die vielen, hohen Stufen.

Garys Bus hatte die Achtzehnte Straße erreicht, hauptsächlich, weil der Fahrer zu ungefähr allem bereit war, solange man ihn weiter mit Hundert-Dollar-Scheinen fütterte. Im Grunde war er sogar ein ganz anständiger Kerl. Es hatte eine Zeit gegeben, als Gary wegen des vielen Geldes ziemlich sauer gewesen wäre. Aber nun spürte er, dass alles wesentlich einfacher wurde, wenn man sich keine solchen Sorgen machte.

»Wann bist du das letzte Mal mit dem Bus gefahren?«, fragte Paul.

»Weiß nicht. In der Grundschule?« Gary erinnerte sich an seinen Schulbus und wie sie auf den Sitzen herumgehüpft waren. Und plötzlich machte er es wieder. Er hüpfte auf dem Sitz herum. Tony starrte ihn finster an. Dieser Spielverderber! »Das macht Spaß!«, sagte Gary.

Paul gab sich einen Ruck und machte es ihm nach. Schließlich machte auch Tony mit. Sie waren pleite, hatten keine Zukunft mehr und hüpften auf den Sitzen eines Busses, der die Sixth Avenue hinauffuhr und der von Rechts wegen gestohlen war. So etwas gab es nur in New York.

Sie achteten nicht darauf, wie sich der Fahrer verhielt. Er hüpfte jedenfalls nicht auf seinem Sitz herum. Er bemerkte vielmehr, dass die Menschen wie vom Teufel gehetzt über die Gehwege rannten, wie sie aus Autos sprangen, kleinere Gebäude verließen und sich in größere flüchteten. Seine Augen im Rückspiegel waren ein so furchtbarer Anblick, dass Gary sofort mit dem Hüpfen aufhörte.

Dann hielt der Bus an, mit einem Rad auf dem Gehweg, an dem sie sich entlanggeschoben hatten. Es zischte, als die

Türen aufgingen. Im nächsten Moment war der Fahrer aufgesprungen und getürmt.

Von hinten näherte sich ein Geräusch. Sie alle hörten es. Es wurde zunehmend lauter. »Von nun an«, sagte Gary kichernd, »werde ich immer den Bus nehmen!«

Das Dröhnen wurde noch lauter. Hätten sie sich umgedreht, hätten sie durch die Heckscheibe des Busses eine schwarze Wand gesehen. Darin waren Schemen zu erkennen, die wie die Geister von Walen aussahen. Aber in diesem Wasser schwammen keine Wale. Es war voller Busse, Autos, Lastwagen und Leichen.

Es schlug mit solcher Wucht gegen Garys Bus, dass alle drei Passagiere sofort bewusstlos wurden, noch bevor sie sehen konnten, wie die Fenster implodierten und der Wasserfall über sie hereinbrach.

Als Gary sich plötzlich in einem ganz anderen Bus wiederfand, fühlte er sich sofort wieder in seinem Element. Er hüpfte auf den Sitzen des Busses zur Hölle, er hüpfte und lachte zwischen den zusammengekauerten, verzweifelten Schatten der anderen Toten.

Es dauerte nicht allzu lange, bis Sam bemerkte, dass Laura fehlte. Genauer gesagt, bemerkte er es auf halber Höhe der Treppe. Aber der Regen war so dicht, dass er sie nicht mehr sehen konnte. Er hielt inne, drehte sich um, dann nahm er zwei Stufen auf einmal, damit er in die Säulenhalle treten und nach ihr Ausschau halten konnte, ohne dass ihm Wasser in die Augen strömte.

Sein Entsetzen war so groß, dass er beinahe erstarrte. Eine fünfzehn Meter hohe Wand aus Wasser kam die Fifth Avenue herauf, mit der Gewalt eines Schlachtschiffes, und er wusste, dass es der Tod war und dass Laura ihm genau in die Arme laufen würde. Dann sah er sie, wie sie auf dem Kofferraum eines Taxis hockte und den Arm durch die zerstörte Heckscheibe gesteckt hatte. Sie hatte keine Ahnung, dass ihr Leben nur noch wenige Sekunden dauern sollte.

Viele Menschen, wahrscheinlich die meisten Menschen, wären wie angewurzelt an einem relativ sicheren Ort geblieben und hätten einfach zugesehen, wie das Wasser sie mitnahm. Außerdem sah es danach aus, dass niemand etwas dagegen tun konnte. Dazu näherte sich die Flutwelle viel zu schnell.

Sam jedoch verschwendete keine Sekunde darauf, wie ein normaler Mensch zu reagieren. Er schrie nicht einmal. Er rannte los und ließ Brian ratlos zurück, der nur noch rufen konnte: »Wo willst du hin?« Er hatte immer noch nichts von der Gefahr bemerkt.

Dann drehte sich J. D. um und sah es, und Brian sah es, und sie reagierten so, wie es normale Menschen taten: Sie standen wie angewurzelt da und starrten mit offenem Mund.

Sam kam an einem alten Penner vorbei, der einen alten Hund aufhob und die Stufen hinaufhastete. Dann hatte er Laura erreicht und zerrte sie aus dem Taxi.

»Lauf!«

Verwirrung flackerte auf ihrem Gesicht. Nur noch wenige Sekunden. »Was ist los?«

Er packte sie und zog sie vom Taxi. »Los! Lauf! Schnell!«

Dann sah sie das, was sich auf der Fifth Avenue emporreckte, seitlich in die Lord und Taylor ergoss, sich wieder sammelte und weiterschob. Sie lief los, und Sam lief ihr hinterher. Sie erreichten das obere Ende der Treppe gleichzeitig mit dem Wasser, dann drängten sie sich ins Foyer zwischen die Masse der schreienden, verängstigten Menschen.

Draußen krachte ein Bus gegen die Fassade des Gebäudes, gefolgt von einem Taxi, das durch die Türen brach und mit einem Schwall aus dreckigem Wasser auf dem Dach hereinschlitterte, mitten zwischen die kreischenden Menschen. Die jungen Leute hasteten auf die große Treppe am anderen Ende des weitläufigen Foyers zu, während das Taxi, angetrieben von einer Flut aus tödlichem Schlamm, genau auf sie zuhielt.

10

Gerald Rapson betrachtete das Bild. Darauf war zu sehen, wie die Sonne auf ein Landhaus schien, neben dem eine rote Mutter mit roten Augen und ein brauner Vater standen. Ihr Hund, völlig grün mit grünen Zähnen und eingerolltem grünem Schwanz, saß neben den beiden im welligen grünen Gras. Ein kleiner gelber Junge stand zwischen seinen roten und braunen Eltern, und Gerald dachte, dass er das Kind, das dieses Porträt von sich und seinen Eltern gemalt hatte, vermutlich nie wiedersehen würde. Seinen Enkel. Seine Tochter. Seinen Schwiegersohn.

Simon bot ihm eine Tasse Tee an. »Stammt dieses Werk von Neville?«

»Neville hat die Strichmännchenphase längst hinter sich gelassen. Er ist schon sechs. Dieses Meisterwerk stammt von meinem anderen Enkel, von David.«

Zwischen den beiden Männern herrschte eine fast ehrfürchtige Sanftmut. Sie wussten, wo sie waren. Sie wussten, was geschah. »Neville ist schon sechs?«

Simon hatte keine Familie. Er war kein Mitglied des geheimen Clubs der Menschen, die Kinder geliebt hatten und von Kindern geliebt worden waren. Er wusste nichts von dieser Gnade, von der Intensität, von den Gefühlen, die Kinder mit ihrem unschuldigen Entzücken in einem auslösen konnten. »Man glaubt nicht, wie schnell das geht«, sagte er. Als er noch ein Kind gewesen war, hatte sein Vater zu ihm gesagt: »Wenn du deine Bälger in den Armen hältst, wirst du das nie vergessen.« Wie wahr. Das Gefühl, ein Baby in den Armen zu halten, war eines der wunderbarsten Dinge der Welt.

Dennis rief aus dem Kommunikationsraum herüber: »Professor! Ich habe Jack Hall am Telefon!«

Gerald sprang auf. Auf einmal pochte sein Herz wild, er konnte nichts dagegen tun. Er wollte hören, dass er sich geirrt hatte, dass seine Daten fehlerhaft waren, dass jeden Augenblick wieder die Sonne zum Vorschein kommen würde.

Jacks Stimme drang krächzend aus dem Lautsprecher des Telefons. »Konnten Sie die Datei öffnen?«

»Ich hatte ein paar Probleme mit der Verbindung, aber jetzt öffne ich sie.«

Gerald betrachtete die blaue 3-D-Grafik, die schimmernd auf dem Monitor erschien. »Waren Sie in der Lage, die thermalen Zyklen aufeinander abzustimmen?«

Im NOAA hörte Jack die Frage und antwortete ohne Verzögerung. »Ja. Die Rotation des Sturms zieht superkalte Luft herab, sogar aus der Mesosphäre. Das ist die Ursache für die tödlichen Kältelöcher, mit denen Sie es zu tun haben.«

Dann war wieder Rapsons Stimme zu hören. »Müsste sich die Luft nicht erwärmen, bevor sie den Boden erreicht?« Er klang traurig, sogar etwas verärgert. Er befand sich immer noch oben in Hedland. Jack dachte, dass der Mann sich glücklich schätzen konnte, noch am Leben zu sein.

»Eigentlich schon, aber sie strömt viel zu schnell nach unten.«

»Ist das hier ein isoliertes Ereignis?«

Er wusste die Antwort darauf, und Jack wusste, warum er diese Frage stellte. Er wollte eine andere Antwort hören. Irgendeine andere Antwort. »Leider nein«, sagte Jack. »Wir haben neben der über Schottland zwei weitere solcher Megazellen lokalisiert.« Jack rief ein Satellitenbild auf, das drei der kreisrunden Sturmwirbel zeigte, die sich über den Polarkreis nach Süden bewegten. Sie sahen wie kompakte kleine Hurrikans aus. Eine Videoaufnahme bei Nacht hätte offenbart, dass sie gewaltige Maschinen waren, die reihenweise Blitze erzeugten. »Einer befindet sich über Nordkanada, der andere über Sibirien.«

»Können Sie Aussagen über ihren weiteren Weg und ihre Entwicklung machen?«

Jack bearbeitete die Tastatur. Normalerweise waren Sturmwirbel kurzlebige Phänomene, die kaum länger als vierundzwanzig Stunden stabil blieben. Aber diese Bestien wurden durch einen sehr starken Luftstrom aus dem Süden gespeist und sammelten daher immer mehr Energie an. »So sehen sie in vierundzwanzig Stunden aus«, sagte er.

Nach ihrem Modell wären die Stürme bis dahin um zwanzig Prozent größer geworden.

»Und so in achtundvierzig.«

Nun bedeckten sie größere Teile von Kanada und Sibirien. Darunter würden orkanartige Winde, Schneeregen und Hagel wüten. Und immer wieder würden sich ohne Vorwarnung tödliche Kältezonen bilden, in denen alles gefror, was damit in Berührung kam, einschließlich Menschen.

»In fünf bis sieben Tagen.«

Ein Schrei kam über die Telefonleitung. Rapson sah das,

was Jack soeben extrapoliert hatte. Das Auge des kanadischen Sturms hatte einen Durchmesser von achtzig Kilometern. Er sah aus wie ein Sturmtief, das sich in einen Hurrikan verwandelt hatte.

Eine Weile war es still in der Leitung. Dann: »Mein Gott!«

»Sie sollten sich beeilen, da rauszukommen.«

Wieder prasselte es in der Leitung. Jack wusste, dass die Verbindung jeden Moment abreißen konnte. »Ich fürchte, dazu ist es bereits viel zu spät«, hörte er Rapson erwidern. Und er hörte auch die tiefe Traurigkeit in seiner Stimme.

Ein Rauschen drang aus dem Telefonhörer. »Was können wir jetzt noch machen, Professor?«

Im Rauschen vernahm er eine schwache, geisterhafte Antwort: »Retten Sie so viele Menschen wie möglich.«

Dann waren nur noch Störgeräusche in der Leitung. Als Jack auflegte, stürmte Jason herein. »Was gibt es?«

»New York, Jack! Es geht in New York los!«

Ein Welle aus übler, eiskalter Furcht schwappte über Dr. Jack Hall hinweg.

Der Lesesaal der Bibliothek von New York war einer der bedeutendsten öffentlichen Räume der Welt. Hier hatten unzählige Schriftsteller Inspirationen und Informationen gefunden. An jedem beliebigen Tag wurde hier an mindestens drei Romanen geschrieben und an weitaus mehr Artikeln, Vorträgen und Essays gearbeitet. Und dann gab es noch die Leser, die sich über einige der seltensten Bücher der Welt beugten oder einfach nur im neuesten Krimi oder der Zeitung schmökerten.

Nun kauerten dort etwa hundert klitschnasse, frierende, zitternde Menschen in der Dunkelheit und lauschten auf das Tosen des Sturms und das Rauschen des Wassers, das draußen schwappte und mit hungrigen Wellen die Fundamente des Gebäudes prüfte, das ihnen das Leben gerettet hatte ... vorläufig.

J. D. klappte verärgert und frustriert sein Handy zu. Niemand störte sich daran, dass sein verdrecktes Gesicht von Tränen verschmiert war. Alle weinten. Jeder in diesem Raum war ein Verlorener; es war eine Versammlung der Verdammten.

»Ich kann die Schule meines Bruders nicht erreichen.«

»Die Leitungen sind wahrscheinlich überlastet«, sagte Brian mit erstaunlicher Selbstsicherheit, wie Sam fand. »Im Moment versucht jeder zu telefonieren.«

So sah es aus. Mindestens die Hälfte der Personen in der Bibliothek versuchte ihr Handy zu benutzen. Sam vermutete, dass die meisten Sendemasten nicht mehr funktionierten, dass die Stromversorgung unterbrochen war oder sie von der Flutwelle aus ihren Verankerungen gerissen und fortgespült worden waren. Aber er sagte es nicht. Er wünschte sich, er könnte seine Familie anrufen. Er wollte hören, dass alle am Leben waren, und er wusste, dass sie sich schreckliche Sorgen um ihn machten.

Es war seltsam, wie man sich in einer solchen Situation veränderte. Als er hierher gekommen war, hatte er sich wie ein kleines Kind gefühlt, das sich nur in die Arme seiner Eltern flüchten wollte. Aber jetzt, in dieser schwierigen Lage, hatte er in sich einen Ruhepunkt gefunden, eine Energiequelle, auf die er sich verlassen konnte. Wahrscheinlich hätte er es anders beschrieben, aber es bestand kein Zweifel, dass unter dem Druck einer beispiellos schwierigen Situation aus einem guten Jungen ein guter Mann wurde.

Er sah, wie sich Laura das Schienbein rieb. »Was ist los?«, fragte er und ging zu ihr hinüber.

»Ich hab mir das Bein gestoßen. Ist nicht weiter schlimm.«

Er sah es sich an. Was die Ernsthaftigkeit der Verletzung betraf, hatte sie Recht. Die Haut war aufgeplatzt, aber es blutete nicht mehr. Sam vermutete, dass sie damit keine Schwierigkeiten bekam – natürlich nur, wenn sich die Wunde nicht infizierte.

»Sam«, sagte Laura, »ich wollte mich bei dir bedanken, weil du zurückgekommen bist, um mich zu holen. Das war wirklich sehr mutig.«

»Ich habe eigentlich gar nicht darüber nachgedacht.« Nein, so etwas taten sie niemals, Männer der Tat wie Jack Hall und sein Sohn.

Laura betrachtete die nasse Tasche, die sie in den Händen hielt. Sie bestand aus einem billigen geflochtenen Material, das schwarz gefärbt war. Es war aufgerissen und wahrscheinlich auch innen vollständig durchnässt. »Das hier sollte ich lieber zurückgeben.«

Sam sah zu, wie sie zu Jama ging und ihr die Tasche überreichte, die sie beinahe das Leben gekostet hätte. Jama bedankte sich mit einem strahlenden Lächeln. Sam verstand nichts von ihrem Gespräch, das sie auf Französisch führten, aber er erkannte die tiefe Dankbarkeit in den Augen der Senegalesin. Zweifellos war sie arm. Zweifellos befand sich alles, was sie besaß, in dieser Tasche.

J. D. kam zu ihm. »Du solltest es ihr einfach sagen, Sam.«

Was sagen? Konnte J. D. damit meinen, dass er ihr seine Liebe erklären sollte? Er glaubte nicht, dass J. D. zu dieser Art von Ritterlichkeit neigte. Aber vielleicht hatte er ihn falsch eingeschätzt.

Laura borgte sich eine Taschenlampe von Officer Campbell, der gewusst hatte, wo sich in diesem Gebäude Notvorräte befanden. »Schonen Sie die Batterien«, sagte er, als immer mehr Leute die zunehmende Dunkelheit vertreiben wollten.

Seltsamerweise saß die Bibliothekarin – offenbar die Einzige, die ihren Posten nicht verlassen hatte – immer noch an ihrem Schreibtisch und versuchte eine Ordnung zu bewahren, die längst jede Bedeutung verloren hatte. Vielleicht für immer, wie Sam dachte. Er hatte eine Idee, die möglicherweise funktionieren würde. »Entschuldigen Sie bitte«, sagte er, »gibt es weiter oben noch die Münztelefone?«

»Im Zwischengeschoss«, antwortete Judith.

»Was hast du vor?«, fragte Laura. »Es gibt keinen Strom mehr.«

»Ältere Münztelefone beziehen den Strom direkt aus der Telefonleitung. Komm, es ist zumindest einen Versuch wert.«

Lucy hatte sich quer durch Washington vom Krankenhaus bis zu Jacks Büro durchgekämpft, und nun ging sie unruhig in der Lobby auf und ab, während sie auf ihn wartete. Früher war man einfach von den Wachleuten durchgewunken worden, aber diese Zeiten waren vorbei. Sie befürchtete, dass Jack sie eine Sekunde nach dem Auflegen des Telefonhörers bereits wieder vergessen hatte. Doch er kam sofort zu ihr geeilt. Instinktiv hätte sie ihn beinahe umarmt, nur weil es so gut war, ihn wiederzusehen. Aber zwischen ihnen war es vorbei. Definitiv.

»Ich habe pausenlos versucht, Sam zu erreichen.«

»Ich auch.«

»Ich habe dich anzurufen versucht, aber ich bin nicht durchgekommen.«

Jack sah, dass sie zitterte, und er legte einen Arm um sie. Sie lehnte sich gegen ihn. Er fühlte sich warm und stark an. Sie betete zu Gott, dass sie ihren Jungen wiederfand.

Im Halbdunkel des Zwischengeschosses leistete Lauras Taschenlampe gute Dienste. Trotzdem hatte sie Bedenken. »Ich habe hier kein gutes Gefühl«, sagte sie zu ihm.

Das Wasser reichte ihnen bis zu den Knien und stieg weiter. Es mussten gewaltige Energien im Spiel sein, wenn es so tief ins Land getrieben wurde. Sam konnte sich kaum vorstellen, was draußen auf dem Atlantik los war, das solche Folgen haben konnte. Er hoffte inständig, dass es richtig gewesen war, hierher zu kommen. Wenn das Wasser plötzlich anstieg, kamen sie vielleicht nicht mehr raus.

»Hast du Quarters dabei?«

Sie warfen ihr Kleingeld zusammen, und Sam trat ans Münztelefon. Er bemerkte, dass ihm das Wasser bereits bis zu den Hüften reichte. Er nahm den Hörer ab.

Jack hatte Lucy in sein Büro mitgenommen. Sie brauchten etwas Privatsphäre, um die erschütternde Erfahrung verarbeiten zu können, dass sie ihr Kind verloren hatten. Er holte Kaffee. Er brauchte diesen Moment, in dem er etwas mit den Händen tun konnte, und nun brauchte er Trost, genauso wie sie.

»Danke«, sagte sie und nahm den Becher von ihm an. Dann griff sie nach dem vertrauten Foto, das Sam am Strand zeigte, auf einer ihrer frühen Reisen. Die Aufnahme schien aus einem Leben in einer ganz anderen Welt zu stammen. »Ich liebe dieses Bild von Sam.«

»Ja. Ich kann mich gar nicht erinnern, wo wir das Foto gemacht haben.«

»In Florida.«

»Auch an diese Reise kann ich mich nicht mehr erinnern.«

»Sam und ich waren dort mit meiner Schwester. Du warst in Alaska, um für deine Dissertation zu recherchieren.«

In diesem Moment sah Sam tausend Dinge auf einmal, ein ganzes Leben voller verpasster Möglichkeiten. Seine Arbeit war sehr wichtig, aber jetzt, in dieser Situation, erkannte er, dass es noch viele andere Dinge gab, die eine Rolle spielten, und dass er vielleicht eine Menge Fehler gemacht hatte.

Lucy betrachtete das Bild. »Erinnerst du dich noch, wie er in diesem Alter war?«

»Oh, ja. Er wollte eine Gutenachtgeschichte nach der anderen hören.« Jack lächelte gedankenverloren, dann fühlte er sich von einem tiefen Schmerz zerrissen.

»Jack, wie schlimm ist es wirklich?«

Der Schmerz verstärkte sich, bis er jede Faser seines Körpers auszufüllen schien. Er nahm ihre Hände in seine. Er erkannte, dass es hier und jetzt nur eine Möglichkeit für ihn gab: die Wahrheit und nichts als die Wahrheit. »Es wird noch viel schlimmer, als du dir vorstellen kannst.«

In diesem Moment flog die Tür auf, und Frank stürmte herein. »Jack! Es ist Sam! Sam ist am Telefon!«

Die Welt schien zu schwanken, trotzdem sprang Jack auf und rannte los. Lucy folgte ihm. Er bog in den Konferenzraum ab und schnappte sich das Telefon.

Das Wasser reichte Sam bis zur Brust, es war kalt und schmutzig, und er machte sich Sorgen, dass es ihnen vielleicht nicht gelang, bis zur Treppe zurückzuwaten. »Sam, hier ist dein Vater«, sagte die Stimme im Hörer, und Sams Herz drohte in Stücke zu springen, während ihm Tränen in den Augen brannten. »Geht es dir gut? Wo bist du?«

Er musste stark sein. Er konnte seinem Vater nicht sagen, wie verzweifelt seine Lage war. Jack würde alles tun, was er konnte, um zu ihm zu gelangen, wenn er es wüsste. Er würde notfalls den eigenen Tod in Kauf nehmen, um nichts unversucht zu lassen. »Mir geht es gut«, sagte Sam und sah, wie Laura erstaunt die Augen aufriss. »Wir sind in der Bibliothek.«

Jack und Lucy drängten sich um das Telefon. »Deine Mutter ist hier«, sagte er. Ihm war klar, dass Sam in großen Schwierigkeiten stecken musste, dass sein Sohn in tödlicher Gefahr schwebte. Dennoch bewunderte er den Mut seines Sohnes, dass er ihnen den wahren Ernst der Lage verschwieg, damit sich seine Eltern nicht zu sehr um ihn sorgten.

»Gott sei Dank bist du in Sicherheit«, sagte Lucy, und als Jack diese Worte hörte, wurde ihm etwas klar. Eine Ehe zwischen Menschen wie ihnen wurde nicht durch Scheidung und Trennung beendet. In Wirklichkeit gab es nichts, was diesen Mann und diese Frau auseinander bringen konnte. Sie würden für immer verheiratet bleiben – durch das Blut ihres gemeinsamen Sohnes.

»Uns geht es gut, Mutter«, sagte Sam angestrengt. So ist es richtig, Junge, niemals lügen! Erzähl nur so viel von der Wahrheit wie nötig.

Seinem Vater fiel ein Stein vom Herzen, als er diese Worte hörte. Ganz gleich, was wirklich um Sam herum geschah, er schwebte zumindest nicht in unmittelbarer Gefahr. »Könntest du Lauras und Brians Eltern anrufen«, fuhr er fort, »und ihnen sagen, dass sie sich keine Sorgen machen müssen?«

Das Wasser war bis zu Sams Achselhöhlen gestiegen. Es strömte immer schneller, und er musste dieses kleine Wunder demnächst beenden, eine Telefonverbindung, die trotz widrigster Umstände zustande gekommen war. »Das Wasser steigt«, sagte er – und wünschte sich im nächsten Moment, er hätte es nicht getan.

Lucy unterdrückte einen Schrei, und Jack griff nach ihrer Hand, um sie zu drücken. Er musste seinem Sohn neue Anweisungen geben. Das Wissen, das er ihm anvertrauen wollte, könnte Sam vielleicht das Leben retten. »Hör mir genau zu, Sam«, sagte er. »Vergiss, was ich dir vorher gesagt habe, dass du nach Süden gehen sollst. Dazu ist es jetzt zu spät. Dieser Sturm wird noch viel schlimmer. So etwas hat bisher noch niemand erlebt.« Er hielt inne, damit Sam die Information verdauen konnte, aber nur für eine Sekunde. Da Sam miterlebt hatte, was in New York los war, wusste er, dass es kein normaler Sturm war. »Er wird sich in einen schweren Blizzard verwandeln, mit einem Auge im Zentrum, wie bei einem Hurrikan. Nur dass die Luft so kalt werden kann, dass Menschen innerhalb von Sekunden zu Tode gefrieren.«

Laura gab Sam ein Zeichen. Das Wasser war zu hoch gestiegen, in Kürze würden sie schwimmen müssen. Aber Sam musste sich das Unglaubliche anhören, das sein Vater ihm zu sagen hatte, er durfte kein Wort verpassen. Er wusste, dass ihr Leben davon abhing.

»Geh nicht nach draußen. Mach Feuer und verbrenne alles, was du finden kannst, um dich warm zu halten. Harre aus. Ich werde kommen und dich holen. Ich verspreche es dir. Hast du verstanden?«

Sam hatte keine Angst mehr davor, dass sein Vater sein Leben aufs Spiel setzen würde, nicht nach diesen Worten, die er in ruhigem, sicherem Tonfall gesprochen hatte. Sein Vater hatte diese Sache im Griff. »Ja, Dad, ich habe verstanden.«

Laura trat bereits Wasser. »Ich muss jetzt aufhören.«

»Warte!«, rief seine Mutter. »Ich liebe dich! Oh, Sam, wir beide lieben dich!« Sein Vater sagte: »Ja, wir lieben dich ...«

Im gleichen Moment, als Sam unterging, wurde die Verbindung unterbrochen. Als er wieder auftauchte, suchte Laura hektisch mit dem Strahl der Taschenlampe die Wasseroberfläche ab, die leise schwappend den gesamten Korridor ausfüllte. »Ich hatte Angst, dass du ertrunken bist«, schrie sie. Ihre Stimme erzeugte einen dumpfen Widerhall im engen Raum.

Sam begriff, wie kurz sie davor stand, in Panik zu geraten, in totale, wahnsinnige Panik, die zu Schock, Hilflosigkeit und letztlich zum Tod führen konnte.

Er schwamm zur Treppe und stieg aus dem Wasser. »Darf ich bitten, meine Dame?«, sagte er und sammelte seine letzten Reste von Mut, um einen beruhigenden Tonfall in seine Stimme legen zu können. »Wir müssen nach trockener Kleidung für Euch suchen.« Dann führte er sie die Stufen hinauf.

Lucy weinte hemmungslos. Jack hielt sie in den Armen, spürte ihre schlanke Gestalt und drückte ihren Kopf an seine Schulter. Insgeheim befürchtete er, dass sie Sam verloren hatten; das machte ihm noch mehr Angst als die Möglichkeit, dass die Welt verloren war. Er wusste, dass sich der Sturm nach Süden bewegte und dass er durchaus bis zu ihnen weiterziehen konnte. Es war möglich, dass der Potomac über die Ufer trat, gespeist von Milliarden Litern Regen, und dann würde ein tödlicher Frost folgen, wie ihn die Menschheit noch nie erlebt hatte. Und wieder dachte er an Mammuts und Gänseblümchen und an den letzten Sommertag eines Apfelbaums.

Er musste seine Frau loslassen. Er wollte es nicht, aber er musste sich um seine Arbeit kümmern. Seine Aufgaben duldeten keinen Aufschub, und obwohl er sie am liebsten ewig in den Armen gehalten hätte, schob er sie behutsam zurück.

Schließlich wandte er sich an Frank, der nicht weit entfernt voller Ungeduld gewartet hatte. »Wo hast du unsere Antarktis-Ausrüstung eingelagert?«, fragte er.

Franks Gesicht zeigte Verwirrung, dann Überraschung und schließlich Begreifen. »Nein«, sagte er. »Auf gar keinen Fall. Du schaffst es nicht bis New York.«

»Ich kann es versuchen. Im Polareis habe ich solche Strecken schon mehrfach zu Fuß zurückgelegt.« Wie weit war es bis New York? Dreihundert Kilometer? Allerdings lag ein großer Teil davon unter Wasser ... jedenfalls im Moment.

Franks Gesicht hatte die Farbe von Rahm angenommen – eine kränkliche Farbe bei einem Mann, der ansonsten bei bester Gesundheit war. Jack erkannte, was es war – die Farbe der Angst.

»Jack, hier geht es nicht um eine arktische Expedition. Lucy ...«

Sie schwieg. Sie würden ihn nicht aufhalten, und Frank wusste auch, warum. Wenn er es schaffte, würde er ihren

Sohn retten. Keine Mutter wäre auf die Idee gekommen, ihn aufzuhalten.

»Ich muss gehen«, sagte Jack zu ihr. »Ich muss es tun.«

Sie nickte langsam. Jack wischte ihre Tränen fort und versuchte, seine eigenen zu ignorieren. Sie betrachtete ihn mit dem sichersten, stärksten und tapfersten Blick, den er jemals in ihrem Gesicht gesehen hatte. Er war stolz auf sie. Dieser Blick vertrieb Jahre der Enttäuschungen und Missverständnisse. Sie lächelte ein wenig, und er wusste, dass auch sie stolz auf ihn war, auf seine Tapferkeit.

Er berührte ihre Wange. Sie schloss die Augen. Nur wer geschieden war, konnte diese Geste verstehen. Denn eine Scheidung war genauso mysteriös wie eine Ehe, und das wahre Leben von Eheleuten konnten nur Eheleute verstehen, ein Leben, das mithilfe einer geheimen Sprache aus Gesten und kodierten Sätzen geführt wurde.

Er hatte sie genauso wie jetzt berührt, als er sie zum ersten Mal gesehen hatte, und auch damals hatte sie die Augen geschlossen und ihre Wange gegen seine Fingerspitzen geschmiegt. Und auch, als sie vor ihrem Hochzeitsbett gestanden hatten, zwei zitternde Kinder, hatte er sie so berührt, und in dieser Geste hatte der Schatten und das Versprechen einer nächtlichen Lust gelegen, das Versprechen, das eines Tages zu einer kostbaren Seele im Land des Chaos werden sollte.

Als sie sich diesmal zärtlich gegen seine Finger schmiegte, sagte sie damit: »Ich erinnere mich an alles, was war, und ich bin einverstanden mit allem, was du jetzt tust, und wenn du dein Leben für unseren Sohn opferst, werde ich dich bis zum Tag meines Todes in Ehren halten.«

Es konnte keinen tieferen Augenblick zwischen zwei Menschen geben, die ihr Leben zum silbernen Knoten der

Ehe verschlungen hatten ... ganz gleich, ob sie sich irgendwann hatten scheiden lassen oder nicht.

In der feuchten, dunklen Bibliothek, in der das Rauschen des Wassers und das seltsame Pochen der heimgesuchten Stadt widerhallte, dazu die gelegentlichen Schreie und Sirenen, die ertönten, wenn Boote und improvisierte Flöße draußen vorbeitrieben, in dieser Dunkelheit gingen Laura und Sam auf Erkundung. Die unteren Stockwerke des Gebäudes waren ihnen natürlich nicht zugänglich, aber es war ein großes Gebäude, in dem es viel zu entdecken und zu lernen gab.

Sie gingen auf die Suche, weil sie bereits in ihrer durchnässten Kleidung froren und weil Sams Vater ihn gewarnt hatte, dass es noch viel kälter werden würde. Laura war ein wenig trockener als er und hatte einen Mantel, sodass ihre Situation nicht ganz so verzweifelt war. Sam konnte kaum gehen, so heftig zitterte er, und er hatte das Gefühl, wenn er sich nicht zusammenriss, würde er einen Schüttelkrampf oder etwas in der Art bekommen. Er dachte an das, was er über Unterkühlung wusste, und fragte sich, ob es das war, worunter er litt. Wenn ja, stand ihm ein Schock bevor, gefolgt von einem sehr kalten Schlaf, in dem die Träume immer dunkler wurden und der schließlich in den Tod überging. Um die Gefahren zu verstehen, die sein Vater bei den Polarexpeditionen einging, hatte Sam alles darüber gelesen, auch wie es war, den Kältetod zu sterben. Wenn man starb, träumte man noch einmal von seinem Leben, genauso wie es Ertrinkenden ging.

Und dann tauchte in Lauras Taschenlampenstrahl eine Tür auf, die mit einem Schild versehen war, das sich als äußerst nützlicher Hinweis entpuppen konnte: *Fundbüro*.

Sie war unverschlossen, also traten sie ein. Ein abgenutzter Tresen, ein Schreibtisch mit einigen Papieren und haufenweise Kisten voller Fundgegenstände. Sam staunte, wie viele es waren. Unglaublich, was die Leute alles verloren. Er bezweifelte, dass er Unterwäsche und Socken in größeren Mengen finden würde, aber vielleicht ein Hemd oder ein Sweatshirt, und dort drüben konnte er eine ganze Sammlung von Jacken und Mänteln erkennen. Manche hingen an einer Garderobe, andere lagen in Kisten.

»Los«, sagte Laura, »du musst deine Sachen ausziehen, bevor du dich unterkühlst.«

Was meinte sie damit? Sollte er sich etwa hier und jetzt ausziehen?

»Wir haben keine Zeit für Schamgefühle«, sagte sie und zog sich das Hemd aus. Er wollte ihr mit den Knöpfen helfen, aber sie warf es einfach wie einen alten Putzlappen beiseite. Dann stieg sie aus ihrer Hose und wies ihn an, seine ebenfalls auszuziehen. Er gehorchte, und sie ging in die Knie, um ihm aus den Socken zu helfen. Ohne mit der Wimper zu zucken, befreite sie ihn auch von seiner Unterhose.

Es war dunkel, aber nicht völlig dunkel. *Ich bin siebzehn Jahre alt*, dachte er, *und ich stehe splitternackt vor dem Mädchen meiner Träume*. Doch er zitterte so heftig, dass sich weiter unten überhaupt nichts tat. Dann öffnete sie ihren Mantel und hüllte ihn mit ihrer Wärme ein, und es war, als hätten ihn die Flügel eines Engels umschlossen. Aber keines himmlischen Engels. Nein, diese Flügel rochen nach einem irdischen Mädchen, und diese Wärme war nicht himmlisch, sondern sehr körperlich.

»Wa-was machst du da?«

»Ich versuche dich langsam mit meiner Körperwärme

wieder aufzutauen. Du darfst das kalte Blut in deinen Gliedmaßen nicht zu schnell ins Herz zurückfließen lassen. Das kann zu Herzversagen führen.«

Sie wusste mehr über Unterkühlung als er. Aber sie wusste nichts über den männlichen Körper und darüber, dass er seinen Vorlieben auf sehr direkte Art Ausdruck verlieh. Oder doch? »W-wo hast du all das gelernt?«

»Ein paar von uns haben im Biologie- und Erste-Hilfe-Unterricht tatsächlich aufgepasst. Wie geht es dir?«

»Schon v-viel besser.«

Ihre Arme umschlangen ihn und zogen ihn an sich, und dann erkannte er, dass nichts geschehen konnte, das ihn oder sie in Verlegenheit bringen würde. Denn dazu war ihm immer noch viel zu kalt. Er war bereits stärker ausgekühlt, als ihm bewusst gewesen war. Es war genauso, wie es im Lehrbuch stand: Der Tod durch Unterkühlung kam unmerklich näher. Sein dankbarer Körper war nur an einem interessiert, an dieser köstlichen, wunderbaren, lebensspendenden Wärme. Später mochte er sich vielleicht aus anderen Gründen in diese Arme zurücksehnen. Aber in diesem Augenblick ging es ihm buchstäblich nur ums nackte Überleben.

Wir sind siebzehn, dachte er, *und wir werden nicht sterben. Wir werden leben und in Zukunft noch viel Spaß haben.* Das schwappende Wasser erzeugte ein klirrendes Echo. Draußen frischte der Wind auf, und die Mauern des alten Gebäudes und seine Geister ächzten.

11

Wie alle großen Regierungsgebäude in Washington war auch das Handelsministerium für die Ewigkeit gebaut und mit mehr Räumen ausgestattet worden, als das Ministerium selbst in den nächsten hundert Jahren benötigen würde. Deshalb war es bereits nach nur wenigen Jahren mit Menschen und Einrichtungsgegenständen voll gestopft. Auch die NOAA hatte sich in zahllosen Nischen, Winkeln, Korridoren und Konferenzräumen breit gemacht. Der Hauptsitz der National Oceanic and Atmospheric Administration war genauso wie Los Angeles: eine weitläufige Anlage ohne Zentrum.

Aber Frank kannte sich dort genauso gut aus wie ein ergrauter Taxifahrer in L. A.; und er führte Jack ohne Umwege direkt zur Ausrüstung, die sie aus der Antarktis zurückgebracht hatten. Er hatte sie mit dem Geschick eines alteingesessenen Beamten eingelagert. Nur ein anderer Beamter würde verstehen, dass sich hinter den kryptischen Aktennotizen eine Schatzkiste mit erstklassiger Kaltwetterausrüstung verbarg. Und niemand hätte dieses Lager innerhalb eines Lagers ohne Karte, Führer und ein wenig Glück wiedergefunden.

Jack zog eine Kiste hervor und kramte in den vertrauten Parkas herum. Alle waren mit Pelz gefüttert, nicht aus modischen Gründen, sondern weil nur die Natur einen wirksamen Schutz gegen die intensive Kälte hervorgebracht hatte, mit der sie es zu tun bekommen würden. Aber wären die Sachen auch noch geschmeidig und würden sie einen Menschen auch dann noch warm halten, wenn eine Temperatur von beispielsweise minus einhundert Grad Celsius herrschte?

Die tiefste Temperatur, die jemals auf der Erde registriert worden war, hatte bei –89,2 °C gelegen. Diesen Wert hatte man in der russischen Antarktis-Basis Wostock II während des Winters 1983 gemessen. Diese Parkas waren auf bis zu –90 °C ausgelegt. Wer wusste, was geschah, wenn es noch kälter wurde?

Bei minus 95 Grad würde nackte Haut in etwa sechs Sekunden gefrieren. Bei minus 100 Grad würde das Blut eines gesunden Menschen in vierunddreißig Sekunden zu Eis werden, selbst wenn er sich mit intensivster körperlicher Aktivität warm zu halten versuchte.

Er hörte jemanden hinter sich, ließ sich aber nicht dabei stören, seine Ausrüstung zusammenzustellen. »Frank hat mir von Sam erzählt«, sagte Tom Gomez.

Jack achtete nicht auf ihn. Offenbar hatte Frank ihn heruntergeschickt, und Jack wünschte sich, er hätte es nicht getan.

»Ich werde gar nicht versuchen, es Ihnen auszureden. Aber es gibt etwas, das ich vorher erledigen muss.« Er hatte einen Ausdruck mit Jacks Ergebnissen dabei und hielt sie wie eine Fahne in der Hand – wie zum Zeichen der Kapitulation, dachte Jack. »Sie müssen Ihre Resultate dem Weißen Haus erklären.«

Das hatte er schon einmal versucht, und dabei war er von diesem Arschloch von Vizepräsident gedemütigt worden. Also wollte er damit nichts mehr zu tun haben. Sollten die Idioten erfrieren, genauso wie die Leute, die sie gewählt hatten.

Nein, sie nicht. Sie waren nur belogen worden. Sonst wäre diese Regierung nie an die Macht gekommen. Aber wie sollte er etwas Leuten noch einmal erklären, die ihn bereits abgewimmelt hatten? Wie machte man so etwas? »Ich habe es schon einmal versucht, Tom«, sagte er.

Gomez scharrte unbehaglich mit den Füßen. Sein schuldiger Gesichtsausdruck offenbarte, dass es möglicherweise eine geheime Übereinkunft zwischen ihm und dem Vizepräsidenten gegeben hatte. Vielleicht hatte er Becker damit beschwichtigt, dass Jack nur ein harmloser Verrückter war ... damit er seinen Job nicht verlor.

Denn auch Tom hatte ihm nie geglaubt. Tom hatte all seine Theorien als Unsinn abgetan, auch als die Tragödie schon im Anmarsch gewesen war. Und jetzt kam er zu ihm – nachdem alles zu spät war. »Diesmal wird es anders ablaufen«, sagte er. »Diesmal werden Sie den Präsidenten über die Sachlage informieren.«

Also war Tom inzwischen von der Richtigkeit des Modells überzeugt und hatte auch das Weiße Haus darüber informiert. Bei einem Briefing des Präsidenten spekulierte man nicht, man legte Fakten auf den Tisch. »Wann?«, fragte Jack.

»Draußen wartet ein Wagen, der uns hinbringen soll.«

In der New Yorker Bibliothek kümmerte sich Officer Campbell um die Organisation. Sam hatte ihm erklärt, wer sein Vater war und welche Informationen er hatte. Vorher hatten alle nur darauf gewartet, dass sich das Wasser zurückzog. Es hatte die allgemeine Ansicht geherrscht, dass es nicht allzu lange dauern konnte. Die Menschen verstanden nichts vom Verhalten schwerer Flutwellen wie der, die die Ostküste überschwemmt hatte. Sie besaßen ihre eigene Trägheit. Sie zogen sich nicht so schnell zurück, wie sie anstiegen, nicht, wenn es um ein Geschehen von solchem Ausmaß ging.

In Wirklichkeit hatte ein grausamer Wettlauf begonnen, dessen Maßstab niemand in der Bibliothek verstand. Vielleicht war er nicht einmal Jack Hall in allen Konsequenzen bewusst. Nein, er wusste es bestimmt, aber dieses Geheimnis würde er weder in seinen Berichten erwähnen noch in seine Gedanken einbeziehen – dass sich die Welt in einem labilen Gleichgewicht befand, das nach der einen oder der anderen Seite umkippen konnte.

Wenn das Wasser nicht in den Ozean zurückfloss, bevor es gefror, und wenn genügend Schnee fiel, würde die Erde die Sonnenwärme reflektieren und in den Weltraum zurückwerfen. Die Wärme würde von gewaltigen weißen Flächen reflektiert, die weite Landmassen bedeckten, von New York bis zur Westküste, von Wladiwostok bis Moskau, von London über Marseille, Rom und Athen bis Teheran. Letztlich ging es um knapp die Hälfte der Landflächen der Welt.

Und wenn das Land im Sommer nicht genügend erwärmt wurde, schmolz das Eis nicht mehr ab, sodass im nächsten Winter mehr hinzukam, und so weiter und so fort, bis die globale Erwärmung nur noch wie die Vorstellung eines Verrückten erschien. Es wäre der Beginn einer neuen Eiszeit.

Die Welt befand sich in einem labilen Gleichgewicht. Wenn die Kälte, die sich im Norden aufbaute, auf diese Überflutung traf, würde sie sie in eine Eisdecke verwandeln, die in den nächsten hunderttausend Jahren nicht mehr auftauen würde. Wenn es nicht dazu kam, erhielt die Menschheit im Frühling vielleicht eine neue Chance.

Diese Entwicklung war nichts Neues. Sie war schon des Öfteren eingetreten. In den vergangenen drei Millionen Jahren war es nicht weniger als dreiundzwanzigmal geschehen. Aber die zeitlichen Maßstäbe waren so unvorstellbar groß, dass es den Menschen schwer fiel, die Wahrheit zu verstehen. Die gesamte Dauer der menschlichen Geschichte, von den Höhlenmalereien von Lascaux bis zum Space Shuttle, hatte sich in einer der kurzen Wärmeperioden entfaltet, die den normalen Zustand der Erde unterbrachen, in dem sie unter massiven Eispanzern schlief.

Konnte es wieder geschehen? Ganz im Gegenteil, es geschah ständig. Trotzdem waren drei Millionen Jahre im Vergleich zur gesamten Erdgeschichte nur das Aufblitzen eines Lichtstrahls in einem Fliegenauge. Die meiste Zeit hatte es auf der Erde praktisch gar kein Eis gegeben. Polarkappen waren ein eher seltener Anblick für unseren Planeten. In den meisten Epochen waren ein paar Schneeflocken am Südpol gefallen, und das war alles gewesen.

So war es meistens gewesen, aber nicht mehr, seit Mittelamerika aus dem Meer emporgestiegen war und den großen transäquatorialen Strom unterbrochen hatte, der das Klima der Erde fünfundzwanzig Millionen Jahre lang beherrscht hatte. Das und eine Periode der Instabilität auf der Sonne hatten diese kleine katastrophale Turbulenz ausgelöst, die verantwortlich dafür war, dass es in den letzten drei Millionen Jahren etwas unruhiger als sonst zugegangen war.

In der Bibliothek hatten Sam, Laura und Brian sehr schnell die Rollen der Fachleute und Organisatoren übernommen. So war es schon immer gewesen – damals, als die Winter der Provence von Gletschern beherrscht wurden und im heutigen South Carolina Temperaturen von minus fünfzig Grad an der Tagesordnung waren –, damals wie heute waren die Klügsten die Häuptlinge gewesen. Die Leute, die Fallen stellen und nähen und die Jahreszeiten an den majestätischen Sternen ablesen konnten. Diese Leute hatten die Menschheit vorangebracht.

»Sind das die Letzten?«, fragte Campbell, als J. D., Sam und Laura eine Ladung Mäntel brachten.

»So ziemlich«, erwiderte Laura. »Wir haben auch dieses

Radio hier gefunden, aber ich glaube nicht, dass es noch funktioniert.«

Das folgende Schweigen war mit Sorge geschwängert. Jede Seele in diesem Raum wusste, wie wertvoll ein funktionierendes Radio sein konnte. Genau wie damals, vor zwanzigtausend Jahren, als alle Menschen, die sich im Hintergrund einer vom Winter bestürmten Höhle zusammendrängten, gewusst hatten, wie wertvoll ein winziger Funken Feuer sein konnte.

»Lasst mich mal sehen«, sagte Brian.

Sie reichte es ihm, und er untersuchte es. Das Ding musste schon sehr lange im Fundbüro liegen. Es war ein altes Transistorradio, aus der Zeit, bevor es Walkmen und integrierte Schaltkreise gegeben hatte.

Dann war ein Laut zu hören, der so unverhofft kam, dass mehrere Menschen laut aufschrien. Es war Gebell. Buddha hatte plötzlich angeschlagen. Er und Luther hatten sich hinter einen Tisch am anderen Ende des Lesesaals zurückgezogen. Luther war es peinlich, weil er so dreckig war und stank – zumindest vermutete er, dass es so war. Oder vielleicht lag es auch nur an seiner generellen Geisteshaltung, die ihn dazu getrieben hatte, aus der Bürgergesellschaft auszusteigen und auf der Straße zu leben.

Das Gebell ging bald in Gewinsel über. Außerdem hatte Buddha die Ohren aufgestellt. Offenbar gab es etwas, das ihn beunruhigte, und das wiederum beunruhigte die Menschen. Die Rolle des Hundes hatte sich plötzlich verändert. Nun war er ein lebenswichtiger Teil der Gemeinschaft geworden, genauso wie es seine Vorfahren gewesen waren, wenn die Winterstürme heulten und sein Fell in einer kalten Nacht ein guter Freund gewesen war; und wenn seine Nase die lautlose Annäherung eines Säbelzahntigers verriet, lange bevor er von menschlichen Augen und Ohren bemerkt wurde.

Sam drehte den Kopf, Laura ebenfalls. Dann hörten es alle, das schrille kreischende Geräusch, das Buddha so sehr in Unruhe versetzt hatte. Immer noch winselte er, aber hinter seinem Geheul wurde das Geräusch immer lauter.

Sams erster Gedanke war, dass sich die Metallträger in den Wänden in ihren Verankerungen bewegten. Vielleicht würde das Gebäude einstürzen. Aber das konnte nicht sein. Das Wasser füllte es gleichmäßig aus, sodass es sein eigenes Gewicht trug. Es konnte keine zusätzliche Belastung für das Gebäude darstellen.

Sam, der einen bequemen gefütterten Regenmantel über dem Trainingsanzug trug, der noch in einer Tüte der Sportbekleidungsabteilung von Bloomingdale's gesteckt hatte, trat hinaus in den langen Korridor vor dem Lesesaal.

»Was hat das zu bedeuten?«, fragte Brian, als er zu ihm stieß.

»Ich habe keine Ahnung.«

Laura und J. D. kamen ebenfalls heraus, gefolgt von den anderen. Sie durchquerten den Korridor und betraten den Salomon Room, der auf die Fifth Avenue hinausging. Gegenwärtig enthielt der Raum eine Ausstellung beschrifteter Objekte der amerikanischen Urbevölkerung, von auf Hirschhaut festgehaltenen Geschichten bis zu den Wampums der Irokesen. Hier war das Geräusch am lautesten, ein Knirschen und Kreischen, dazu ein gelegentliches lautes Knacken und lang gezogenes metallisches Ächzen.

Sie gingen in das kleine Büro für Sonderausstellungen hinüber und warfen durch die hohen Fenster einen Blick auf eine der seltsamsten Szenen, die die abwechslungsreiche Geschichte von Manhattan je zu bieten gehabt hatte.

Hinter verwehenden Schneeflocken erkannten sie die graue Stahlhülle eines großen Frachtschiffs, das durch ein verrücktes Zusammenspiel von Wind und Gezeiten über die Straßen getrieben worden war und sich nun knirschend und schabend langsam weiterbewegte, geschoben von der leichten, immer noch vorhandenen Strömung der Flutwelle und dem böigen, nervösen Wind.

Es war still im überfüllten Raum, als jeder Anwesende das Gleiche dachte: Dies war das Symbol einer Welt im Chaos, eines Lebens, in dem alle Dinge plötzlich auf den Kopf gestellt wurden.

Jack machte ebenfalls eine der seltsamsten Erfahrungen seines bisherigen Lebens. Er hielt den mächtigsten Personen der Vereinigen Staaten einen Vortrag, und niemand hustete, kicherte, gähnte oder wandte auch nur für einen kurzen Moment den Blick von ihm ab.

Er hatte die Situation so beschrieben, wie sie sich ihm darstellte: Seit 1999 hatte es eine Reihe von Ereignissen gegeben, die für ihn die warnenden Vorzeichen eines wesentlich dramatischeren Ereignisses darstellen. Nach einem ungewöhnlich warmen Herbst im Jahr 1999 waren gewaltige Stürme über Europa hinweggefegt und hatten Windgeschwindigkeiten entwickelt, die in der Geschichte ohne Beispiel waren. Insgesamt waren auf dem gesamten Kontinent ungefähr dreihundert Millionen Bäume, zum Teil mehrere hundert Jahre alt und immer noch kerngesund, entwurzelt worden. Es waren sogar Bäume darunter gewesen, die von Marie Antoinette in Versailles gepflanzt worden waren. Seitdem lag der legendäre Park in Trümmern.

2003 hatte eine glühende Hitzewelle dafür gesorgt, dass selbst hoch oben in Lappland die Temperaturen fast bis auf dreißig Grad gestiegen waren. Während der ganzen Zeit hatten sich die Anzeichen einer Gefahr verstärkt, bis sich die britische Regierung veranlasst sah, die Forschungsbojen auszusetzen, die Gerald Rapson von seiner Station in Hedland überwachte. Diese Bojen hatten eine stetige Abschwächung des nordatlantischen Stroms verzeichnet – und der gegenwärtige Präsident, der Jack in diesem Moment gegenübersaß, hatte dafür gesorgt, dass diese Daten nicht in die Hände der US-amerikanischen Experten der NOAA gerieten.

Präsident Blake war kein glücklicher Mann. Er war sich durchaus der Tatsache bewusst, dass während seiner Amtszeit Millionen von Mitbürgern sterben würden und dass die Geschichte aus gutem Grund ihn für diese Katastrophe verantwortlich machen würde.

»Wann wird es vorbei sein?«, fragte er mit heiserer Stimme. Jack dachte unwillkürlich, dass es die Stimme eines Mannes war, der geweint hatte.

»Die Grundregel für Stürme lautet, dass sie so lange aktiv sind, bis sie ihre Energie verloren haben. Und das geschieht, wenn das Ungleichgewicht, durch das sie erzeugt wurden, ausgeglichen ist.«

Jack wollte diesen Männern nicht in die Augen blicken, weil er wusste, wie schmerzhaft es für sie wäre. Doch ein Teil von ihm wollte ihr Schuldeingeständnis sehen. Zwischen den Linken, die Umweltprobleme immer dazu benutzt hatten, die Wirtschaft strenger zu regulieren, und den Rechten, die ökologische Fragen einfach ignoriert hatten, damit die Wirtschaft wie gewohnt weitermachen konnte, hatte niemand das eigentliche Problem erkannt.

So etwas geschah ständig auf der Erde, aber nicht häufig genug, um sich als Erfahrung im Bewusstsein der Menschen festsetzen zu können. Es hatte keine Fabriken gegeben, die die Luft verpesteten, als es vor zehntausend Jahren geschehen war, und vor hundertzwanzigtausend Jahren, als es zu einer besonders dramatischen Katastrophe gekommen war, hatte noch niemand das Automobil erfunden.

Jacks Botschaft war immer die gleiche geblieben: Die Erkenntnisse der Paläoklimatologie waren eine Warnung. So etwas würde immer wieder geschehen, nicht weil die Menschen irgendetwas taten oder nicht taten, sondern weil es ein Teil des globalen Klimasystems war. Solange es keinen Weg gab, auf dem die Ozeane frei durch die tropischen Breiten zirkulieren konnten und solange sich die Aktivität der Sonne änderte, würde es immer wieder dazu kommen.

Deshalb traf der kluge Staatsmann Vorkehrungen für diesen Fall. Man bereitete sich darauf vor, wie es die Briten versucht hatten, wie es die Italiener mit ihren Bemühungen zur Rettung Venedigs getan hatten. Die menschliche Umweltverschmutzung hatte den Prozess vielleicht ein wenig beschleunigt oder verstärkt. Aber Jacks Botschaft, die diese Männer mit einem verächtlichen Schnaufen quittiert hatten, lautete, dass man sich darauf vorbereiten sollte, *weil es immer wieder geschah*.

Zu dumm, dass ein Zeitraum von hunderttausend Jahren – im Maßstab der Erdgeschichte nur ein Lidschlag – für fast jeden, der kein Wissenschaftler war, etwas völlig Abstraktes und Unvorstellbares war. »Ja, klar«, dachte jeder, »aber es wird ja nicht passieren, so lange ich lebe.«

Jack blickte in die Gesichter und sah Betroffenheit, Verzweiflung und in den meisten Fällen zu viel Dummheit; Manche konnten es selbst jetzt nicht begreifen. Andere verstanden es nur zu gut. Das waren die mit den geballten Fäusten und den unruhigen Augen.

»Diesmal haben wir es mit einem globalen Klimawandel zu tun«, fuhr Jack fort. »Die Stürme werden aufhören, wenn der größte Teil der nördlichen Landmassen mit Eis bedeckt ist. Das könnte Wochen dauern.«

Jack rief eine Grafik auf, die Jason in etwa zwanzig Minuten unter hektischem Tastaturgeklapper erstellt hatte. Sie zeigte, wie sich das Eis nach Süden ausbreitete. »Schnee und Eis werden die Sonnenwärme reflektieren, und die Atmosphäre der Erde wird sich wieder stabilisieren, aber mit einer Durchschnittstemperatur, die wesentlich näher bei jener der letzten Eiszeit liegt.«

General Arthur Watkins Jones Pierce, der Vorsitzende des Generalstabs der Streitkräfte, war einer derjenigen, deren Augen keine Ruhe fanden. Er war einer der Intelligentesten. »Was können wir dagegen tun?«

»So weit wie möglich nach Süden gehen.«

Beckers Gesicht verdunkelte sich. Wie bei den meisten dummen Männern in wichtigen Ämtern beschränkten sich seine Hauptaktivitäten darauf, den eigenen Arsch zu retten. Es konnte doch nicht sein, dass er für diesen Fehler verantwortlich gemacht wurde! »Das ist nicht komisch, Doktor Hall!«

»Das war auch nicht als Scherz gedacht«, erwiderte Jack und kämpfte seine Wut zurück. Er durfte diesen Hornochsen nicht anbrüllen. Damit hätte er ihm nur in die Hände gespielt. »Die Menschen müssen fliehen, solange sie noch dazu imstande sind. Solange es noch einen Fluchtweg gibt.« Vor seinem geistigen Auge sah er ein Bild von Sam, und verschiedene Gefühle strömten durch sein Herz. Er wünschte sich, so schnell wie möglich diese Irrenanstalt zu verlassen und sich auf den Weg zu machen. Aber wenn es ihm gelang, diese Männer irgendwie zu überzeugen, würde er Millionen von Sams, Lauras und Brians das Leben retten.

Nun beugte sich die Außenministerin vor, die mit verschränkten Armen und vorgerecktem Kinn dagesessen und auf einen Grund gewartet hatte, entrüstet den Saal zu verlassen. »Was schlagen Sie vor, wohin die Leute gehen sollen?« Angela Linn konnte eine sehr liebenswürdige Frau sein.

Und angesichts ihrer Frage war sie möglicherweise jemand, der sich überzeugen ließ. »Je weiter nach Süden sie gehen, desto sicherer wird es sein. Texas oder Teile von Florida. Mexiko wäre am besten.«

»Mexiko!«, rief Becker. »Vielleicht sollten Sie sich auf die Wissenschaft beschränken und die Politik uns überlassen.«

In diesem Moment erhielt Jack eine Chance, die er unbedingt nutzen wollte. Er richtete den Blick auf den Präsidenten und sprach ihn direkt an.

»Herr Präsident, wenn wir überleben wollen – und ich meine nicht unser persönliches Überleben, sondern das Überleben unserer Spezies –, müssen wir aufhören, in nationalen Begriffen zu denken. Wir müssen global denken. Nicht nur Amerika ist in Gefahr.«

Becker schnaufte. »Unsere höchste Verantwortung besteht darin, Amerika zu beschützen.«

»Dann beschützen Sie nicht die nationale Identität, sondern das amerikanische Volk. Betrachten Sie die Angelegenheit aus langfristiger Perspektive. Die Aussichten, in Nordamerika Landwirtschaft zu betreiben, tendieren in nächster Zeit gegen Null. Jetzt ist ein guter Zeitpunkt, für die Zukunft zu planen. Schließen Sie Bündnisse, bitten Sie um Hilfe. Wenn wir warten, müssen wir vielleicht um Hilfe betteln.«

Das Schweigen war ohrenbetäubend. Becker fand als Erster die Sprache wieder. »Was genau schlagen Sie vor?«

Jack war insgeheim maßlos erstaunt. So eine Frage stellte jemand, der einem bedingungsloses Vertrauen schenkte. Ausgerechnet Becker? Die Wunder nahmen kein Ende.

Jack ging zur Wand mit den Karten hinüber. Er schob die Landkarte von Südostasien nach oben, die bei einer früheren Konferenz gebraucht worden war, über deren Zweck er nur Spekulationen anstellen konnte, und zog die von Nordamerika herunter. Er nahm einen schwarzen Filzschreiber vom Tisch und zeichnete eine Linie ein, die ungefähr mit der alten Mason-Dixon-Linie zwischen den Nord- und Südstaaten der USA übereinstimmte.

»Evakuieren Sie jeden südlich dieser Linie.«

Nun sprach der Präsident. Zuerst hob er die Augenbrauen, als wollte er Jack ums Wort bitten. Jack nickte ihm zu. »Was ist mit den Menschen nördlich dieser Linie?« Seine Stimme klang schwer.

Der Präsident hatte verstanden.

Insgeheim bedankte Jack sich bei Gott. Dieses Treffen hätte schon vor drei Tagen stattfinden sollen, und es hätte zur Entwicklung eines ausgeklügelten Vorsorgeplans führen sollen. Aber so war es immer noch besser, als hätte es niemals stattgefunden.

Doch weil diese Konferenz so spät stattfand und weil es keinen Vorsorgeplan gab, musste Jack mit dem schwersten Satz antworten, den er in seinem Leben jemals ausgesprochen hatte. »Ich fürchte, für viele Menschen im Norden ist es bereits zu spät. Wenn sie nach draußen gehen oder reisen, dürften sie im Sturm umkommen.« Vielleicht auch mein eigener Junge, mein Sam.

Jack ließ es sich nicht nehmen, Becker einen ernsten

Blick zuzuwerfen. Der Mann wandte sich ab, als hätten Jacks Augen Säure versprüht.

»Zum gegenwärtigen Standpunkt besteht die einzige Chance dieser Menschen darin, in ihren Häusern zu bleiben, auszuharren und zu beten.«

Der Präsident dachte einen Moment lang nach. Jack konnte förmlich sehen, wie ihm Namen durch den Kopf gingen, Pittsburgh und Cleveland, Gary und Chicago, Minneapolis und St. Paul, Omaha, Namen der amerikanischen Geschichte. Und zweifellos Zahlen. Präsident Blake war als Mann der Zahlen bekannt.

Dann stand der Präsident auf und bedankte sich bei Tom Gomez. Das bedeutete, dass Jacks Präsentation beendet war und es für ihn Zeit war zu gehen. Jack versuchte seine Unruhe zu verbergen. Trotzdem konnte er jetzt nur noch an Sam denken. Er hatte seine Pflicht für sein Land getan, jetzt hatte er das Recht, sich um seine Familie zu kümmern.

Gomez ging mit ihm zur Tür. Er legte Jack eine Hand auf die Schulter. Gut gemacht. Schade nur, dass es ein so trauriger Anlass in einer so tragischen Situation gewesen war.

»Was wird er jetzt tun?«, fragte er Gomez. Er hoffte, dass er die Gedanken des Präsidenten richtig erraten hatte.

»Ich weiß es nicht«, antwortete Tom.

Das war immerhin eine ehrliche Antwort. Natürlich konnten sie trotzdem beschließen, nichts zu tun, sich weiterhin einreden, dass keine globale Katastrophe eintreten würde, weil das nicht in ihre Ideologie passte. Nur zu dumm, dass sich die Natur nicht an Ideologien hielt, sondern nur an ihre eigenen Gesetze. Und nach diesen Gesetzen ergab eins und eins immer zwei, völlig unabhängig davon, wie sehr man sich etwas anderes wünschte.

Als Jack zum Ausgang ging, wurde die Konferenz hinter verschlossenen Türen fortgesetzt.

»Wir können unmöglich das halbe Land evakuieren, nur weil ein Wissenschafter *glaubt*, dass sich das Klima ändert!«, regte sich Vizepräsident Becker auf. Er hatte die Verachtung gespürt, die Jack Hall ausgestrahlt hatte, und jetzt hasste er ihn. Er wollte, dass er Unrecht hatte, dass er aus der NOAA verschwand und an irgendeiner Provinzschule unterrichtete, weit, weit weg von Washington, D. C.

Außenministerin Linn sagte in ihrer sanftmütigen Art, von der sich schon viele ihrer Gegner hatten täuschen lassen: »Jede Minute, die wir länger warten, wird Menschenleben kosten.«

»Und was ist mit der anderen Hälfte des Landes?«, bohrte Becker weiter. »Was werden diese Leute tun, wenn all diese Menschen zu ihnen kommen? Wo ist die Infrastruktur, um dieses Problem zu bewältigen, Angie?«

»Wenn Doktor Hall Recht hat, wird es nur zu weiteren Opfern kommen, wenn wir Truppen nach Norden schicken. Wir sollten die Menschen retten, die wir retten können, und zwar sofort.«

Als Nächster sprach General Pierce. Ähnlich wie die Außenministerin stand er kurz vor einem Nervenzusammenbruch. »Wir, äh, müssen das Prinzip der Triage anwenden. Genauso wie ein Sanitäter auf dem Schlachtfeld. Manchmal ist es notwendig, schwere Entscheidungen zu treffen.« Er räusperte sich.

»Ich werde nicht akzeptieren, dass wir die Hälfte des Landes opfern.« Becker schrie fast.

Diese gigantische, nahezu unvorstellbare Katastrophe war plötzlich aus dem Nichts gekommen. Allein in den Dimensionen zu denken, die die Ereignisse angenommen hatten, wäre bereits für einen professionellen Planer sehr schwer gewesen, ganz zu schweigen von einer kleinen Gruppe verzweifelter Politiker, die überhaupt keinen Plan hatten.

Tom Gomez beobachtete, wie sie sich wanden. Es geschah ihnen recht. »Vielleicht hätten Sie früher auf Jack Hall hören sollen, dann würden ...«

Jetzt schrie Becker wirklich. »Blödsinn! Hall ist ein Spinner. Für ihn ist es leicht, seinen so genannten Plan vorzustellen. Er lebt hier im sicheren Washington.«

Tom sah Becker an. Er war immer der Ansicht gewesen, dass die Entscheidung für einen schwachen Vizepräsidenten ein Zeichen für einen schwachen Präsidenten war. »Jacks Sohn ist in Manhattan«, sagte er mit leiser Stimme, aber alle hatten ihn verstanden, einschließlich Becker.

Becker drehte sich wieder zu ihm um. »Was?«

»Doktor Halls Sohn befindet sich derzeit in Manhattan. Ich dachte, das sollten Sie wissen, bevor Sie seine Motive in Frage stellen.«

Die Gesichter wurden schlagartig ernst, als allen bewusst wurde, welche Bedeutung diese Bemerkung hatte. Wenn Jack Hall sagte, dass es zu spät war, den nördlichen Teil des Landes zu evakuieren, wusste er, dass sein eigener Sohn zu den Verlorenen gehörte. Damit war allen klar, wie sehr er von seinen Daten und seiner Theorie überzeugt sein musste.

Auch der Präsident erkannte es und erhob sich langsam von seinem Platz. Normalerweise begnügte er sich damit, zuzuhören und zu warten, bis seine Berater zu einem Entschluss gelangt waren, doch nun wusste er, dass die Debatte vorbei war. Wahrscheinlich hatte das Ergebnis schon seit Monaten, seit Jahren festgestanden, nur war niemand bereit gewesen, den Tatsachen ins Auge zu blicken.

Nun stellte sich der Präsident der Vereinigten Staaten der Wahrheit. Er holte tief Luft und stieß einen langen Seufzer aus. Und mit diesem Atemzug überantwortete er fast einhundert Millionen seiner Mitbürger der Gewalt des Sturms und der Gnade Gottes. »General«, sagte er, »geben Sie der Nationalgarde die Anweisung, die südlichen Staaten zu evakuieren.« Dann richtete er den Blick auf den Vizepräsidenten, als wollte er ihn ermahnen, kein einziges Wort des Protests mehr zu äußern. »Wir setzen Doktor Halls Plan in die Tat um.«

Tom Gomez eilte hinaus. Sein Herz raste. Vor ihm lag eine gewaltige Menge Arbeit. Die NOAA musste informiert werden, alle Dienststellen mussten instruiert werden, der Wetterdienst musste alarmiert werden. Außerdem musste er sein Personal und so viel lebenswichtige Ausrüstung wie möglich in Sicherheit bringen. Ihm war bewusst, dass die Dienste und Fähigkeiten seiner Behörde entscheidend für das Überleben der Nation werden konnten, nicht nur jetzt, sondern auch in den kommenden Jahren.

Wenn in diesem Jahr so viel Eis zurückblieb, dass es im nächsten Sommer nicht mehr abtaute, würde eine neue Eiszeit beginnen. Das Leben der Menschen würde in Zukunft ganz anders aussehen. Die nördliche Hemisphäre, in der sich die stärksten Wirtschaftsnationen und die am besten ausgebildeten Menschen konzentrierten, würde unter Billionen Tonnen Eis verschwinden. Und so würde es die nächsten hunderttausend Jahre bleiben!

General Pierce griff nach einem Telefon. »Initiieren Sie ›Unicorn‹«, sagte er leise.

12

Plan Unicorn war unter den tausenden Notfallszenarien des Pentagons derjenige, der einer Evakuierung der gesamten Bevölkerung der USA am nächsten kam. Er war keineswegs perfekt, aber es wäre zumindest ein Anfang. Pierce hielt kurz inne. »Beschränken Sie die Initiierung auf die Erste und die Fünfte Armee.« Die Erste Armee wurde von Georgia aus kommandiert, die Fünfte von Texas. Gemäß dem Befehl des Präsidenten hätte es keinen Sinn, sämtliche Armeen auf dem Kontinent in Alarmbereitschaft zu versetzen.

Noch bevor er aufgelegt hatte, war der Generalstab in Aktion getreten. Der »Plan«, auf den sich Pierce bezogen hatte, sah lediglich die Evakuierung der Bevölkerung von den größeren Städten in die ländlichen Zonen der Umgebung vor und keineswegs eine umfassende Völkerwanderung von Millionen.

Doch die meisten Menschen benötigten gar keine offizielle Verlautbarung der Regierung, um sich in Bewegung zu setzen. Sie beobachteten, wie die Wolken anrückten, und sie sahen in den Nachrichten, was der Sturm weiter im Norden anrichtete. Toronto meldete sich nicht mehr, dann folgten Montreal, Bangor und Minneapolis, und die Stille, die in Europa herrschte, war Angst einflößend.

In Houston und Atlanta wurden Flüge nach Europa im letzten Moment abgesagt. Weiter nördlich flog ohnehin nichts mehr. Der Präsident hatte bereits den Inlandsflugverkehr einstellen lassen, als würde es noch irgendwer wagen, ein Flugzeug zu besteigen, während sich eine Wolkenwand von fünfzehntausend Metern Höhe und zweitausend Kilometern Durchmesser über den Kontinent schob.

Die Wolken verdunkelten die Felder von Minnesota und die Berge von Montana, die Hügel von Iowa und die idyllischen Ebenen von Ohio, die noch vor wenigen Wochen die Kornkammer der Welt gewesen waren. Wie Blätter, die von einer Herbstbrise davongeweht wurden, hatten die klugen Menschen die Flucht ergriffen. Selbst aus so nördlichen Städten wie Chicago und Gary schafften es ein paar, weil sie sofort in ihre Autos gesprungen und nach Süden gerast waren, als sie hörten, dass ein ungewöhnlich mächtiger Blizzard im Anmarsch war.

Die meisten jedoch folgten ihren Instinkten, die ihnen dazu rieten, sich tief in die Höhle zu verkriechen, wenn eine Gefahr drohte. Also wurden die Fensterläden vernagelt, Lebensmittel gehortet und die Kinder aus der Schule geholt. Der Fernseher wurde eingeschaltet, und dann wartete man ab.

Als die Menschen in der nördlichen Hälfte des Landes erkannten, dass ihre südlicher wohnenden Mitbürger evakuiert wurden und sie nicht, machten sich viele von ihnen doch noch auf den Weg. Die tief verschneiten Schnellstraßen füllten sich mit langen Autoschlangen, die mit entnervender Langsamkeit nach Süden krochen. Ein Mitleid erregendes und tödliches Bild. Denn niemand, der jetzt mit dem Wagen unterwegs war, würde dies lebend überstehen. Sie wurden langsam eingeschneit, und die meisten von ihnen würden erst viele Jahre später wieder ans Tageslicht kommen, wenn sich das Eis zurückzog und ihre verbeulten, verrosteten Überreste auf einer kargen Ebene freigab, von der sich niemand mehr vorstellen konnte, dass sie einst mit duftenden Kornblumen übersät gewesen war.

Weiter im Süden gab es jene, die sich auf ihre Grundrechte beriefen und sich den Anweisungen der Soldaten widersetzten, ihre Häuser zu verlassen. Ihre Namen und Adressen wurden notiert, dann ließ man sie in Ruhe. Immerhin starben sie im Vollbesitz ihrer bürgerlichen Freiheitsrechte.

In Lucys Krankenhaus wurde die Evakuierung zügig durchgeführt. Jack rief sie an und erklärte ihr weitere Einzelheiten über das, was sie zu erwarten hatten. Sie fand, dass die Regierung nicht hätte verschweigen dürfen, wie extrem kalt es wirklich werden sollte, aber sie verstand auch, dass sich dann unvorstellbare Panik unter den Millionen ausgebreitet hätte, die bereits eingekesselt waren und noch nicht wussten, dass sie keine Überlebenschance hatten.

»Wir werden dann keine Verbindung mehr haben«, sagte Jack. Es brach ihr fast das Herz, als sie diese Worte hörte. In den vergangenen Stunden hatte sie erkannt, dass sie diesen Mann viel zu sehr liebte, sodass ihr gar keine andere Wahl geblieben war, als sich von ihm scheiden zu lassen. Was sie damals nicht hatte ertragen können, war das endlose Warten und sein endloser Kampf als Prophet gewesen, der gegen Widersacher und Uninteressierte predigte, die seine Hiobsbotschaft nicht hören wollten. »Wenn du eine Nachricht für mich hast, hinterlasse sie im amerikanischen Konsulat in Mexico City«, fügte er hinzu.

Sie fragte sich, ob sie mit einer Karawane aus Krankenwagen voller Kinder so weit nach Süden vorstoßen würde. »Gut«, sagte sie.

Das Schweigen, das nun folgte, war in Wirklichkeit gar kein Schweigen, sondern nur ein anderer Aspekt der mysteriösen Kommunikation zwischen Ehepartnern.

Jack antwortete schließlich mit genau den Worten, die sie sich erhofft hatte: »Ich liebe dich.«

Jetzt war sie an der Reihe. »Ich liebe dich auch«, sagte sie und spürte, dass es sich besser anfühlte als alles andere, das sie bisher in ihrem Leben gesagt hatte. Mit einer Ausnahme – der Moment, in dem man ihr das rote, runzlige, noch feuchte Baby auf den Bauch gelegt hatte und sie »Hallo« gesagt hatte. »Sag Sam, dass ich ihn liebe und vermisse. Und möge Gott mit dir sein, Jack.«

Wieder breitete sich das magische Schweigen zwischen ihnen aus. Worte, die nicht ausgesprochen werden konnten, flossen wie der süße Atem von Engeln in ihr Herz. Sie blinzelte die Tränen fort, die zu weinen sie keine Zeit hatte, und legte langsam auf. Durch die breite Glasfront des Gebäudes konnte sie sehen, wie die jungen Patienten in wartende Fahrzeuge verladen wurden, begleitet von Eltern und Krankenhauspersonal.

Es dämmerte früh, und gleichzeitig setzte Schneefall ein. Die Bäume waren bereits kahl, und ihre Äste knarrten unbehaglich in der kalten Luft. Am Himmel jagten tief hängende, zerrissene Wolken nach Süden und leuchteten hellgrau und rosa im Widerschein der Stadt. Früher einmal wäre es ein wunderbarer Moment gewesen, wenn all die Lichter an der Connecticut Avenue hinter den tanzenden Ästen flackerten und der Schnee ein seltsam anheimelndes Gefühl der Einsamkeit vermittelte.

Aber nicht jetzt, in dieser Nacht, in der die Seelen der Toten bereits im Sturmwind klagten.

Jack verstaute den Schlitten auf der Ladefläche eines weißen Chevy Tahoe mit dem blauen Siegel der NOAA an den Türen.

Als ihm zwei Hände auf der anderen Seite zu Hilfe kamen, hätte er sich fast zu Tode erschrocken. »Du solltest doch längst in einem Bus Richtung Süden sitzen, Frank«, sagte er zu seinem langjährigen Partner.

»Ich habe dir zwanzig Jahre lang Rückendeckung gegeben, Jack. Glaubst du wirklich, dass ich dich diesmal im Stich lasse?«

Jack lachte. »Und ich habe die ganze Zeit geglaubt, ich hätte dir Rückendeckung gegeben!«

Dann folgte eine weitere Überraschung, als sich Jason durch die Stahltür schob, die auf den Parkplatz führte. Er balancierte eine Kiste mit Ausrüstung, die er ebenfalls auf die Ladefläche wuchtete. Dann kam er nach vorne.

»Was machst du da?«

»Keiner von euch beiden findet allein den Weg aus einer Duschkabine heraus. Ohne mich werdet ihr in Cleveland landen.«

Janet Tokada stürmte nach draußen, in einen dicken Mantel gehüllt. Ihr schwarzes Haar flatterte in der kühlen Brise, und mit vor Kälte geröteten Wangen sah sie einfach hinreißend aus, wie Jack fand. Und er fragte sich, ob das der berühmte Schlachtfeldeffekt war. Wenn Männer in den Krieg zogen, sahen angeblich alle Frauen unglaublich attraktiv aus. »Ich werde versuchen, euch über den Sturm auf dem Laufenden zu halten«, sagte sie.

Jason, der ewige Optimist, antwortete: »Wenn wir vorgewarnt werden, schaffen wir es vielleicht, unsere Ärsche ins Warme zu bringen, bevor sie uns abfrieren.«

Janet nahm Jacks Hand. »Viel Glück, Jack. Es war mir eine große Ehre, mit dir zusammenzuarbeiten.« Übersetzung: Da ich dich nicht mehr lebend wiedersehen werde, können wir uns jetzt von allem verabschieden, was wahrscheinlich sowieso nie zwischen uns geschehen wäre.

Jack nahm ihre Hand. »Die Ehre ist ganz auf meiner Seite.« Auch er meinte es ernst. Sie gehörte zu jenem seltenen Menschenschlag, den Jack Hall zutiefst bewunderte: Menschen, die bei allem, was sie taten, nach Perfektion strebten.

Am Morgen des nächsten Tages hatte es bereits achtzehn Stunden ununterbrochen geschneit, und es wurde immer schlimmer. Vor der Bibliothek war das Frachtschiff eingefroren und hatte sich mit seinen Aufbauten und Luken in eine bizarre Eisskulptur verwandelt.

Drinnen arbeitete Brian am Radio. Er hatte die Rückseite geöffnet und studierte die Schaltkreise. Er wusste nicht, ob er es wirklich reparieren konnte, aber möglicherweise ließen sich dem Ding ein paar Töne entlocken.

»Vielleicht solltest du dir von jemandem helfen lassen, mein Junge.«

Brian blickte auf, musterte Campbells breites irisches Gesicht und seine funkelnden grünen Augen. »Ich bin im Schachclub, im Elektronikclub und im Team des Akademischen Dekathlons. Wenn es hier einen noch verrückteren Bastelfreak gibt, zeigen Sie ihn mir.«

Der Polizist lächelte. »Gut, dann werde ich dir diese Arbeit überlassen.«

»Danke.«

Die Vorstellung, dass Buddha eine Sauerei in der Bibliothek hinterließ, war für Luther unerträglich. Das ließ sein Ordnungssinn einfach nicht zu. Sobald das erste Licht von draußen hereinsickerte, machte er sich mit seinem Hund auf den Weg nach draußen.

Es war eine seltsame Erfahrung, sich über rutschiges Eis zu bewegen statt über den festen Boden, der sieben Meter tiefer lag. Aber sie wagten sich auf die weiße Ebene hinaus, die sich zwischen den Fenstern der vierten Stockwerke ausbreitete. Es war so kalt wie bei einem Uferspaziergang im Januar, und das war die kälteste Jahreszeit in Manhattan, wenn der Nordwind über den Hudson heranfegte und die Stadt mit Schnee zuschüttete.

»Komm, Buddha«, sagte er, »im Moment achtet niemand auf uns.«

Aber das stimmte nicht ganz. Buddha war abgelenkt, weil er überall Menschen sah und witterte. Er stieß ein lautes, neugieriges *Wuff* aus, nichts im Vergleich zu dem, was er im Ernstfall an Gebell loslassen konnte, wenn es galt, ihren Einkaufswagen zu verteidigen.

Eine kleine Gruppe kam vorbei, die eine Motorhaube als Transportschlitten benutzte. Darauf befand sich eine halbe Wohnungseinrichtung – Stühle, ein Tisch, ein älterer Fernseher. Die Leute gaben sich alle Mühe, ihre Sachen in Sicherheit zu bringen. Dafür hatte Luther Verständnis. Sein eigener Besitz befand sich unter einer etwa drei Meter dicken Eisschicht, und er befürchtete, dass dieser Umstand seiner John-Coltrane-LP-Sammlung nicht gerade gut tat. Oder war es eine Duke-Ellington-Sammlung gewesen?

Verdammt, hier draußen waren jede Menge Menschen, und die Leute in der Bibliothek sollten es wissen. Trotz seiner Bedenken wegen Buddha kehrte er direkt zur Bibliothek zurück.

»Da draußen sind viele Menschen unterwegs!«, rief er, als er über das Eis geschlittert und die sechs Stufen hinaufgestürmt war, die sich jetzt nur noch zwischen der begehbaren Oberfläche und dem dritten Stock der Bibliothek erhoben. »Überall sind Leute!«

Alle kamen herbeigerannt, um es zu sehen. Der Wachmann der Bibliothek, der sich während der Nacht eingefunden hatte, sagte: »Sie verlassen die Stadt, bevor es zu spät ist.«

Die Menschen drängten sich am Ausgang, um etwas zu sehen. »Okay, Leute«, rief Officer Campbell, »beruhigt euch!«

Er blickte über die Gruppe von etwa sechzig Personen. Er hatte sich schon die ganze Zeit gefragt, was er mit ihnen machen sollte. Was sollten sie essen – vielleicht Schuhleder und Haare? Bücher kamen jedenfalls nicht in Frage, und die Wasserspender waren längst versiegt. Selbst die Toiletten hatten kein Wasser mehr. Sie waren nicht eingefroren, die Leitungen waren einfach trocken. Aber vielleicht bedeutete dieser Moment das Ende der Nahrungsprobleme, die ihm Sorgen gemacht hatten. »Okay«, sagte er, »es ist ziemlich offensichtlich, dass auch wir uns auf den Weg machen können. Das Wasser ist tief genug gefroren, sodass wir auf dem Eis laufen können. Also müssen wir aufbrechen, bevor der Schnee zu hoch liegt.«

»Also nichts wie los!«, sagte Jamas Taxifahrer und stürmte nach draußen.

»Moment! Immer mit der Ruhe! Wir müssen uns gegenseitig helfen, nur so kann es funktionieren. Lasst uns Vorbereitungen treffen, so gut es geht, und darauf achten, dass niemand zurückbleibt. Wer Hilfe braucht, soll sich jetzt melden.« Ein paar Leute hoben die Hände, ein älterer Mann mit lahmem Bein und eine junge Frau, die sich gestern den Knöchel verstaucht hatte.

Sam beobachtete das Geschehen sorgfältig, ohne etwas zu sagen. Der Polizist war ein geborener Anführer, und Sam wollte noch ein wenig abwarten, wie sich die Sache entwickelte.

»Wann hat jemand zuletzt ein Handysignal bekommen?«, fragte Campbell.

»Ich habe vor ein paar Stunden meine Kusine in Memphis erreicht. Sie sagte, dass sie evakuiert werden«, sagte eine junge Frau.

Eine ältere Frau fügte hinzu: »Ich habe das Gleiche erfahren. Das ganze Land macht sich auf den Weg nach Süden.«

Das war das Werk seines Vaters. Wie viele Leben hatte er gerettet? Zwanzig Millionen? Fünfzig? Was er hörte, verriet Sam ganz genau, was er tun musste. Und dass sein Vater irgendwo da draußen war und sich auf keinen Fall nach Süden bewegte.

Sam wandte sich an seine Freunde und sagte: »Wir sollten nicht mitgehen.«

»Aber alle anderen gehen!«, warf J. D. ein.

Sam hielt Laura zurück, die Jama alles auf Französisch erklären wollte. »Warte! Als ich mit meinem Vater telefoniert habe, sagte er, dass wir im Gebäude bleiben sollen. Dieser Sturm wird jeden umbringen, der sich ihm ungeschützt aussetzt.«

Laura blickte sich um. Die Menschen luden sich Mäntel aus dem Fundbüro auf die Schultern, um sich so warm wie möglich einzupacken. »Sam«, sagte sie, »du musst es ihnen sagen!«

Sam gefiel es ganz und gar nicht, zum großen, starken, befehlsgewohnten Polizisten zu gehen und ihm zu erklären, dass er sich irrte. Aber Laura hatte Recht. Er musste es tun. Er ging zu Campbell, der gerade dabei war, dem Mädchen mit dem verstauchten Knöchel eine Schiene anzulegen.

»Äh, Sir?«

»Ja, Sam?«

»Wie soll ich es sagen...? Sie machen einen großen Fehler.«

Campbell sah ihn mit überraschter Miene an. »Was?«

»Wir ... wir sollten nicht gehen.«

»Hör zu, Sam, wir alle haben große Angst, aber uns bleibt keine andere Wahl.«

»Nein, Sir, darum geht es nicht.«

»Komm, mein Junge, bereite dich auf den Marsch vor.«

Campbell tätschelte den Fuß der jungen Frau und schlenderte davon. Sam konnte es nicht ausstehen, wenn man ihm auf diese Weise die kalte Schulter zeigte. Es erinnerte ihn an die Grundschule, als seine Intelligenz die Lehrer so sehr eingeschüchtert hatte, dass sie ihm nicht mehr erlaubten, sich zu Wort zu melden. »Wenn Sie jetzt nach draußen gehen«, platzte es aus ihm heraus, »werden Sie alle erfrieren!«

Diese Worte ließen sämtliche Anwesenden erstarren. Alle Gesichter drehten sich in seine Richtung. Plötzlich blickte er in zahllose Augen, allesamt verängstigt, manche sogar verärgert, weil er es wagte, den allgemeinen Konsens in Frage zu stellen.

»Was soll dieser Blödsinn?«, sagte Campbell.

»Es ist kein Blödsinn! Dieser Sturm wird noch schlimmer. Draußen wird es zu kalt werden, um überleben zu können.«

Ein Mann mit runden Brillengläsern und zerzaustem Haar bedachte Sam mit einem langen, nachdenklichen Blick. »Woher hast du diese Information?«

»Von meinem Vater. Er ist Klimatologe. Er sagt, dass dieser Sturm eine Stärke entwickeln wird, wie wir sie noch nie zuvor erlebt haben.«

Jetzt hatte er die Aufmerksamkeit von ein paar mehr Leuten. Wenigstens ein paar. »Was schlägst du vor, was wir tun sollen?«, fragte der Mann. Er hieß Jeremy, erinnerte sich Sam jetzt, ein Computertechniker.

»Drinnen bleiben«, antwortete Sam. »Wir müssen versuchen, uns warmzuhalten, bis der Sturm vorbeigezogen ist.«

»Der Schnee wird von Minute zu Minute tiefer. Bald werden wir hier ohne Lebensmittel oder Ausrüstung festsitzen. Wenn wir trinken wollen, müssen wir Schnee essen.«

»Es ist riskant«, räumte Sam ein.

Campbell schüttelte den Kopf. Dieser Junge war ein Idiot. »Wir haben eine bessere Chance, wenn wir mit den anderen losziehen. Und wir sollten damit keine Zeit mehr verlieren.« Er hob einen Arm. »Okay, wir brechen jetzt auf!«

»Gehen Sie nicht nach draußen!« Sam war selber überrascht, wie sehr er sich plötzlich engagieren konnte. Aber hier standen Menschenleben auf dem Spiel. »Es ist zu gefährlich! Sie müssen mir glauben!«

Doch die Menge hatte sich bereits in Bewegung gesetzt und schlurfte nach draußen. Es war offensichtlich, dass sie dem Polizisten und dem allgemeinen Aufruf zur Evakuierung des Landes folgen wollten. Niemand würde auf ein Kind hören, das ihnen einen gegenteiligen Rat gab.

»*Où va tout le monde?*«

Sam konnte genug Französisch, um zu verstehen, dass sich Jama unschuldig erkundigte, wohin die Leute gingen.

Laura erklärte ihr, dass sie nach Süden gingen, sie und ihre Freunde jedoch hier bleiben würden. Sie sagte, dass Sams Vater Wissenschaftler war und sie gewarnt hatte, weil es zu gefährlich war, nach draußen zu gehen.

Elsa, die mit Memphis telefoniert hatte, wollte ebenfalls dableiben. Sam hörte, wie sie zu Jeremy sagte: »Ich habe ein ungutes Gefühl. Was wirst du tun?«

»Nun, bei allem gebührenden Respekt vor unserem Freund und Helfer werde ich mein Vertrauen in den Klimatologen setzen.«

Elsa wandte sich an die Bibliothekarin, die sofort nach dem Aufwachen wieder den Platz hinter ihrem Schreibtisch eingenommen hatte. »Was ist mit Ihnen, Judith?«

»Ich werde die Bibliothek nicht verlassen.«

Manche Leute haben ein besonderes Verhältnis zu Bibliotheken, dachte Sam. Er hoffte, dass es auch in Zukunft solche Menschen gab. Das Internet würde für sehr, sehr lange Zeit brachliegen, aber ein Buch war immer noch ein Buch.

Luthers Hund winselte nervös. »Keine Angst, Buddha, wir gehen nicht wieder raus.«

Sam und die anderen folgten ihnen, um ihren Aufbruch zu beobachten. Als sie die Straße erreichten, sah Sam, dass sich hunderte von Menschen auf den Weg nach Süden gemacht hatten. War der Hudson ebenfalls zugefroren? Gut möglich. Sogar wahrscheinlich. Vermutlich konnte man den ganzen Weg von hier nach Hause gehen, ohne nasse Füße zu bekommen.

Er dachte an ihre Wohnungen in Alexandria, an sein Zimmer mit dem Modell der Constitution, einem Überbleibsel aus seiner Kindheit, und diversen wissenschaftlichen Sammlungen, darunter Trilobiten und hunderfünfzig Millionen Jahre alte Farne, allesamt sorgfältig in nicht säurehaltigem Material eingepackt.

Sie beobachteten, wie eine Gruppe aus mindestens achtzig Menschen an ihnen vorbeizog ... und an einem Taxi vorbei, das im Eis eingeschlossen war, samt erfrorenen Insassen, deren blaue Gesichter durch die Scheiben starrten. Wenn Laura nicht gewesen wäre, dachte Sam, würden Jama und ihr kleines Kind jetzt auch in einem solchen Taxi sitzen.

Der Tod besaß die erstaunliche Tendenz, einen abstumpfen zu lassen. Wer hätte am Morgen zuvor gedacht, dass Manhattan nur vierundzwanzig Stunden später eine lebensfeindliche Eiswüste sein würde?

Nach dem Abmarsch der anderen waren noch ganze neun Personen übrig – neun Menschen und ein Hund.

Luther wandte sich an J. D., der in seinem pelzgefütterten Mantel immer noch eine gute Figur machte, trotz seiner Bartstoppeln und trotz seiner zerzausten Frisur. »Gestatten, Luther«, sagte er. »Und das hier ist Buddha.«

J. D. blickte auf die ausgestreckte Hand. Sam dachte, dass sie eine richtige Schmutzkruste hatte. J. D. schien sich zu ekeln, doch dann griff er nach der Hand und schüttelte sie. Dafür war Sam stolz auf ihn.

13

Die Interstate 95, die von Washington über New York nach Boston führte, konnte eine der windigsten Straßen der Vereinigten Staaten sein. Mehr als ein neunachsiger Truck war während eines Nordoststurms von einer Böe gepackt und in den Truckhimmel katapultiert worden. Der Fahrer hatte nur noch vergeblich auf die Bremsen treten und ins Leere fluchen können.

Böen von sechzig Stundenkilometern und mehr jagten den Schnee durch die Luft und machten den Männern von der Nationalgarde das Leben zur Hölle, als sie den Verkehr auf allen sechs Spuren nach Süden lenkten. Die Autoschlangen erstreckten sich von einem Horizont zum anderen, und Jack wusste, bei dieser zähflüssigen Geschwindigkeit wäre es unwahrscheinlich, dass morgen um diese Zeit noch irgendeiner der Insassen am Leben war. Und die armen Jungs von der Nationalgarde standen bereits in ihren eigenen Gräbern und wussten es nur noch nicht.

Im Chevrolet Tahoe war die Luft warm und würde es auch bleiben, solange die Temperatur nicht so stark fiel, dass das Benzin in den Leitungen gefror. Jack wusste, wann das geschah – bei minus einhundert Grad. Er wusste auch, dass es in zwanzigtausend Metern Höhe noch viel kälter war ... und dass die vom Boden aufsteigende Luft noch vergleichsweise warm war und demzufolge in die ungemütlichen Gefilde hinaufgesogen wurde, während der Sturm sich weiter austobte.

Irgendwann würde sie auf die superkalte Luft stoßen und sie von ihrem angestammten Platz über der Stratosphäre verdrängen – woraufhin sie die Kälte an die dichtere Luft darunter abgab. Dann würde die gesamte Masse nach unten stürzen, auf den Boden prallen und alles töten, was sie berührte.

Er wusste das alles, und dennoch kämpfte er sich weiter über die Straße voran, weil sich Sam am Ende dieser Straße befand und weil er seinem Jungen versprochen hatte, dass er zu ihm kommen würde.

Jason konsultierte gleichzeitig eine Straßenkarte und das GPS. Das Gerät verlor immer wieder den Kontakt, weil die Wolken zu dicht waren, aber er bekam genügend Daten herein, um sie auf Kurs zu halten.

Die meisten Hinweisschilder waren von hohem Schnee begraben, und die wenigen, die noch herausragten, waren so dick mit Eis überkrustet, dass nichts mehr zu erkennen war. Also konnte sich Jason sehr nützlich machen. Ein Navigator war jetzt genauso überlebenswichtig wie in der Sahara.

Jack schob sich an einer Autoschlange vorbei, die darauf wartete, auf die Interstate zu kommen, angeführt von einem

Schneepflug. Danach war die Straße mehr oder weniger frei. Sie war irgendwann in den letzten Stunden frei geräumt worden. »Zumindest haben wir keine Schwierigkeiten mit Verkehr, der in unserer Richtung fließt«, sagte er.

Sie hatten das Radio eingeschaltet, aber eine Station nach der anderen stellte den Betrieb ein. Jetzt war nur noch eine einzige auf Sendung, ein spanischsprachiger Mittelwellensender in Washington, D. C.

Auf der Internationalen Brücke von Laredo in Texas spielten sich bislang unvorstellbare Szenen ab. Die Menschen kämpften darum, *nach* Mexiko fliehen zu dürfen. Es schneite sogar schon in Dallas, nur sechshundert Kilometer weiter nördlich, und von den Ufern des Rio Grande aus war zu beobachten, wie sich die unglaublichsten Wolkenformationen heranschoben.

So weit südlich bestanden sie aus einem achtzig Kilometer breiten Band aus Furcht erregenden Gewittern, die immer neue Tornados erzeugten, die sich wie lange graue Würmer vor der Front wanden. Die Blitze, der Donner und der tödlich kalte Wind, die das Monstrum begleiteten, trieben die Menschen in den Wahnsinn.

Lange Schlangen von Fahrzeugen stauten sich vor der Brücke. Die Mexikaner verlangten umfangreiche Dokumente für jedes eingeführte Auto, und die Grenzpolizei dachte nicht daran, die Gesetze aufzuheben, nur weil die *gringos* plötzlich vor Schwierigkeiten flüchten wollten.

Autoradios liefen, die Leute stiegen aus und standen neben ihren Wagen, deren Dächer und Kofferräume mit ihrem Besitz voll gestopft waren, während sich die Kinder auf den Rücksitzen drängelten. Viele hatten Hunde, Katzen und alle möglichen anderen Haustiere dabei. Hier waren Amerikaner unterwegs, Menschen ohne jede Erfahrung, was es bedeutete, ein Flüchtling zu sein. Manche hatten Dinge wie Barhocker oder ferngesteuerte Modellflugzeuge mitgenommen, ganz zu schweigen von Fernsehern, Videospielkonsolen, Computern und sonstigen Dingen, die für einen Flüchtling ohne jeglichen Wert waren. Nach Gewicht gerechnet befanden sich wahrscheinlich genauso viele Sportgeräte wie Lebensmittel in den Autos.

»Vor einer halben Stunde«, meldeten die Radios, »haben die mexikanischen Behörden die Grenze geschlossen, um den überwältigenden Strom amerikanischer Flüchtlinge zu unterbinden, der nach Süden unterwegs ist.«

Manche Leute schrien und schüttelten die Fäuste, aber viele andere verließen ihre Fahrzeuge und gingen zu Fuß weiter. Sie stiegen hinunter und versuchten über den Zaun zu steigen, der den Rio Grande säumte. Die sportlichsten von ihnen schafften es, einige sogar mit ein paar Besitzgegenständen, und schwammen durch das gestiegene, aufgewühlte Wasser, um sich, umgeben von Rucksäcken und Koffern, zur anderen Seite durchzukämpfen.

Normalerweise war der Rio Grande ein langsamer Fluss, der häufig nahezu versiegte, aber heute strömte er ungehindert, und die Dunkelheit am nördlichen Horizont machte den Eindruck, als könnte das Wasser demnächst weiter steigen. Falls es nicht vorher gefror.

Washington erlebte einen ausgewachsenen Schneesturm. Für sich genommen war das noch nichts Ungewöhnliches – außer dass er recht heftig war. Aber die Stadt funktionierte noch, mit einer Notbesatzung aus Polizisten und Truppen der Nationalgarde, die Plünderungen verhinderten und die nationalen Monumente schützten.

Sechs dieser Männer waren dazu verdammt, ihr Leben auf der Spitze des Washington Monument zu verlieren, wenn die Kälte kam, viele andere sollten im Kapitol sterben, in verschiedenen offiziellen Gebäuden und auf den Straßen.

Von allen Regierungsgebäuden erstrahlte nur noch das Weiße Haus in hellem Licht. Drinnen war es warm und sehr still. Nur gelegentlich heulte der Wind, wenn er gegen die Dachaufbauten der Privatwohnungen im obersten Stockwerk drückte.

Genauso allein saß der Präsident der Vereinigten Staaten an seinem Schreibtisch, nachdem er seine Leute vom Secret Service nach Süden geschickt hatte. Das Gebäude verfügte über eine eigene Energieversorgung, also hatte er das vorwiegend repräsentativ genutzte Oval Office stillgelegt.

Vizepräsident Becker und die Außenministerin stürmten herein. Sie hatten sich im Cabinet Room aufgehalten, der zu einer Art Kommandozentrum geworden war.

Der Präsident bedachte sie mit einem kalten Blick. Er wurde das Gefühl nicht los, dass Becker ihn hintergangen hatte, indem er diesen Jack Hall diskreditiert hatte. Er hätte dem Präsidenten zumindest die Gelegenheit zu einem eigenen Urteil geben sollen.

Wie die meisten Präsidenten litt er am schwersten unter Fehlern, die nicht von ihm, sondern in seinem Namen begangen worden waren.

Er zog die Augenbrauen hoch. Becker blies sich auf. Es sah aus, als würde er jeden Moment losbrüllen wollen. »Die Mexikaner haben die Grenze dichtgemacht!«, rief er.

Damit hatte Blake gerechnet. »Haben Sie mit dem mexikanischen Botschafter gesprochen?«

»Er ist tot«, sagte die Außenministerin. »Sein Wagen wurde von einem umstürzenden Baum zerquetscht.«

»Herr Präsident, wir können die Grenze mit Gewalt öffnen, wenn wir wollen.«

Wie auf Kommando tauchte General Pierce auf, und der Präsident dachte, dass vermutlich genau das der Grund für sein Erscheinen war.

»Wie sieht Ihr Ausweichplan aus, General?«

»Wir haben bereits das Dritte Korps von Fort Hood ausrücken lassen, Sir.«

Wir können also jederzeit zuschlagen, dachte der Präsident.

»Haben Sie den Verstand verloren?«, schrie Außenministerin Linn. »Wir stehen vor der größten ökologischen Katastrophe der Menschheitsgeschichte, und Sie wollen in den Krieg ziehen?«

»Wir wollen in erster Linie überleben«, bellte der Vizepräsident.

Der Präsident dachte, dass er keine Brüller in seinem Stab mehr haben wollte. Gebrüll war immer ein Zeichen von Schwäche.

»Nationen ziehen in den Krieg, wenn die Ressourcen knapp werden«, fügte Becker hinzu.

Genau, dachte der Präsident, das war auch das Motto des alten Tojo gewesen. Er schickte die Kaiserliche Japanische Marine nach Pearl Harbour, weil wir ihn von der Ölversorgung abgeschnitten haben.

»Was ist mit der nationalen Souveränität?«, sagte die Außenministerin. »Die mexikanische Regierung hat das Recht, ihre Grenzen zu schließen.«

»Amerika wurde auf Territorium errichtet, das den Indianern gestohlen wurde. Genauso wie Mexiko. Der Anspruch, den eine Nation auf ihr Territorium hat, kann nur durch Gewalt aufrechterhalten werden.«

Das reichte. Adolf Hitler wäre der Erste gewesen, der diesem Argument zugestimmt hätte. »Ich werde keinen Krieg anfangen, Raymond«, sagte er ruhig.

Er sah das überraschte Flackern in den Augen seines Vizepräsidenten. Und er dachte, dass er sich viel zu lange passiv verhalten hatte. Wie viele Menschenleben hatte sein Zögern gekostet? Er wagte es nicht, genauer darüber nachzudenken. Er dachte nur, dass es in der Amtszeit des Präsidenten Blake zu keinen weiteren dummen Fehlern mehr kommen durfte.

»Stellen Sie eine Telefonverbindung zum Präsidenten von Mexiko her«, sagte er zu seiner Außenministerin. »Wir werden ihn um Hilfe bitten.«

Im Trustee's Room, dem Sitzungsraum der New Yorker Bibliothek, hatten Persönlichkeiten wie Brooke Astor und Norman Mailer Hof gehalten. Ohne Judith hätten sie ihn nie gefunden. Und das war von großer Bedeutung, denn es war der einzige Raum im Gebäude, in dem sie überhaupt eine Überlebenschance hatten.

»Der Kamin ist wahrscheinlich seit sehr langer Zeit nicht mehr benutzt worden«, sagte Judith unbehaglich. Sie fragte sich, ob der Schornstein noch zog und ob sich der Rauchfang überhaupt noch öffnen ließ.

J. D. ging hinüber, sah sich die Sache an, dann ging er in die Hocke und lugte hinein. Er zog sich wieder zurück, griff nach einem schwarzen Hebel an einer Kaminwand und zog daran. Es gab ein schrilles Knirschen, und eine Windböe fuhr herein, die Asche und Schneeflocken über den Boden verteilte.

Sam hatte sich Sorgen gemacht, dass der Kamin vielleicht völlig versiegelt worden war. Wenn, dann hätte es möglicherweise ihr Todesurteil bedeutet. Sein Vater hatte ihm viele Male erzählt, was vor zehntausend Jahren auf diesem Planeten geschehen war. Die Temperaturen waren so schnell und so tief gefallen, dass große Tiere auf der Stelle erfroren waren. Außerdem gab es Hinweise auf schwere Stürme, Fluten und alle möglichen anderen Widrigkeiten. Die meisten der großen Landtiere Nordamerikas waren ausgestorben – die Kamele, die Riesenfaultiere, die Mammuts und Mastodonten und natürlich auch die Säbelzahntiger, die diese Tiere gejagt hatten.

Die Büffel hatten überlebt, weil sie schnell und weit laufen konnten. Und genau das hatten viele von ihnen getan, sodass ihre Spezies überleben konnte.

Und die Menschen waren fast vollständig aus Nordamerika verschwunden. Das war der Grund, warum die Europäer, als sie mehrere Jahrtausende später eintrafen, einen Kontinent vorfanden, der nur ein Drittel der Bevölkerung aufwies, die er ohne den Supersturm gehabt hätte.

Natürlich hatten die meisten Wissenschaftler andere Theorien entwickelt. Niemand glaubte wirklich daran, dass Sams Vater Recht hatte – außer Sams Vater, verstand sich. Bedauerlicherweise hatte er jetzt den Kampf gegen seine Kollegen deshalb gewonnen, weil die Menschheit den Krieg gegen die Natur verloren hatte.

»Wir sollten Bücher aus den Regalen ranschleppen«, sagte Sam.

Judith sah ihn mit einem merkwürdigen Lächeln an, als wollte sie fragen, ob er einen dummen Scherz gemacht hatte.

Auf der anderen Seite des Regals stand ein Wörterbuch.

Sam ging hinüber und holte es. Es war angenehm schwer. Er warf es in den Kamin.

Judith sah ihn an, als hätte er den Verstand verloren. »Was machst du da?«

Ach, du meine Güte! Es wurde Zeit, dass sie sich verschiedenen Tatsachen stellte. »Was hast du gedacht, was wir hier verbrennen wollen?«

»Wir können unmöglich Bücher verbrennen!«

Sam verstand, was sie empfand. Sie war Bibliothekarin, und offensichtlich liebte sie diese Bibliothek. Das war ihr gutes Recht. Unter ihren Füßen war eine der größten Büchersammlungen der Welt überflutet und eingefroren worden. Aber die eigentliche Frage hatte nichts damit zu tun, ob sie auf irgendeine Weise gerettet werden konnte. Die einzig wesentliche Frage war, ob es auf diesem Stockwerk genügend trockene Bücher gab, die sie als Brennstoff nutzen konnten, um ihr Leben zu retten.

Judith ließ den Kopf hängen. Sie lachte leise, dann weinte sie. Elsa sagte: »Ich gehe auf die Suche nach Büchern.«

Brian und ein paar andere folgten ihr nach draußen.

Sam stellte Judith eine Frage, die bald sehr große Bedeutung gewinnen würde. »Gibt es hier eine Kantine oder eine Cafeteria?«

»Auf diesem Stockwerk nur eine Angestelltenkantine mit ein paar Verkaufsautomaten.«

Sam folgte ihr durch den Korridor bis zu einer kleinen Tür mit der Aufschrift *Nur für Angestellte*. Laura und Jama folgten ihnen. Im Raum befanden sich drei Automaten, zwei für Erfrischungsgetränke und einer mit Knabberzeug wie Chee-tos, Kartoffelchips und Slim Jims. Keine Süßigkeiten und nichts, das auch nur ansatzweise nahrhaft war.

Er riss einen Feuerlöscher von der Wand und schlug damit gegen die Maschine, die aber nicht aufbrach. Natürlich nicht. Sie war schließlich so konstruiert, dass sie Vandalismus widerstand. Andererseits hatte alles seine Grenzen. Er schlug noch ein paarmal dagegen und hoffte, dass der Feuerlöscher nicht explodierte, bevor das verdammte Schloss kaputtging.

Endlich sprang die Tür des Verkaufsautomaten auf.

»Mit Slim Jims und Kartoffelchips werden wir nicht allzu lange überleben. Gibt es hier sonst nichts?«

»Nahrungsmittel und Getränke sind in der Bibliothek nicht gestattet«, erwiderte Judith pikiert.

Das erklärte die Tendenz zu trockenen Dingen, die keine Flecken hinterließen. Also keine klebrigen Süßigkeiten, nichts, was Spuren in einem Buch hinterlassen würde ... oder einen Menschen ernähren konnte.

»Was ist mit Abfalltonnen?«, fragte Luther. »Im Müll findet sich immer was Essbares.«

Mann, er ist auf seine Art ganz schön cool, dachte Sam. J. D. jedoch wechselte die Gesichtsfarbe zu einem ungesunden Grün.

»Krass! Ich esse nichts aus der Mülltonne!«

Luther neigte beschämt den Kopf. Aber Sam hörte ihn murmeln: »Gut, umso mehr bleibt für uns.« Dann ging er, offenbar auf der Suche nach ein paar Brotkrusten und Sandwiches oder Sachen, die die Bibliothekare konfisziert und weggeworfen hatten.

Judith eilte Luther hinterher. Sam dachte, dass sie vielleicht die gleiche Hoffnung hatte, was ein gutes Zeichen war. Vielleicht würde Luther ihnen allen das Leben retten.

Als sie in den Hauptlesesaal zurückkehrten, war es dort spürbar kälter geworden. Sam wollte niemandem Angst machen, aber er wusste, dass die richtige Kälte sehr schnell kommen würde. Sie mussten ein Feuer entfacht und genügend Brennstoff verfügbar haben, wenn es so weit war, und bis dahin durften sie sich um nichts anderes kümmern. Er teilte Elsa und Jeremy ein, Bücher auf die Transportwagen zu verladen. Sie begann damit, Telefonbücher aufeinander zu stapeln, und er schaffte die Handbibliothek hinter dem Tresen der Bibliothekarin heran.

Als er in einem Buch las, tat Elsa genau das Richtige – sie riss es ihm aus der Hand.

»Friedrich Nietzsche? Den dürfen wir nicht verbrennen! Er ist der bedeutendste Philosoph des zwanzigsten Jahrhunderts!«

Elsa warf das Buch auf den Wagen. »Ich bitte dich, Nietzsche war ein syphilitischer Chauvinist, der in seine eigene Schwester verliebt war.«

»War er nicht!«

Brian rief ihnen zu: »He, Leute, kommt mal her! Ich habe hier tonnenweise Bücher zur Steuergesetzgebung gefunden.«

Die beiden hatten ihren Streit sofort vergessen. Sam sah, wie sie sich wieder an die Arbeit machten, und war zufrieden, dass sie nun genügend Bücher für den Kamin hatten. Das Einzige, was ihnen noch fehlte, waren Feuerzeuge oder Streichhölzer. In ihrer Gruppe war ihm niemand aufgefallen, der rauchte, nicht einmal Luther; also war das ein Punkt, der ihm leichte Sorgen bereitete. Aber bestimmt gab es hier irgendwo etwas, mit dem sich Feuer machen ließ. Bestimmt wusste Judith Rat.

Er hoffte es inständig.

Ein leeres Krankenhaus war ein trister, unheimlicher Ort, den normalerweise praktisch niemand zu sehen bekam ...

oder sehen wollte. Aber dieses leere Krankenhaus verfügte noch über laufende Generatoren, eine funktionierende Beleuchtung und Maschinen, die ihre Aufgaben automatisch erfüllten. Am Ende eines Korridors ertönte immer wieder ein Klingeln, das durch das Gebäude hallte, auf das aber niemand reagierte.

Dann waren Schritte zu hören. Eine Krankenschwester ging an einem Fernseher vorbei, der an der Decke eines kleinen Wartezimmers hing. »Der Verkehr nach Mexiko fließt wieder, seit der Präsident eingewilligt hat, dass dem Staat Mexiko sämtliche Schulden im Austausch für die Öffnung der Grenze erlassen werden ...«

Sie blieb kurz stehen und verfolgte die Bilder, wie sich gigantische Fahrzeugschlangen bei Laredo, Juarez und Tijuana über die Grenze schoben. Alles floh nach Süden in die Welt, die Maria Gomez vor so vielen Jahren verlassen hatte. Ihre Ausbildung, ihr Wohlstand, ihr Stolz – all das war Teil ihres amerikanischen Lebens und ihrer schwer erkämpften neuen Staatsbürgerschaft. Also war sie wütend auf diesen Sturm, der ihr neues Heimatland verwüstete, das ihr so viel gegeben hatte, das ihr ein lebenswertes Leben verschafft hatte.

Sie erinnerte sich nur allzu gut an Chihuahua, an die dreckigen Polizisten, die einen vergewaltigten, wenn man ihnen nur einen Blick zuwarf, an die Armut und Krankheit und die paar armseligen Krankenhäuser, wo nur Gott wusste, ob die benutzten Medikamente tatsächlich Wirkstoffe enthielten.

Erschaudernd ging sie weiter. Als sie sich der Kinderstation näherte, hörte sie Dr. Lucys leise Stimme, die dem einzigen kleinen Patienten, der zurückgeblieben war, etwas vorlas.

Lucy saß auf Peters Bettkante und las ihm *Jochen und Josephine* von Bill Peet vor, einen der beliebtesten Klassiker aus der Krankenhausbibliothek. Die Geschichte vom alten kleinen Auto und der alten kleinen Katze, die darin lebte, und vom Geschäftsmann, der das Auto zu Schrott fuhr, verfehlte nie ihre Wirkung, insbesondere auf kleine Jungen.

»Doktor Lucy?«

Niemand sprach sie hier mit Nachnamen an. Maria wäre gar nicht allzu sehr überrascht gewesen, wenn sie erfahren hätte, dass sie gar keinen besaß. Sie küsste Peter auf die Stirn, versprach ihm flüsternd, bald wieder bei ihm zu sein, und ging hinaus.

»Ist der Krankenwagen da?«

Das war das Problem. Das größte Problem für Dr. Lucy.

»Sie sind alle weg. Im Durcheinander habe ich gar nicht gemerkt, was geschehen ist. Die Leute sind in Panik geraten, Doktor Lucy. Alle rennen weg, die Konvois sind nach Süden unterwegs.«

Dr. Lucy betrachtete sie mit klaren, ruhigen Augen. Sie sah keine Angst, nur Tapferkeit.

»Draußen wartet ein Polizist mit einem Schneepflug.«

»Peter kann nur in einer Ambulanz transportiert werden.«

»Ich weiß! Ich habe mehrere Nachrichten beim Ambulanzdienst hinterlassen. Aber Sie wissen ja ...«

Lucy wusste in der Tat Bescheid. Der Ambulanzdienst war genauso wie der Rest der Vereinigten Staaten auf dem Weg nach Süden. Also musste sie nun eine Entscheidung treffen. Peter allein lassen oder bei Peter bleiben. Eine Überlebenschance ergreifen oder sich dem sicheren Tod überantworten. Für sie war es keine Frage. Nicht einmal ansatzweise. »Sie fahren mit dem Schneepflug, Maria. Ich bleibe hier und warte.«

Maria bekam feuchte Augen. Jeder liebte Dr. Lucy. Sie war die beste aller besten, freundlichsten, klügsten Ärzte im Kinderkrankenhaus von Washington. »Lucy ...«

»Sie müssen jetzt gehen. Er wird nicht ewig warten.«

Maria flehte sie mit Blicken an. Es stand ihr nicht zu, einem Arzt zu widersprechen, das wusste sie, aber Dr. Lucy würde hier vielleicht sterben.

»Gehen Sie, Maria.«

Warum hatte man den kleinen Peter überhaupt zurückgelassen? Nur weil er so krank war und so viel Fürsorge benötigte? Vielleicht hatte die Verwaltung entschieden, ihn nicht mitzunehmen. Das war nicht richtig, weil das eine Sünde wäre. Sie blinzelte ihre Tränen zurück. Dann drehte sie sich um. Sie wollte nur das Beste für Dr. Lucy, aber sie wollte auch, dass der Schneepflug losfuhr.

»Maria!«

Sie blieb stehen. Vielleicht hatte Dr. Lucy es sich anders überlegt.

»Wenn Sie nach Mexiko gehen, hinterlassen Sie bitte eine Nachricht für meinen Ex-Mann in der amerikanischen Botschaft.«

»Was soll ich sagen?«

Sie zögerte kurz, dann lächelte sie ... es war ein sehr trauriges Lächeln, dachte Maria. »Sagen Sie ihm, ich musste noch für einen kleinen Jungen die Gutenachtgeschichte zu Ende vorlesen. Er wird es verstehen.«

Maria nickte. Das würde sie nicht vergessen. Sie würde es für Dr. Lucy tun.

Lucy kehrte in Peters Zimmer zurück. Er hatte keine Ahnung, was vor sich ging. Sie trat ins sanfte Licht und setzte sich wieder neben den kleinen Krebspatienten mit dem kahlen Schädel und dem strahlenden Lächeln. Das Buch lag geöffnet auf seiner Brust. Er reichte es ihr.

Sie las ihm weiter vor.

14

Von Philadelphia bis Bangor fiel Schnee über den großen, schweigenden Städten und den flüsternden Wäldern, über den Highways mit den Fahrzeugkolonnen, über den kleinen Städten, wo die heimeligen Lichter des Abends für immer erloschen waren. Er fiel wie ein sanfter, tödlicher Geist, leicht, wenn der Wind seufzte, wirbelnd, wenn er toste.

In Manhattan stürzte der Schnee buchstäblich aus dem Himmel. Doch es war so kalt, dass die Flocken nicht zusammenklebten. Wenn man sie mit dem Handschuh auffing, erkannte man deutlich die individuellen Schneeflocken, jede ein filigranes Universum aus kristallinen Ästen, und man konnte über das Wunder staunen, dass keine zwei Flocken einander glichen.

Aber damit hatte sich die Romantik dieses furchtbaren Schneetreibens auch schon erschöpft. Alles Weitere war Tod – Tod durch Kälte, Tod durch Wind, Tod durch grausame Stürze.

Drinnen stapelte Laura Bücher auf J. D.s Arme. Wenn er genug hatte und sie hinaustrug, nahm sie sich ebenfalls einen Stapel. Sie wollte es niemandem sagen, aber ihr Bein, das sie sich geprellt hatte, brachte sie um. Die leichteste Berührung schmerzte. Und nun konnte sie es nicht einmal mit dem zusätzlichen Gewicht von ein paar Büchern belasten. Sie konnte kaum noch laufen.

»Was ist los?«, fragte Elsa, als sie bemerkte, dass Laura sich das Schienbein rieb.

»Ach, ich habe mir nur das Bein gestoßen.«

»Vielleicht solltest du nicht so viel herumlaufen.«

Ja, und ihre Pflichten vernachlässigen. Das kam nicht in Frage. Sie zwang sich, einen neuen Stapel Bücher anzuheben und machte sich auf den Weg zum Sitzungsraum. »Es geht schon«, sagte sie und zwang sich, jedes Anzeichen ihrer höllischen Schmerzen zu unterdrücken.

Als Sam mit einem weiteren Bücherstapel hereinkam, beobachtete er, wie sich Brian das Radio ans Ohr hielt. Dann winkte Brian ihn heran.

»Hast du ein Signal reinbekommen?«

Er nickte. »Für etwa eine Sekunde.«

»Und?«

Brian blickte zu ihm auf. »Der Sturm ist überall. Er hat die gesamte Nordhalbkugel überzogen.«

Das war unglaublich. Also ging es nicht nur um die USA und Kanada. Sondern auch um Europa, Sibirien, China. Wie kamen die Chinesen damit zurecht? Oder die Europäer?

»Europa ist unter fünf Meter hohem Schnee begraben, und sie sagen, dass es dort genauso schlimm ist wie hier.«

Fünf Meter! Er sah zu den großen Fenstern, die auf die Fifth Avenue hinausgingen. Es schneite auch hier so heftig, dass man die andere Straßenseite nicht mehr sehen konnte.

Brian berührte für einen Moment seine Hand. Dann schwiegen die zwei Freunde. »Ich glaube nicht, dass dein Vater es schaffen wird«, sagte Brian leise.

Das durfte nicht wahr sein, und Sam spürte, wie sein Gesicht heiß wurde. Er wollte so etwas nicht einmal hören. Sein Vater hatte den antarktischen Winter bezwungen, Temperaturen von minus fünfunddreißig Grad, Windgeschwindigkeiten von hundert Stundenkilometern. Er wollte nicht einmal in Erwägung ziehen, dass sein Vater es vielleicht nicht schaffen könnte. Denn wenn er es nicht schaffte, würde es ihm das Herz brechen, und das konnte er sich jetzt nicht leisten. »Er wird es schaffen«, sagte er und betonte jedes einzelne Wort.

Brian wandte den Blick ab.

Was hatte er wirklich im Radio gehört? War es möglicherweise noch schlimmer als der Albtraum, den er beschrieben hatte? »Er wird es schaffen.«

Brian nickte nur. Sam verstand, dass er es nur tat, weil er seinen Freund nicht verletzen wollte. Und das versetzte ihm einen tiefen Stich. Dann erkannte er die Realität: Da draußen würde die Temperatur unter minus neunzig Grad sinken. Es würde so kalt werden, dass niemand ohne Unterschlupf und Wärmequelle überleben konnte, ganz gleich, wie geschickt er sich anstellen mochte.

Niemand.

Er hätte am liebsten losgeheult. Bis zu dieser Sekunde war ihm nicht bewusst gewesen, wie sehr er seine Hoffnungen darauf gesetzt hatte, dass sein Vater zu ihnen stieß. Er musste es schaffen!

Laura kam, stellte einen Bücherstapel ab und ließ sich in einen der luxuriösen Sessel fallen, in denen es sich einst die New Yorker Prominenz bequem gemacht hatte. »Gibt's was Neues?«

Sam hatte deutlich gesehen, dass sie humpelte. Und ihr Gesicht war kreidebleich. Aber sie schien keine Schmerzen zu haben. Vielleicht heilte ihre Verletzung. Manchmal schmerzte es am meisten, wenn eine Wunde heilte.

Sie blickte von Sam zu Brian und zog die Augenbrauen hoch. »Im Radio?«

Sam sah zu Brian. Es wäre besser, wenn die Leute nichts davon erfuhren, auch Laura nicht. Sie durften nicht aufgeben, sie durften nicht in Panik geraten, nicht jetzt. Er schüttelte den Kopf. »Nein. Nichts.«

Ein Tahoe war ein gutes Fahrzeug für schwierige Situationen, aber diese Situation war weit mehr als nur schwierig. Kein Autodesigner hätte sich träumen lassen, dass sich dieser Wagen einmal gegen Schneewehen und eine Kälte von minus fünfundvierzig Grad durchsetzen musste. Das war ungefähr das Minimum für den Frostschutz, und die Schläuche unter der Motorhaube waren bereits knochenhart geworden und mit Raureif überzogen. Jeden Moment konnte ein Schlauch oder ein Riemen oder irgendein anderes Teil in der Kälte brechen.

Im Wagen jedoch erzeugte die Heizung immer noch genügend Wärme, um die Luft auf erträgliche null Grad aufzuheizen. Wenn man jedoch die Fensterscheiben mit den nackten Fingern berührte, holte man sich innerhalb weniger Sekunden Frostbeulen, und wenn man den Kopf gegen den Türrahmen lehnte, fror man sofort daran fest.

Frank saß am Lenkrad und gab sich alle erdenkliche Mühe, den Wagen in die Richtung zu steuern, die Jason vorgab. Das Schlimme war nur, dass sie immer häufiger für mehrere Minuten den Satellitenempfang verloren. Wenn das geschah, konnten sie sich nur noch auf ihren Taschenkompass und ihren natürlichen Orientierungssinn verlassen. Aber wie sollte man sich in einer einheitlich weißen Umgebung orientieren?

»Wo sind wir?«, fragte Jack nervös. Er war nicht restlos von Jasons Navigationskünsten überzeugt. Seine größte Befürchtung war, dass sie zu weit von der Straße abkamen und in eine Schneewehe gerieten oder von einem unsichtbaren Abhang oder einer Brücke stürzten. Jederzeit konnte alles Mögliche passieren.

Jason starrte auf das GPS. »Äh ... nördlich von Philly«, sagte er schließlich.

»Wie gut ist die Positionsbestimmung?«

»Die Daten kommen von zwei Satelliten.«

Das war nicht besonders gut. Jason konnte sich um einen Kilometer oder mehr verschätzen.

Frank fuhr weiter und hielt eine konstante Geschwindigkeit von fünfundzwanzig Stundenkilometern. Jack wusste, dass eigentlich jemand zu Fuß hätte vorausgehen müssen, aber das hätte bedeutet, dass einer von ihnen sich in akute Lebensgefahr begab. Wenn er nur einmal stolperte, konnte er vom Wagen überfahren werden. Und wenn die superkalte Luft den Boden erreichte, wäre er schockgefroren, bevor er sich ins sichere Fahrzeuginnere flüchten konnte.

»Alles klar mit euch, Jungs?«, fragte er. Aus langer Erfahrung wusste er, dass man häufiger eine solche Frage stellen musste. Vor allem die Kälte beeinträchtigte sehr schnell das kritische Urteilsvermögen. Wer unter extremer Kälte litt, verlor leicht die Orientierung, ohne etwas davon zu bemerken.

Der Wagen stieß gegen etwas. Jack wischte die Eisschicht von der Windschutzscheibe. Es war eine Schneewehe.

»Tschuldigung, Chef«, sagte Frank.

Frank gab stärker Gas, ließ es aber sofort wieder bleiben, als die Räder durchdrehten.

Sie beide waren Profis und wussten alles, was man wissen musste, um ein Fahrzeug in solch einer Umgebung steuern zu können. Und das war der Grund, warum Jack nun dachte, dass dieser Moment das Ende für den Tahoe war. Er stieß die Tür einen Spalt weit auf. Es war kalt, aber nicht tödlich kalt. Er trat nach draußen, und die anderen folgten ihm.

Der Wagen steckte fest.

»Soll ich die Schaufeln aus dem Kofferraum holen?«, fragte Jason.

Das würde nicht funktionieren. Selbst wenn sie sich aus diesem Schlamassel befreien konnten, würden sie drei Meter weiter in den nächsten geraten. Nein, der Tahoe hatte seine Schuldigkeit getan, und es wurde Zeit, ihn zurückzulassen. Seine Überreste würden vermutlich erst in fünfzigtausend Jahren von dem hier im Entstehen begriffenen Gletscher ausgespuckt werden.

»Hol die Schneeschuhe. Von nun an gehen wir zu Fuß.«

Sie hatten weit mehr als hundert Kilometer in der Antarktis zurückgelegt. Sie hatten gefährliches Gelände überquert, Gletscher voll tiefer Spalten, die von einer trügerisch glatten Schneedecke überzogen gewesen waren. Wenn man einen falschen Schritt machte, stürzte man in die Tiefe und starb am Boden der Gletscherspalte mit gebrochenem Genick oder an Kälte. Auf keinen Fall ein angenehmer Tod.

Judith kam in den Sitzungsraum. Sie hatte nach Kinderbüchern gesucht und tatsächlich ein paar gefunden, sogar einige auf Französisch. Sie hatte es hauptsächlich deshalb getan, weil der zutiefst verängstigte Blick nie aus den hübschen Augen der kleinen Binata gewichen war. Das arme Kind sprach kein Englisch und verstand deshalb so gut wie nichts von dem, was in seiner Umgebung gesprochen wurde. Es klammerte sich an eine liebende Mutter, aber ein kleines Mädchen brauchte mehr als Liebe, es brauchte eine

Atmosphäre der Beständigkeit und Sicherheit, ein warmes Zuhause, Freunde, eine Schule.

Dieses kleine Wesen war tausende Kilometer von der Welt, die es kannte, entfernt, ohne seine Freunde, ohne seinen Vater ... Also hatte sich Judith gedacht, dass eine Bibliothekarin hier vielleicht eine Aufgabe zu erfüllen hatte.

Sie ging zu Binata und zeigte ihr das bunte Titelbild von *Le chat chapeauté* von Dr. Seuss. Sofort leuchteten die Augen des Kindes auf, und es schlug sich die kleinen Hände an die Wangen. Das kleine Mädchen hatte einen alten Freund wiedergefunden. Offensichtlich war Binata ein Fan von Dr. Seuss. Jama lächelte glücklich, bedankte sich auf Französisch bei Judith und las ihrer Tochter aus dem Buch vor.

Zwischen den Bücherstapeln hielt Jeremy etwas fest an die Brust gedrückt. Es war nicht sehr groß, aber es sah ziemlich alt aus.

»Woran klammerst du dich da?«, fragte Elsa.

»Eine Gutenberg-Bibel. Aus der Raritätenabteilung.«

Sam war überrascht. Er hatte nicht gewusst, dass es hier eine gab.

»Du glaubst, dass Gott dich retten wird?«, sagte Elsa mit einer Spur von Verachtung in der Stimme. Verachtung und Verbitterung. Vielleicht hatte sie zu Gott gebetet, dachte Sam. Doch wenn sie es getan hatte, war seine Antwort ein Nein gewesen.

»Ich glaube nicht an Gott«, erwiderte Jeremy.

»Warum hältst du dann diese Bibel so fest an dich gedrückt?«

Jeremy warf einen Blick auf das Kaminfeuer. »Ich beschütze sie.« Als wollte er demonstrieren, wie dringend nötig es war, warf J. D. eine Hand voll Bücher hinein, ohne sie auch nur eines Blickes zu würdigen. »Diese Bibel ist das erste Buch, das jemals gedruckt wurde. Es repräsentiert den Beginn des Zeitalters der Vernunft. Der Aufklärung. Ich finde, dass das geschriebene Wort die größte Errungenschaft der Menschheit darstellt.« Er sah mit trotzigem Blick in die Gesichter der Anwesenden – und mit Zorn, wie Sam dachte. Er hoffte nur, dass der Zorn nicht ihnen galt. Er sollte dem Sturm gelten und den Schwachköpfen, die trotz der Warnungen die Augen vor den Anzeichen verschlossen hatten.

»Lacht nur über mich«, fuhr er fort, »aber wenn die westliche Zivilisation am Ende ist, werde ich ihren letzten Überrest beschützen.«

Wollte Elsa ihm widersprechen? Wollte sie erwidern, dass es sich nicht lohnte, etwas davon zu bewahren? Ihre Augen blitzten, ihre Gedanken schienen eine neue Richtung einzuschlagen. Dann erblühte ein Lächeln in ihrem Gesicht, das nun einen glücklichen Ausdruck zeigte. Sie war voller Sonnenschein, als sie sagte: »Diesen Geist liebe ich!«

Lucy nahm etwas wahr, das sie schon viele Male während ihrer Berufslaufbahn erlebt hatte – die Ehrfurcht gebietende Aura, die sich um ein sterbendes Kind zu sammeln schien. Sie hielt seine schweißnasse kleine Hand, sie saß an seiner Seite, und sie sprach immer wieder das uralte Gebet, dass Gottes Wille geschehen möge.

»Vater unser, der du bist im Himmel«, sagte sie leise, »geheiligt werde dein Name ...«

Dann hielt sie inne. Hatte sie etwas gehört? Sie sah zur Tür und machte sich plötzlich Sorgen. Dies war das einzige Gebäude in Washington, in dem noch Licht brannte. In den verlassenen Korridoren konnte sich sonst wer herumtreiben.

Ja, sie hörte Schritte. Keine Frage. Es waren schwere Schritte. Sie kamen in ihre Richtung, und zwar sehr schnell. Sie überlegte, ob sie aufstehen sollte, ob sie irgendwie Peters Anwesenheit verbergen sollte.

Dann blendete sie der Strahl einer Taschenlampe. Sie hob einen Arm, um sich zu schützen und ihre Augen abzuschirmen – und sah einen Feuerwehrmann, der voller Schnee war. Es sah aus, als hätte ihm jemand einen Streich gespielt.

»Wir hörten, dass hier jemand zurückgelassen wurde«, sagte er. »Wir sind mit einem Krankenwagen da.«

Sie blickte in sein schwarzes Gesicht, in die freundlichen Augen unter dem altmodischen Feuerwehrhelm. Er war ein kleiner, stämmiger Mann mit großen Feuerwehrhandschuhen, die besser dazu geeignet waren, Hitze abzuwehren, als vor Kälte zu schützen.

Plötzlich musste sie weinen. Aber das konnte sie sich jetzt nicht erlauben, nicht in diesem Moment, also schluckte sie die Tränen hinunter. »Vielen Dank«, sagte sie. »Danke, dass Sie gekommen sind.«

Gemeinsam bereiteten sie Peters Infusionen vor und machten ihn reisefertig. Vielleicht konnte sie ihn irgendwann unterwegs wieder mit seinen Eltern zusammenbringen. Sie hatte zwei verzweifelte Telefonanrufe von ihnen erhalten. Sie hatten es nicht mehr geschafft, zum Krankenhaus zu kommen. Lucy hatte ihnen gesagt, dass sie sich selbst in Sicherheit bringen sollten und dass es ihre Aufgabe war, sich um ihren kleinen Jungen zu kümmern.

Sie hatte gedacht, dass sie an seiner Seite sterben würde, und mit diesem Gedanken hatte sie sich bereits abgefunden. Sam war ein großer Junge, er würde sich schon durchschlagen. Und was Jack betraf – vielleicht würden sie sich im nächsten Leben wiedertreffen, falls es so etwas wirklich gab. Sie würde es sehr gerne noch einmal mit Jack versuchen, wenn sie ehrlich war.

Im Gegensatz zu Lucys Überzeugung war ihr Krankenhaus nicht das einzige Gebäude in Washington, das noch beleuchtet war. Auch im Pentagon brannte noch Licht, in den Büros der Planer und Verwalter, die unabkömmlich waren. Was nicht hieß, dass jeder gehen konnte, der gehen wollte. Das Handelsministerium war ebenfalls noch beleuchtet, weil die NOAA eine Notbesatzung aus Koordinatoren zurückgelassen hatte, Männer und Frauen, die entschieden hatten, hier ihr Glück zu versuchen und so viele Informationen wie möglich zu sammeln und weiterzugeben. Auch im Hauptquartier der CIA in Langely, Virginia, herrschte Hochbetrieb. In dieser Zeit der größten Schwäche und der größten Not durften die Augen und Ohren des Landes nicht blind und taub werden.

Außerdem waren in vielen öffentlichen und privaten Kommunikationszentren sowie einer überraschend hohen Anzahl anderer Einrichtungen wie Pipeline-Pumpstationen oder Kernkraftwerken Menschen zurückgeblieben, um den anderen bessere Fluchtmöglichkeiten zu verschaffen.

Im gesamten Nordosten überwachten die Ingenieure den Betrieb der Kernkraftwerke und gingen die langen Checklisten durch, um auf den Moment vorbereitet zu sein, wenn sie heruntergefahren werden mussten. Kein einziges Kraftwerk war aufgegeben worden. Kein einziger Arbeiter hatte seinen Posten verlassen. Niemand hatte die Absicht, die gegenwärtige Katastrophe um die Strahlung eines durchgebrannten Reaktors zu erweitern.

Tapferkeit war eine der kostbarsten Tugenden der

Menschheit. Es war leicht, sich vorzustellen, dass andere sie nicht aufbringen würden, dass man selber seine Pflicht erfüllte, wenn die anderen die Flucht ergriffen. Aber wenn etwas wirklich Schlimmes geschah, stellte sich heraus, dass diese menschliche Eigenschaft im Überfluss vorhanden war, genauso wie Klugheit und Liebe.

Diese Eigenschaften hatten immerhin dazu beigetragen, dass die Menschen die letzte Eiszeit überlebt hatten.

Der Präsident hatte das gewaltige Ausmaß seines Fehlers eingesehen. Er hatte erkannt, dass er viele entscheidende Jahre darauf verschwendet hatte, mit Öko-Wissenschaftlern über die globale Erwärmung zu debattieren – was dafür verantwortlich war, was getan werden musste, wer dafür bezahlen sollte. In Wirklichkeit hätte er sich auf dieses unvermeidbare Szenario vorbereiten sollen. Die Erde befand sich in einer Phase großer klimatischer Instabilität. Früher oder später musste es zu schwerwiegenden Veränderungen kommen. Ganz gleich, welchen Einfluss menschliche Aktivitäten tatsächlich auf die globale Erwärmung hatten, es wäre in jedem Fall irgendwann zum großen Kälteeinbruch gekommen.

Selbst wenn kein einziges menschliches Wesen mehr auf der Erde existiert hätte, wäre es dazu gekommen.

Was war also mit den Plänen geschehen? Im politischen Gewirr versickert. Und das machte ihm schwer zu schaffen. Er hatte mit seiner Mutter telefoniert. In Florida war sie verhältnismäßig sicher. Aber wie sie zu ihm gesagt hatte: »Junge, mit sechsundneunzig ist niemand mehr sicher.« Trotzdem hatte er ihre Stimme hören wollen, um sie mitzunehmen auf seinem Weg, wohin auch immer der ihn führen mochte.

General Pierce saß steif auf einem Stuhl und hatte die

großen Hände im Schoß verschränkt. Er war natürlich aufgefordert worden zu gehen, aber es war kein Befehl gewesen. Also hatte er entschieden, stattdessen einer Pflicht zu folgen, die er höher als sein eigenes Leben einschätzte, und in dieser Zeit der nationalen Krise in der Nähe seines Präsidenten zu bleiben.

Der Präsident hatte kaum den Hörer aufgelegt, als er sich erhob. Zwei Männer vom Secret Service betraten sein Büro. »Herr Präsident«, sagte der General, »wir können es nicht länger hinausschieben. Es wird Zeit zu gehen.«

»Wer ist noch da?«

»Hier im Weißen Haus? Nur noch wir, Sir. Wir sind die Einzigen, die zurückgeblieben sind.«

Also war es das Ende. Wenn Hall Recht hatte, würde dieses Gebäude von nun an nur noch in der Erinnerung weiterleben, um allmählich in das Reich der Legende einzugehen, bis es am Ende völlig aus der Erinnerung der Menschheit verschwunden war.

Er machte sich keine Illusionen. Er kannte die Geschichte. Von hier aus hatte Harry Truman Millionen das Leben gerettet, indem er mit zwei Atombomben tausenden das Leben nahm. Von hier aus hatte JFK den Mond zum Ziel des menschlichen Forschergeistes bestimmt. Hier hatte Abraham Lincoln Ulysses S. Grant aufgefordert, einen Krieg für ihn zu gewinnen. Hier hatte Franklin Delano Roosevelt erklärt, dass die Vereinigten Staaten nicht zu einem Land der Verhungernden werden sollten, sondern dass eine mitfühlende Regierung ihr Volk vor einer wirtschaftlichen Depression retten würde, deren Ursachen niemand verstand. Und hier hatte Ronald Reagan die harten, gefährlichen und unpopulären Entscheidungen getroffen, die dazu geführt hatten, dass die Sowjetunion in den Bankrott getrieben wurde

– durch ein Wettrüsten, das der Kommunismus wegen seiner Ineffizienz niemals gewinnen konnte.

Hier stand die Wiege des menschlichen Glücks, und hier waren auch schwere Fehler begangen worden.

Zum Beispiel sein Fehler. Und es war ein sehr schlimmer Fehler gewesen.

Er ging hinaus in den Schnee.

Officer Campbell wusste nun, dass er einen Fehler gemacht hatte. Er hatte sich mit all diesen Menschen, die ihm vertrauten, nach draußen gewagt, und nun war er allmählich mit seinem Latein am Ende.

Wenn es wenigstens irgendeinen Plan gegeben hätte, eine Erklärung, was man von einem Sturm wie diesem zu erwarten hatte, hätte er vielleicht Leben retten können, statt zusehen zu müssen, wie sie ihm unter den Händen wegstarben. Nur weil seine Entscheidung falsch gewesen war.

Auf jeden Fall war sie ihm richtig *erschienen*. Im Radio wurde empfohlen, nach Süden zu gehen. Alle bewegten sich über die Fifth Avenue auf die Tunnel zu. Es war eine geordnete Evakuierung, verdammt, und er war der Anweisung des Präsidenten gefolgt, wie es jeder Polizist an seiner Stelle getan hätte. Wem sollte er mehr Glauben schenken – dem Präsidenten der Vereinigten Staaten oder einem Schuljungen? Schließlich ging es hier um Menschenleben!

Evakuierung. Wird gemacht, Herr Präsident. Und was nun?

Er stand mit seinen Leuten unter einem Bogen der Brooklyn Bridge, und sie hatten verdammtes Glück, eine so gut geschützte Stelle gefunden zu haben. Die Tunnel waren überflutet, und sie hatten es nicht gewagt, den Hudson zu überqueren, der mit tückischen, schwankenden Eisschollen bedeckt war und über den ein tödlicher Wind heulte. Wahrscheinlich war der Fluss inzwischen vollständig zugefroren, aber das Schneetreiben war so schlimm, dass man keine drei Meter gehen konnte, ohne sofort die Orientierung zu verlieren. Viel schlimmer war, dass sich unter den Schneewehen große Hohlräume befanden, und immer wieder hörte man Menschen schreien, wenn sie hineinstürzten.

»Der Herr ist mein Hirte«, flüsterte er lautlos, »und ob ich schon wanderte im finstern Tal, fürchte ich kein Unglück.«

Er beobachtete schweigend, wie die Leute aufwachten und sich vom Schnee befreiten. Jimmy Preston, der Taxifahrer, sagte: »Vielleicht sollten wir einfach zurückgehen.«

Wohin? Wie? Die Antwort von Ollie Starnes, der als Wachmann in der Bibliothek gearbeitet hatte, war wie ein Echo von Tom Campbells Gedanken. »Die halbe Stadt liegt unter gefrorenem Wasser. Wir können nirgendwo hingehen.«

»Wir hätten in der Bibliothek bleiben sollen«, brummte Jimmy.

Da war sie, die hässliche, tödliche Wahrheit. Toms Lebensziel war es gewesen, für Gerechtigkeit zu sorgen und Menschen zu helfen. Und nun half er ihnen, in den Abgrund zu springen.

Jedenfalls gab es keine andere Möglichkeit, als aufzustehen und weiterzumachen, auch wenn es aussichtslos schien. Schließlich konnten sie immer noch auf ein Wunder hoffen. Die Chancen standen schlecht, aber es war ihre einzige Chance.

»Kommt, Leute«, sagte er und schlug klatschend die Handschuhe zusammen. »Wir müssen aufstehen und weiterziehen.«

Ollie und Jimmy kamen auf die Beine. Weitere Gestalten

setzten sich in Bewegung. Eine rührte sich nicht. Tom glaubte sich zu erinnern, dass ihr Name Noel war. Sie war keinem Befehl gefolgt, sondern aus eigenem Antrieb mitgekommen. Er griff nach ihrer Schulter und schüttelte sie. »Kommen Sie, Ma'am, wir müssen weiter.«

Sie rollte herum, so langsam, dass er im ersten Moment dachte, sie wollte sich tatsächlich erheben. Dann sah er ihr Gesicht, das wie blaues Glas war. Jeder, der schon einmal den Tod gesehen hatte, wusste sofort, was mit ihr los war. Er musste nicht nach ihrem Puls fühlen, aber es war seine Pflicht, also tat er es trotzdem. Nichts. Er versuchte, ein Augenlid hochzuziehen, aber es war festgefroren. Er zog sein Notizbuch hervor und vermerkte Datum und Uhrzeit sowie ihren Namen, Noel Parks. Dann fügte er in seiner peniblen Schrift die Notiz »10-54« hinzu, den Kode für einen Leichenfund.

Er blickte zu den anderen hinüber. Niemand sah in seine Richtung. Dann zog er ihr den Mantel über das Gesicht und bedeckte es mit etwas Schnee. Es war nicht nötig, den anderen diesen Anblick zuzumuten. Es würde sie nur weiter demoralisieren.

Er kehrte zu seinen Schützlingen zurück, setzte ein breites Lächeln auf und führte sie weiter, obwohl er keine Ahnung hatte, wohin.

15

J. D. sah zu, wie Luther sorgsam eine Seite nach der anderen aus einem Buch riss. Dieser Mann, der in einer der seinen völlig entgegengesetzten Welt lebte, faszinierte ihn immer mehr. Bevor er Luther begegnet war, hatte er nie über das Schicksal von Obdachlosen nachgedacht, abgesehen von der Vermutung, dass sie wahrscheinlich an Faulheit oder Verfolgungswahn litten.

Auf Luther traf nichts von beidem zu. Er hatte vielmehr die komplizierte und schwierige Entscheidung getroffen, sich aus der Welt auszuklinken, die für J. D. die einzige Welt darstellte, in der sich zu leben lohnte. Selbst wenn man nicht alles haben konnte, konnte man es sich zumindest wünschen. War das nicht der Lauf der Dinge?

Für diesen Mann nicht. Luther wünschte sich nichts außer Futter für Buddha und die Erfüllung seiner eigenen Grundbedürfnisse. J. D. hatte mit ihm gesprochen – ohne allzu viel aus ihm herauszubekommen, da Luther nicht gerade ein geselliger Typ war. Immerhin hatte er unter anderem erfahren, dass Luther seit zwanzig Jahren in keinem Auto mehr gefahren war. Obwohl er sich nicht sicher war, vermutete er, dass der Mann früher Journalist oder Anwalt gewesen war; auf jeden Fall hatte er etwas mit dem Wirtschaftsleben zu tun gehabt. Das Erstaunliche war, dass seine Karriere nicht durch eine Tragödie beendet worden war. Er hatte sich für dieses Leben entschieden.

Und nun tat er etwas, das interessant und merkwürdig zugleich war. Er riss die Seiten aus einem Buch, knüllte sie zu Bällen zusammen und schob sie dann in seine Ärmel und Hosenbeine. Allmählich sah er wie das Michelin-Männchen oder der Marshmallow Man aus.

»Was machen Sie da?«, fragte J. D. schließlich, nachdem er sich eine Zeit lang den Kopf zerbrochen hatte.

»Wärmeisolierung. Zeitungen sind besser, aber hiermit geht es auch.«

J. D. verstand. »Sie haben einige Jahre auf der Straße gelebt und gelernt, wie man sich warm hält.«

Luther fand diesen Jungen ebenfalls interessant. Er war so verdammt unschuldig, dass es kaum zu glauben war. Luther hatte ein paar sehr düstere Jahre durchlebt, und nun stand plötzlich dieser hübsche, starke, saubere und kluge Junge vor ihm, der in seinem Leben niemals auch nur den Ansatz von Schwierigkeiten erfahren hatte. Er war ein netter Kerl. Nur etwas ... ahnungslos.

Luther beobachtete, wie er Buddha streichelte, und das gefiel ihm. Buddha war ziemlich hässlich und wesentlich schmutziger, als Luther lieb gewesen wäre. Und er war ... nun, sie beide verbreiteten ein kräftiges Aroma, daran gab es nichts zu rütteln. Also hielten die meisten Leute Abstand zu ihnen. Sofern sie nicht panikartig die Flucht ergriffen. Luther hatte sich schließlich angewöhnt, in jedem Zimmer den entlegensten Winkel aufzusuchen, weil er den Leuten die Verlegenheit ersparen wollte, sich mit seinem Geruch auseinander setzen zu müssen.

J. D. jedoch schien damit klarzukommen. Luther beobachtete das junge Gesicht, während sich der Junge und der Hund miteinander anfreundeten. Gleichzeitig strahlte der Junge eine ganze Menge Traurigkeit aus. Was man ihm nicht verdenken konnte. Schließlich war er hier ganz allein, ohne Eltern, ohne Familie.

»Machst du dir Sorgen um deine Familie?«

»Meinen Bruder.«

Das war bitter. Es konnte nur ein kleiner Bruder sein, deshalb musste Luther gar nicht danach fragen. Große Brüder beschützten kleine Brüder, und wenn sie keine Möglichkeit dazu hatten, wurde es hart. »Wie heißt er?«

»Benjamin ... aber ich nenne ihn nur Benny.«

J. D. bedachte Luther mit einem langen, abschätzenden Blick. Was bezweckte dieser alte Stadtstreicher, wenn er ihm all diese persönlichen Fragen stellte? Luther erwiderte den Blick, und J. D. erkannte etwas in seinen Augen, von dem er gehört, das er aber nicht allzu häufig erlebt hatte. War es Mitgefühl oder gar Mitleid? Jedenfalls war es der Blick, mit dem man bedacht wurde, wenn sich jemand aufrichtig wünschte, einem zu helfen, ohne helfen zu können. Er hatte ihn einmal in den Augen von Doktor Rettie gesehen, als er sich mit unerträglichen Schmerzen auf dem Rugby-Feld gewunden hatte und der Arzt ihm die Schulter wieder eingerenkt hatte. Und er hatte ihn in Bennys Augen gesehen, wenn sein Vater ohne berechtigten Grund auf J. D. losgegangen war.

Er öffnete sich ein klein wenig. »Wenn ich nur wüsste, ob es ihm gut geht...«

Luther nickte langsam. »Das ist am schlimmsten, wenn man gar nichts hört.«

J. D. bemerkte den schmerzvollen Unterton in seinen Worten. Luther hatte in dieser Welt sehr viel verloren, das hätte nicht offensichtlicher sein können. J. D. entschied, dass sie zusammengehörten, weil sie beide mit denselben Schwierigkeiten zu kämpfen hatten. Sie trauerten um Menschen, die sie verloren hatten. Wen Luther verloren hatte, würde er wahrscheinlich niemals erfahren. Aber das musste er auch gar nicht.

Luther riss eine Seite heraus und rollte sie zusammen. Dann reichte er sie J. D., der das Papier in sein Hosenbein stopfte. »Danke«, sagte er. Luther lächelte ihm zu und machte weiter. Er freute sich, dass der Junge sein Angebot annahm.

In ganz Europa schneite es weiter. Durch gewaltige Anstrengungen und exzellente Koordination waren die Straßen in Südfrankreich und im Westen Englands noch einigermaßen passierbar. Doch ansonsten war die Lage hoffnungslos. Ganze Städte wurden unter Schnee begraben. Der Trafalgar Square bestand nur noch aus einer weißen Schneewehe, aus der die Spitze der Nelson-Säule herausragte. Lediglich die unterirdischen Strecken der U-Bahn waren noch in Betrieb, und man stoppte die Züge, bevor sie die Tunnel verlassen hätten, um sie auf gekürzten Routen zurückzuschicken. Abgesehen von einigen U-Bahnen war der Londoner Verkehr völlig zum Erliegen gekommen. In der gesamten Stadt waren wie überall auf der Nordhalbkugel Dächer eingebrochen, und auf den übrigen schaufelten die Menschen hektisch Schnee, damit sie nicht ebenfalls einstürzten. Allein in London starb alle vierzehn Sekunden jemand an Herzinfarkt, und die Telefonleitungen waren durch Notrufe überlastet, auf die niemand mehr reagieren konnte.

In Hedland heulte der Wind wie eine zornige Todesfee und fegte Teile der Gebäude völlig frei von Schnee, während andere Bereiche unter zwanzig Meter hohen Bergen verschwanden. Drinnen hatte man praktisch alles abgeschaltet, um Energie zu sparen. Der Zweck der Forschungseinrichtung war durch die Ereignisse hinfällig geworden. Offensichtlich hatte der Nordatlantikstrom, den man hier überwachen sollte, genau das getan, was man befürchtet hatte. Er war nach Süden abgewandert, und sämtliche Bojen würden Alarm schlagen, wenn man die Monitore eingeschaltet hätte.

Das ferne Geräusch des Generators änderte die Tonhöhe und setzte stotternd aus. Gleichzeitig flackerte die Beleuchtung. Zweifellos würde jetzt auch die Wärmeversorgung ausfallen. Sie hatten fast alle Heizkörper zugedreht, sodass nur noch der Überwachungsraum beheizt wurde. Wenn der Generator versagte, stellten auch die elektrischen Pumpen den Betrieb ein, worauf sich die Heizung automatisch abschalten würde. Die Folgen wären tödlich.

»Unser Dieselvorrat dürfte fast aufgebraucht sein«, sagte Dennis.

Simon zog eine Schublade auf und holte eine Flasche heraus. »Ob der Generator auch hiermit läuft?« Es war ein erstklassiger Single Malt.

»Bist du wahnsinnig? Das ist exzellenter zwölf Jahre alter Scotch!« Er nahm Simon die Flasche ab und holte drei Gläser aus einer anderen Schublade. Dieser Treibstoff war nicht für den Generator geeignet, aber er konnte ihnen durchaus nützliche Dienste leisten. Er öffnete die Flasche und schenkte großzügig ein. Dann goss er noch ein wenig nach. Warum sollte er nicht richtig großzügig sein?

Simon hob sein Glas. »Auf England«, sagte er.

Gerald Rapson dachte, dass dieser Trinkspruch ein vergeblicher Wunsch war. England existierte praktisch nicht mehr. Er hob sein Glas. »Auf die Menschheit.« Er dachte daran, dass irgendwo ein paar Menschen überleben mussten.

Dennis lachte leise. »Auf Manchester United!«

Alle lachten mit und tranken. In diesem Moment heulte der Generator wieder auf, stockte ... und fiel dann endgültig aus. Die Beleuchtung erlosch und ging nicht wieder an. Aus dem Heizkörper im Überwachungsraum kam ein langgezogener Seufzer, gefolgt von mehreren knackenden Geräuschen.

Draußen lag die Temperatur vermutlich unter minus siebzig Grad; vielleicht war es sogar noch kälter. Gerald dachte, dass sie in etwa einer Stunde das Bewusstsein verlieren würden, während sie auskühlten. Eine seltsame Vorstellung, dass die letzte Stunde ihres Lebens angebrochen war.

Dennis entzündete ein paar Notkerzen. Im Schein betrachtete Gerald seine beiden Assistenten. Er hielt sie für zwei sehr tapfere Männer, wie sie mit ihren Scotch-Gläsern im Angesicht des Todes dasaßen.

»Ich hätte gerne erlebt, wie er aufwächst«, sagte Simon.

»Das Wichtigste ist, dass er aufwachsen wird, Simon«, sagte Gerald. Doch insgeheim fragte er sich, ob selbst das möglich war. Es konnte sein, dass auf den britischen Inseln niemand überlebte ... kein einziger Mensch.

»Amen«, sagte Dennis, und Gerald glaubte, dass das Wort viel mehr bedeutete als nur die Bestätigung der Versicherung, dass Simons Sohn aufwachsen würde. Es war ein letztes Wort, ein Abschied vom Leben.

Amen und ade, dachte er stumm.

Es war ein verdammt guter Scotch, rauchig, mild, nur leicht auf der Zunge brennend.

Ade ...

Der Sitzungsraum der New Yorker Bibliothek hatte sich von einem großen und eleganten Zimmer in etwas ganz anderes verwandelt. Die Holzvertäfelung, die sich von den Wänden brechen ließ, war neben dem Kamin gestapelt worden. Daneben lagen Stuhlbeine, Arm- und Rückenlehnen, Polster, Bezüge und Rahmen. Schubladen und Tische waren zu Feuerholz verarbeitet worden, genauso wie drei Vitrinen mit einer Ausstellung von Buchdruckplatten, von denen manche bis zu zweihundert Jahren alt waren. Die Platten selbst hatte Judith gerettet und auf dem großen alten Konferenztisch gestapelt, auf dem auch die Gutenberg-Bibel und verschiedene andere seltene Ausgaben lagen, die sich zwischen den gewöhnlicheren Büchern befunden hatten.

Im Kreis der Bücherstapel rund um den Kamin saßen die Mitglieder der Gruppe, die mehr Vertrauen in das Wort eines Jungen als das eines Mannes gesetzt hatten und geblieben waren, als es den Anschein gehabt hatte, dass die einzig sinnvolle Alternative in der Flucht bestand.

Sam und Laura unterhielten sich so leise miteinander, dass es schien, als würden sie beten.

»Deine beste Mahlzeit?«, fragte Sam.

»Als ich das erste Mal Hummer hatte. Mein Onkel hat sie mit Garnelen gefüllt und in Butter gebacken. Unglaublich!«

Sie schloss die Augen und erinnerte sich. Er schloss seine ebenfalls ... und stellte es sich vor.

Sie lehnte den Kopf an seine Schulter. »Die größten körperlichen Schmerzen, die du jemals ertragen hast?«

Er musste sofort an den Strand denken, und jetzt war es plötzlich eine wunderbare Erinnerung, trotz des schmerzhaften Zwischenfalls. »Als ich einmal auf eine Qualle getreten bin«, sagte er mit geschlossenen Augen. Am wunderbaren Meer, unter klarem blauem Himmel, an dem ein kleines gelbes Flugzeug vorbeiflog, das ein Transparent mit Werbung für ein Sonnenschutzmittel hinter sich her zog. Und der Duft von Sonnenschutzmittel – und vor allem der Geruch des Meeres, der reiche, geheimnisvolle Gestank, in dem sich Leben und Tod mischten.

»Aua. Wie alt warst du da?«

»Elf.« Er erinnerte sich an den überraschenden Schock, als die Schmerzen durch sein Bein gerast waren. Er war schreiend zu Boden gegangen. »Es tat so sehr weh, dass ich mich übergeben habe.« Mutter hatte ihn über den Strand getragen, und ein Lebensretter hatte die Wunde mit Alkohol behandelt, wodurch es viel besser geworden war.

»Meine Weisheitszähne«, sagte sie. »Nachdem die Betäubung abgeklungen war.«

Er bemerkte, wie sie sich das Bein rieb. Es sah geschwollen und gerötet aus, nicht wie eine normale Infektion. Er dachte, dass es vielleicht gar nicht so schlimm war – beziehungsweise hoffte er es.

»Ich hab noch einen«, sagte sie. »Lieblingsurlaub?«

»Diesen hier nicht mitgerechnet?«

Sie verdrehte die Augen. Mein Gott, war sie schön! Wie konnte jemand so hübsch sein, wenn er die Augen verdrehte? Alles, was sie tat, schien sie noch schöner zu machen. Und wenn sie lächelte, war es am unglaublichsten, dann wurde sie fast zu einer übernatürlichen Schönheit.

»Meine beste Urlaubsreise ...«, sagte er und überlegte. Dann fiel es ihm ein. Richtig. »Vor ein paar Jahren nahm mein Vater mich zu einer Forschungsreise nach Grönland mit. Das Schiff lief auf Grund, und wir saßen fest. Die Sonne tauchte nur für vier Stunden pro Tag auf, und es hat ständig geregnet.«

»Klingt ziemlich langweilig.«

»Mein Vater und ich waren zehn Tage lang zusammen und haben nichts gemacht.« Er erinnerte sich an die endlosen Gespräche, wie Dad ihm alles über das Grönlandeis erzählt hatte, dass sie dort genauso wie in der Antarktis Bohrungen vornehmen konnten, mit denen sich bestimmen ließ, wie sich die globalen Temperaturen und sogar die Luftzusammensetzung in der Vergangenheit verändert hatten. Und sie hatten über vieles mehr geredet. Dad hatte sogar Gedichte auswendig vorgetragen – die *Ballade vom alten Seemann*: »Wasser, Wasser überall, und nirgends ein Tropfen zu trinken ...« – »Es war wunderbar«, sagte er mit Nachdruck.

Sie starrte einen Moment lang ins Leere, dann nickte sie langsam. Sie hatte verstanden, wie sehr er seinen Vater vermisste, wie sehr er sich wünschte, an seinem Leben teilhaben zu können.

»Mein Vater und ich hatten vor, uns nächste Woche ein paar Colleges anzusehen«, sagte sie. »Er möchte, dass ich nach Harvard gehe.« Sie lachte wehmütig. »Ich schätze, jetzt muss ich mir keine Sorgen mehr machen, ob ich angenommen werde.«

Schlagartig verwandelte sich ihr Lachen in Weinen. Sie vergoss bittere Tränen, und er glaubte, dass ihr soeben das ganze Ausmaß der Ereignisse bewusst geworden war. Ihre Bewerbung für Harvard war sinnlos geworden, weil Harvard nicht mehr existierte.

Was hatte überhaupt noch Sinn? Zumindest fiel ihm eine Sache ein. Er legte ihr einen Arm um die Schulter und sagte: »Weißt du was? Alles wird wieder gut.«

Sie wich zurück und starrte ihn mit tränenfeuchten Augen an. »Nein«, erwiderte sie, »es wird nie wieder gut.«

Über den weiten amerikanischen Prärien fiel Schnee. Er fiel auf große und kleine Städte, getrieben von Winden, die direkt aus dem Norden heranwehten, schneller als je zuvor, weil die glatte Oberfläche ihm keinen Widerstand mehr leistete. Die Highways waren mit Perlenketten überzogen, und jeder Buckel war ein Fahrzeug, das einst voller Leben und Hoffnung gewesen war. Der Schnee trieb durch die Straßen der Städte, der Wind heulte um die Giebel von Häusern und Gebäuden.

Auf den Feldern stand das Vieh steif gefroren an der Stelle, wo es gegrast hatte. Die meisten Tiere hatten noch ihre letzte Mahlzeit zwischen den Zähnen. Der Schnee bedeckte sie genauso wie die Autos und Lastwagen, die Scheunen und Häuser und die weitläufigen Vorstädte, die einst die Verkörperung des amerikanischen Traums gewesen waren.

In einigen der größten Städte hatte sich trotzig das Leben behauptet. Ein paar Lichter schimmerten im Sturm, Schneepflüge schoben sich röhrend durch die Straßen, Menschen hasteten zu Fuß hin und her. Doch ansonsten hatte der Schnee fast überall die Welt in einen starren, erbarmungslosen Mantel des Kältetodes gehüllt. Es war eine Welt, von der ihre Bewohner noch vor drei Tagen gedacht hatten, dass sie ewig andauern würde. Von Paris, der Stadt der Lichter, bis Chicago, der Stadt des Windes, und weiter bis Novosibirsk und Beijing tanzte der Tod mit den Wind- und Schneegeistern.

Im Innersten seines stolzen und trotzigen Herzens war Jack Hall überzeugt, dass Frank, Jason und er kurz vor dem Ende standen. Demütig wünschte er sich, die beiden hätten nicht darauf bestanden, diese Reise mitzumachen. Doch nun waren sie unterwegs, und es war seine Pflicht, alles in seiner Macht Stehende zu tun, damit sie überlebten und ihr Ziel erreichten.

Sein höchstes Ziel war es, das Leben seines Sohnes zu retten. Wenn er zu diesem Zweck in der Kältehölle sterben musste, war er bereit, dieses Opfer zu bringen. Dieses Prinzip, dass die Eltern für ihre Kinder starben, war tief in der Natur seiner Spezies verwurzelt, zweifellos bereits in den Fragmenten der DNS, die noch von den allererersten Lebewesen stammten.

Er kämpfte sich weiter. Jason war neben ihm, und Frank schob hinter ihnen den Schlitten und dirigierte sie, so gut es ging. Das GPS funktionierte jetzt nur noch gelegentlich. Jacks Hoffnung konzentrierte sich darauf, dass New York eine große Stadt war, und wenn sie einfach nach Osten weitergingen, mussten sie irgendwann darauf stoßen. Also verließ er sich hauptsächlich auf ihren Kompass und korrigierte die Richtung, wenn Jason wieder einmal Empfang hatte.

Vor ihnen lag eine gestaltlose weiße Ebene, die nur durch Schneegestöber unterbrochen wurde. Es schneite immer noch. Er wusste, dass sie sich südlich von Philadelphia befanden, in unmittelbarer Nähe der Vorstädte. Er machte sich Sorgen, dass sich Hohlräume unter der Schneedecke gebildet hatten. Aus Erfahrung wusste er, wie gefährlich es war, einen mit Neuschnee überzogenen Gletscher zu überqueren. Oft war es unmöglich, verborgene Spalten zu entdecken, auch wenn man ein noch so gutes Auge hatte.

Er blickte sich zu Frank um. Er ging tief gebeugt und schob mit aller Kraft. Jack tat das Gleiche. Der Schnee fühlte sich verhältnismäßig stabil an. Also überquerten sie vielleicht ein Feld, das fünf bis zehn Meter unter ihnen lag. Sie befanden sich über den Chester Heights und bewegten sich auf Chester zu. Er hoffte, dass sie genug sehen würden, um eine Brücke über den Delaware benutzen zu können. Es war ein großer Fluss, in dem es möglicherweise noch strömendes Wasser gab, und das bedeutete, dass sie ihr ganzes Geschick und eine kräftige Portion Glück benötigen würden, um das Eis zu überqueren.

War das eine Erschütterung in der Schneedecke gewesen? Er blickte zu Jason hinüber. Der schien nichts bemerkt zu haben. Sie zogen weiter. Dann hörte Jack ein Geräusch im Heulen des Windes, ein lang gezogenes Knirschen und Knacken. Wieder sah er Jason an und blickte sich zu Frank um. Alles schien in Ordnung zu sein. Natürlich wusste er es besser. Von irgendwoher war das Geräusch gekommen.

Seine lange Erfahrung verriet ihm, dass sie in Schwierigkeiten waren und dass es das Klügste war, sich weiterzukämpfen und zu hoffen, dass sie dem entkamen, was unter ihnen nachgeben wollte.

Knack!

Ein heftiger Ruck an der Sicherheitsleine, die die drei Männer miteinander verband. Jack drehte sich um. Im ersten Moment sah er nur den Schlitten, dann konnte er Frank dahinter als dunkle Gestalt erkennen. Er befand sich in einer Vertiefung und stützte sich auf allen vieren ab, den Kopf vorgebeugt, um sein Gewicht auf eine möglichst große Fläche zu verteilen. Trotz der gefährlichen Situation blieb Frank ein Profi.

Knack!

Frank verschwand aus ihrem Sichtfeld. Kurz darauf straffte sich die Sicherheitsleine und riss Jason von den Beinen. Dann spürte Jack, wie auch er zum Loch gezogen wurde. Er legte eine Hand an den Karabinerhaken der Sicherheitsleine und versuchte die Bewegung mit den Schneeschuhen abzubremsen. Es nützte nichts. Jason war auf dem Weg nach unten und fand keinen Halt mehr. Mit der freien Hand griff Jack nach seinem Eispickel. Er betete, dass der Schnee fest genug zusammengebacken war. Ein kräftiger Hieb trieb den Pickel tief hinein, und Jack spürte, wie er in den Schnee gedrückt wurde, während sie sich immer weiter dem näherten, was unter ihnen lag.

Dann hörte die Bewegung auf.

Er hatte gewonnen – wenigstens für den Moment. Jetzt kam der schwierige Teil. Er ließ den Eispickel im Schnee stecken und arbeitete sich langsam am Seil entlang nach unten.

Dann sah er, was geschehen war, und sein Magen sackte so tief ab, dass er fast seine Füße erreichte ... oder den Boden des Einkaufszentrums fünfzehn Meter unter ihm. Er erkannte den Schriftzug von Toys 'r Us und eine Insel, die mit tropischen Blumen wie Bougainvilleen und anscheinend sogar Orchideen bepflanzt war. Ein Elektronikgeschäft und eine Drogerie waren geplündert worden, und die Überreste des Vandalismus – Verpackungen von Radios und Medikamenten und sonstigen Dingen – lagen in weitem Umkreis verstreut zehn Meter unter Franks baumelnden Stiefeln.

Mit dem Geräusch zersplitterndes Glases gab Franks unsicherer Halt nach, und er stürzte wieder ein paar Meter in die Tiefe. Von unten hallte schwächerer Lärm herauf, als das Glas auf den Boden traf.

Falls Frank verletzt war, mussten sie diesen Umstand unbedingt während des Rettungsversuchs berücksichtigen. Jack rief zu ihm hinunter: »Alles in Ordnung mit dir, Frank?«

»Ja. Ich wollte nur mal schnell einen Einkaufsbummel machen.«

Wunderbar! So liebte er den guten alten Frank. »Halt dich fest. Wir ziehen dich hoch. Jason, stemm die Füße in den Schnee.«

Es würde ein Kinderspiel werden. Sie zogen Frank wieder hoch, arbeiteten sich dann über das Dach hinauf und machten zu, dass sie diese verdammte Mall hinter sich ließen.

In seiner Nähe hörte er im Heulen des Windes ein anderes Geräusch. Er drehte sich um und sah, dass Jason hyperventilierte. Nicht jetzt, Junge, das können wir jetzt überhaupt nicht gebrauchen. »Jason!«

Jason klammerte sich verzweifelt an das Eis. Er hatte viel zu große Angst, um auf Kommandos zu reagieren, das erkannte Jack mit einem Blick. Er atmete tief durch und versuchte, Ruhe zu vermitteln, wenn er mit ihm sprach. »Alles klar, Jason, wir werden das schaffen. Atme einmal tief durch und dreh dich dann auf den Rücken ...«

Jason sah ihn mit den Augen eines gehetzten Kaninchens an.

»Kein Grund zur Panik, immer mit der Ruhe.«

Jason rollte sich auf den Rücken.

»Sehr gut. Jetzt grab dich mit den Fersen in den Schnee.«

Jason mühte sich ab, seine Schneeschuhe in den vereisten Untergrund zu rammen. Jetzt würde er Jack tragen, falls er durch Franks Gewicht nach unten gezogen wurde.

»Gute Arbeit. Ich komme jetzt zu dir. Ich werde ganz langsam lockerlassen.« Er bewegte sich ein kleines Stück, bis die Sicherheitsleine zwischen ihnen erschlaffte. Dann zog er den Eispickel aus dem Schnee.

Alles blieb im labilen Gleichgewicht. Jasons Fersen hatten den Eispickel als Anker ersetzt. Jack schob sich stückweise näher an den Abgrund heran. Er wollte versuchen, aufzustehen und Frank nach oben zu ziehen. Es war eine verzweifelte und gefährliche Aktion, aber es gab keine bessere Methode.

Während er vorankroch, frischte der Wind auf. Er zerrte an seinen Armen, seinem Körper, drückte Schnee in die Öffnungen seines Parkas und ließ eiskalte Tentakel aus Wasser seinen Nacken hinunterlaufen.

Es gab einen leichten Ruck, als würde sich die Gewichtsverteilung ändern. Ohne die Ruhe zu verlieren, dachte Jack, dass Jason und er jeden Moment abrutschen und in die Tiefe stürzen würden. Sie würden alle sterben.

Dann sollte es eben so sein ...

Er blickte hinunter ins Loch. Frank starrte zu ihm hinauf. Er blieb völlig ruhig. Ein Profi geriet in einem solchen Moment nicht in Panik. Ein Profi tat genau das Gegenteil, er wurde immer ruhiger und hielt sich streng an die Regeln.

Mit einem grausamen Knall schnitt die Sicherheitsleine tiefer ins Glas und ließ Frank weitere zwei Meter absacken.

»Halt dich fest!«

Jetzt kam ein schreckliches Knacken aus Jasons Richtung, der ein leises Winseln ausstieß. Jack achtete nicht darauf. Sollte er ruhig weinen; höchstwahrscheinlich waren sie in wenigen Augenblicken tot.

»Das Dach kann uns nicht alle tragen!«, rief Frank von unten herauf.

Jack wusste, dass er Recht hatte. Sie waren auf ein Glasdach geraten, dessen Statik nicht darauf ausgelegt war, das Gewicht von drei Männern mit hundert Kilo Ausrüstung und einem schweren Schlitten auszuhalten, ganz zu schweigen von den Tonnen Schnee, die es schon vorher belastet hatten.

Dann sah er etwas in Franks Hand. Um Gottes willen – es war ein Messer!

»Frank, nein!«

Frank blickte ihm ruhig in die Augen. Das Messer lag an der Sicherheitsleine.

»Du würdest dasselbe tun«, sagte er und schnitt das Seil durch, mit dem Geschick eines Mannes, der genau wusste, wie man ein so stabiles Seil durchschnitt.

Franks Gesicht verschwand, und sein Ausdruck verwandelte sich in Entsetzen – die Augen weit aufgerissen, den Mund zum Schrei geöffnet.

Von unten war ein dumpfer Aufprall zu hören. Frank landete mitten in der Landschaft aus Blumen und Spielzeug. Ein schnell verklingendes Echo hallte durch das Einkaufszentrum.

Sein Körper rührte sich nicht mehr. Er war nicht mehr dazu gekommen, den Schrei auszustoßen.

Jack breitete die Arme und Beine aus, um sein Gewicht zu verteilen, und zog sich langsam vom Loch zurück.

16

Officer Campbell hatte seine Schützlinge im dritten Stock eines zerstörten Bürohochhauses versammelt. Dann war er auf die Jagd gegangen, aber nicht nach Lebensmitteln, die es so weit oben wahrscheinlich sowieso nicht gab. All die kleinen Cafés und Restaurants, mit denen Manhattan voll gestopft war, befanden sich in den Erdgeschossen der Gebäude. Hier oben würde man mit etwas Glück bestenfalls einen Snack in einer Schreibtischschublade finden, der zudem tiefgefroren war.

Nach Anbruch der Dunkelheit kehrte er ins Gebäude zurück und ließ sich vom flackernden Schein des Feuers führen, das sie aus Möbeln und Papier entfacht hatten.

»Was haben Sie herausgefunden?«, fragte der Wachmann der Bibliothek.

Seine Haut war wesentlich blasser geworden und hatte die Farbe von altem Pergament angenommen. Seine Leber versagte, dachte Tom Campbell, aber er wusste nicht, warum. Nur Gott wusste, welche Krankheiten bei diesen erschöpften Menschen zum Ausbruch kommen mochten. Schlechte Ernährung, Überanstrengung und Stress setzten dem Immunsystem zu und ließen alle möglichen Dinge, die latent vorhanden gewesen waren, aktiv werden.

»Ich habe mit ein paar Leuten gesprochen, die einen Kurzwellenempfänger haben. Sie haben gehört, dass die Rettungsteams nach wie vor weiter südlich auf der Interstate 95 unterwegs sind.«

Der Taxifahrer rührte sich. Die meisten Flüchtlinge drängten sich ans Feuer, die Augen geschlossen, in ihre stinkende Kleidung gehüllt, und setzten sich so wenig wie möglich der Kälte aus. Einige waren sogar Toms Empfehlung gefolgt und kauerten sich aneinander, um sich gegenseitig zu wärmen. »Wie weit südlich?«, fragte der Taxifahrer.

Soweit Tom wusste, hatten sie vielleicht erst Atlanta erreicht. Aber das sagte er nicht. »Sie waren sich nicht sicher«, sagte er und ließ es dabei bewenden.

Der Wachmann – wie war noch gleich sein Name ... Hidalgo? – sagte: »Es spielt keine Rolle. Wir müssen zu ihnen vorstoßen. Es ist unsere einzige Chance.«

Tom fragte sich, ob er diese Leute jemals dazu bringen konnte, sich wieder in Bewegung zu setzen. Wenn man nichts Anständiges zu essen bekam, schlief man länger und entwickelte weniger Tatendrang, bis man schließlich starb. So lief es ab, wenn man verhungerte. »Erst einmal müssen wir uns ausruhen«, sagte er. »Wir bleiben auf jeden Fall bis morgen früh hier.«

Und vielleicht, dachte er insgeheim in seiner Verzweiflung, für immer.

Die Schneehöhe war unglaublich und überstieg deutlich die Leistungsfähigkeit der Ausrüstung, die General Pierce organisiert hatte, um die Regierungsmannschaft nach Süden zu transportieren. Sie hatten es praktisch mit einem neu entstandenen Gebirge zu tun. Sie waren auf der I-95 nördlich von Richmond, aber die Schneewehen waren so gewaltig, dass es aussah, als wären sie in den Shenandoahs gelandet. Aber dort waren sie nicht. Ihre erstklassigen Navigationsinstrumente wurden nicht durch die Wolken gestört. Sie hatten in jeder Sekunde eine exakte Peilung.

Vor ihnen schoss der Schneepflug eine hohe weiße Fontäne in die Luft. Daneben wuchs buchstäblich ein Berg aus Schnee, der, wie es schien, bis in den Himmel ragte. Hinter dem Schneepflug saß General Pierce frierend in einem Hummer und hatte ständigen Funkkontakt mit der Autokolonne.

Immer wieder verschwand der Schneepflug hinter weißen Windböen, doch dann tauchte seine klobige Gestalt wieder auf und legte einen weiteren Kilometer Straße frei.

Der Wind heulte, und der Hummer vibrierte, dann wurde das Schneetreiben so heftig, dass der Fahrer einen Halt einlegte.

Als Nächstes sah der General nicht mehr die Rückseite des Schneepflugs, sondern eine steile Bergwand, die sich unmittelbar vor ihm erhob.

Sie fuhren nicht weiter. Weil es nicht mehr weiterging. Der Fahrer saß schweigend da und wartete auf Befehle.

Der General wusste, was geschehen war. Die Schneemassen waren in Bewegung geraten und hatten den Pflug unter einer Lawine begraben.

Ohne ein Wort trat er auf die Straße hinaus, sofern man noch von einer Straße sprechen konnte. Seine Stiefel versanken fast knietief im lockeren Neuschnee. Im ersten Moment war die Kälte wie ein Schock. Die Heizung des Hummer musste mit voller Leistung gearbeitet haben und hatte die Innentemperatur vielleicht auf minus zehn Grad gebracht. Aber hier draußen herrschte wirkliche Kälte.

General Pierce wusste, dass die Kolonne genau 325 Kilometer zurückgelegt hatte, seit sie vor etwa vierzig Stunden vom Weißen Haus aufgebrochen war.

Er sah zu, wie die Soldaten darum kämpften, die Fahrzeuge vom Schnee zu befreien, wie sich ihr Schweiß in Eis verwandelte, der als feines Pulver von ihnen abfiel, während sie arbeiteten.

Gleichzeitig war ihm klar, dass es so nicht funktionieren würde. Diese Fahrzeuge steckten unwiderruflich im Schnee fest. Unter den gegenwärtigen Umständen war kein Vorankommen mehr möglich, und es gab keine Anzeichen, dass sich demnächst etwas an den gegenwärtigen Umständen ändern würde.

Der General wischte sich über die Schneebrille und sah ein vertrautes schwarzes Fahrzeug. Die Flaggen auf den Kotflügeln waren steif gefroren. Sie sahen aus wie eisüberkrustete Säulen vor einem Friseurladen.

Er zog die Tür des umgebauten Hummer auf und schwang sich in die angenehme Wärme, die drinnen herrschte. In seinem offiziellen Anzug und mit der roten Seidenkrawatte war der Präsident ein ziemlich absurder Anblick. Aber hier drinnen war es still, und es war noch ein Rest der Würde vorhanden, die eigentlich mit dem höchsten Amt des Landes verbunden sein sollte. Trotz allem gelang es den Menschen in der unmittelbaren Umgebung des Präsidenten, ihren Schützling vor der Kältehölle abzuschirmen, die ringsum tobte.

Das würde sich nun ändern. »Es hat keinen Sinn mehr,

Sir«, sagte Pierce, als er sich neben den Präsidenten setzte. »Unser Schneepflug wurde von einer Lawine verschüttet. Die Straße ist vollständig blockiert. Wir können hier nicht bleiben. Die Fahrzeuge werden in Kürze zugeschneit sein.«

»Also müssen wir versuchen, uns zu Fuß weiterzukämpfen«, sagte der Präsident.

Er hatte Recht. Ihnen blieb keine andere Wahl. Der General empfand tiefe Verzweiflung. Wie hatte es geschehen können, dass der wichtigste Mann der Welt in solchen Schwierigkeiten steckte? Es durfte nicht sein, dass der Präsident der Vereinigten Staaten von Amerika durch einen Schneesturm in seiner Bewegungsfreiheit eingeschränkt wurde.

Er wollte sicherstellen, dass dem Präsidenten die Risiken bewusst waren. »Es ist sehr weit bis zum nächsten sicheren Unterschlupf, Sir.«

Der Präsident schwieg einen Moment. »Dann sollten wir uns so schnell wie möglich auf den Weg machen«, sagte er entschlossen.

Während eine düstere, frostige Dämmerung über China anbrach, schob sich die Dunkelheit westwärts über Amerika. Europa lag unter einer schwarzen Decke aus grausamer Kälte. Überall kam es zu unvorstellbaren Temperaturrekorden, bis zu minus 80 oder 90 Grad in Russland und Schweden, während weiter südlich immer noch minus 70 Grad herrschten.

In Paris ragten nur noch Sacre Cœur und der Eiffelturm aus dem Schnee. Hier war es minus 65 Grad kalt, genug, um das Eisen splittern zu lassen, aus dem der Turm errichtet worden war. Die Fenster der Kathedrale waren dunkel, wie tote Augen, nachdem das Glas in der Kälte so mürbe geworden war, dass der Wind es mühelos zerbrochen hatte.

Auf der anderen Seite der Seine sah Notre Dame wie der Kiel eines gekenterten Schiffes aus. Nur noch ein Turm war sichtbar, nachdem der andere längst eingestürzt war.

Hoch im Norden Schottlands saßen drei erstarrte Körper in der stockdunklen Forschungsstation von Hedland. Kein Lämpchen leuchtete auf den Konsolen. Der Rest Tee in Dennis' Tasse war härter als Granit. Immer wieder wurde das Gebäude durch einen Knall erschüttert, wenn eiskalte Streben und Nieten zersprangen. Bald würde der Schnee, der sich auf den Dächern angesammelt hatte, alles einstürzen lassen.

Auf dem bewegten Wasser des Atlantiks trieb die Queen Mary hilflos dahin. Nachdem die Hydraulikflüssigkeit eingefroren war, konnten die Ruder nicht mehr betätigt werden. Trotzdem brannten die Lichter des Schiffes noch – das einzige elektrische Licht im Umkreis von mehreren tausend Kilometern.

Denn über die gesamte westliche Welt hatte sich tiefe Dunkelheit gelegt. So dunkel war es nicht mehr gewesen, seit die Indianer den amerikanischen Kontinent besiedelt hatten, seit sich die römische Zivilisation erhoben hatte. Hier und dort flackerten Feuer auf, manche groß genug, um sie über große Entfernungen zu sehen, aber in den meisten Fällen waren es nur armselige Versuche, aus dem wenigen Brennstoff entfacht, den die erfrierenden Menschen hatten sammeln können.

Das Dreieck aus flackerndem Licht, das über einer vielleicht zehn Meter hohen Schneedecke strahlte, gehörte nicht zu den größeren Feuern. Es kam aus einem Zelt und nicht von einem Feuer, sondern von einer Petroleumlampe. In diesem Zelt hockten Jack und Jason vor einem Campingkocher.

Zehn Meter unter ihnen befand sich ein Lincoln Navigator mit eingedrücktem Dach und den erfrorenen Leichen zweier Erwachsener, zweier Kinder, eines Hundes, einer Katze und zweier Goldfische in einem zerplatzten Glasbehälter. Doch davon wussten die beiden Männer nichts. Sie waren sich nur der Wärme bewusst, die von dem kleinen Kocher ausging, auf dem sie Wasser erhitzten, und der Tatsache, dass beide das Gefühl hatten, dass die Temperatur unter den Wert fiel, für den ihre Kleidung ausgelegt war.

Jason holte ihre Tassen hervor, und einen Moment lang starrten beide schweigend auf Franks Becher. Er hatte ihn viele Jahre benutzt, was die zahlreichen Dellen bewiesen. Wie bei den meisten Veteranen bestand ihre Ausrüstung aus sorgsam gepflegten alten Stücken.

Stumm teilte Jack die Erbsensuppe zwischen sich und Jason auf. Der Junge war ein Problem für ihn. Er konnte nicht von ihm verlangen weiterzumachen, weil das einem Todesurteil gleichgekommen wäre. Aber er konnte auch nicht allein weiterziehen. Weil auch das den sicheren Tod für ihn bedeutet hätte.

Jack wusste, dass er sofort umkehren und versuchen sollte, ihr Leben zu retten. Aber dann dachte er an die letzten Worte, die er zu Sam gesagt hatte: »Ich verspreche es dir.«

Jason hatte gewusst, dass er dieses Versprechen gegeben hatte, und er war trotzdem mitgekommen. Um in den Tod zu gehen? Wäre er auch dann bei ihm, wenn er sich die Gefahren wirklich bewusst gemacht hätte?

Ein Teil von Jacks Gewissen sagte ihm: »Kehr um und bring wenigstens diesen Jungen in Sicherheit.« Worauf der andere Teil erwiderte: »Du hast es versprochen. Du hast es Sam versprochen.«

Jack nippte von seiner Suppe. Selbst Jack Hall, der sich

bestens mit den Auswirkungen extremen Polarwetters auskannte, stellte verblüfft fest, dass der Becher bereits kalt geworden war.

Sam war der Einzige, der noch wach war. Er war genauso müde wie die anderen, aber wenn sie überleben wollten, musste das Feuer ständig bewacht werden. Er beobachtete Laura. Ihr Schlaf war unruhig. Ihr Gesicht war völlig verschwitzt, obwohl hier drinnen unerträgliche Temperaturen herrschten. Eigentlich war es unmöglich, dass jemand ins Schwitzen kam.

Er ging zu ihr, wollte sie wecken, doch dann hielt er inne. Selbst unter diesen Umständen, mit verdrecktem Gesicht, hatte sie eine atemberaubende Schönheit bewahrt. Und ihre natürliche Schönheit wurde zusätzlich verklärt durch seine Liebe zu ihr, die überwältigende Leidenschaft, die in seinem Herzen glühte.

Sie waren zwar noch sehr jung, aber er hatte entschieden, dass sie heiraten sollten. Was geschehen war, hatte alles verändert. Letzte Woche wäre die Vorstellung, dass zwei Siebzehnjährige eine Ehe eingingen, noch völlig absurd gewesen. Jetzt war es sein größter Wunsch, nach Süden zu gehen, eine Familie zu gründen und eine Möglichkeit zu finden, sie zu ernähren. Er wusste nicht, woher diese Ambitionen kamen. Er wusste nur, dass sie da waren und dass sie sehr mächtig waren.

Er kehrte zurück und warf etwas Thorstein Veblen und ein paar Pfund Steuerratgeber ins Feuer. Funken wirbelten den Kamin hinauf. Draußen heulte immer noch der Wind. Der Sturm tobte nach wie vor mit voller Gewalt.

Er fragte sich, warum niemand auf seinen Vater gehört hatte. Wenn der Präsident tot war, geschah es ihm nur recht.

Er wusste, dass es falsch war, so zu denken, aber wer hatte an seine Generation gedacht, an ihn, an Laura, an J. D., an Brian und all die anderen Kinder und Jugendlichen der Welt? Was sollten sie jetzt aus dieser Welt machen?

Er dachte nach, aber er konnte sich nicht erinnern, dass ein Präsident oder irgendein anderer führender Politiker der Welt die Möglichkeit eines plötzlichen Klimawechsels in Betracht gezogen hatte. Er erinnerte sich nur an die Debatte, ob die globale Erwärmung eine bewiesene Tatsache war oder nicht. Natürlich war sie eine Tatsache. Sie gehörte zum Lauf der Natur.

Warum hatte niemand auf seinen Vater gehört?

Er blickte durch den Raum auf die große Tür, die in den Korridor hinausführte. Würde Dad jemals durch diese Tür kommen? Er wollte sich nicht mit der Möglichkeit auseinander setzen, dass es vielleicht nie geschah – dass es sogar sehr unwahrscheinlich war –, also stellte er sich vor, wie er aussehen würde. Groß und in einem schmutzigen Parka, dessen Kapuze sein bärtiges Gesicht einrahmte.

Dad. In seinem tiefsten Herzen flüsterte eine Stimme: »Ich gehöre zu dir, Dad, ich bin dein Sohn, erinnerst du dich?« Das Feuer prasselte, als eine frostige Böe durch den Schornstein fuhr und durch den Raum wehte. »Dad, du gehörst zu mir, ich bin dein Sohn, und du hast die Verantwortung für mich übernommen.«

Er dachte an Brians Familie und fragte sich, wo sie sein mochte. Brian sprach nie darüber, aber Sam war vor ein paar Stunden zu ihm hinübergegangen, und da hatte er leise geweint. Judith ebenfalls, und sie hatte noch Tränen vergossen, als Brian längst im gleichmäßigen Rhythmus des Schlafes geatmet hatte. Und was war mit Benny? Lag er irgendwo unter einer Schneewehe begraben? Würde J. D. jemals Gewissheit über sein Schicksal erlangen? Wahrscheinlich nicht. Wahrscheinlich würde er den Rest seines Lebens, wie lange es auch immer währen mochte, damit verbringen, sich zu fragen, was aus seinem kleinen Bruder geworden war.

Sam hatte J. D. zu Anfang gehasst. Aber dafür war hauptsächlich seine Eifersucht verantwortlich gewesen. J. D. war ein besorgter Bruder, und das machte ihn in Sams Augen zu einem guten Menschen. Er hatte jede Hilfe verdient, die er bekommen konnte. Aber nicht die Hand der Frau, die Sam liebte!

Sie seufzte leise, und Sam ging wieder zu ihr hinüber. Er berührte ihre Stirn und zog seine Hand gleich wieder zurück, als hätte er sich an ihrer Haut verbrannt ... was in gewisser Weise sogar stimmte. Sie war glühend heiß, und das war nicht gut. Außerdem war sie wach. Er sah, dass sie ihn anblickte.

»Alles in Ordnung mit dir?«, flüsterte er. »Du fühlst dich an, als hättest du Fieber.«

»Mir geht es gut. Ich kann nur nicht schlafen. Mir gehen ständig diese blöden Dekathlon-Fragen durch den Kopf.« Sie lachte schnaufend. »Ziemlich idiotisch, was?«

»Das ist nicht idiotisch. Du brauchst nur etwas Zeit, um dich an die neue Situation zu gewöhnen. Das ist alles.«

»Wie soll ich mich daran gewöhnen, Sam? Alles, wofür ich jemals gearbeitet habe – alles war nur die Vorbereitung auf eine Zukunft, die nicht mehr existiert.« Sie setzte sich auf, schlang die Arme um die Knie und starrte ins Feuer. »Du hast immer gesagt, ich würde den Wettbewerb viel zu ernst nehmen. Du hattest Recht.« Wieder dieses verächtliche Lachen, in dem tiefe Enttäuschung und großer Schmerz lagen – genau das, was auch Sam empfand. »Es war die reine Zeitverschwendung.«

Wenn die Erwachsenen uns lieben, warum tun sie uns dann so etwas an? Lauras Vater hatte nur Verachtung für Leute übrig gehabt, die vor der globalen Erwärmung warnten. Sam hatte es oft genug gehört. Hätte er sich nicht wenigstens mit den Fakten vertraut machen sollen, bevor er seine eigene Tochter dazu verurteilte, in dieser Hölle zu leben?

»Es war keine Zeitverschwendung«, sagte Sam. »Das habe ich nur gesagt, um nicht die Wahrheit eingestehen zu müssen.« Seine Kehle fühlte sich plötzlich eng an, weil er soeben eine Entscheidung getroffen hatte.

Sie sah ihn an. Im Schein des Feuers glänzte ihr Gesicht vor Schweiß. »Welche Wahrheit?«

Seine trockenen Lippen öffneten sich. »Der wahre Grund, warum ich mich dem Team angeschlossen habe.«

Sie runzelte die Stirn. Konnte jemand wirklich so ahnungslos sein? Ihm wurde bewusst, dass sie nicht den leisesten Schimmer hatte. Er rückte näher zu ihr. Die anderen sollten nichts mithören. Es war ihre ganz private Angelegenheit. »Weil du im Team warst.«

Ihre Augen weiteten sich. Etwas trat in ihren Blick – war es der Ansatz zu einem Lachen? »Ach, vergiss es einfach ...«

Er wandte den Blick ab, doch dann spürte er, dass ihre Hand auf seinem Arm lag. »Sam ... bleib hier.«

Er drehte sich wieder zu ihr herum. Sie nahm sein Kinn in die Hände und führte sein Gesicht zu ihrem.

Eine Sekunde verging, während er in ihre großen grünen Augen blickte, die wunderschönsten Augen der Welt. Dann berührten sich ihre Lippen, und ein Schauder durchlief ihn bis in die Magengrube. Er legte eine Hand an ihren Kopf und drückte seine Lippen gegen ihre.

Ein Laut drang tief aus ihrer Kehle, und er wusste, was es war – ein Laut der Erleichterung, des Glücks.

Sie hatte darauf gehofft und darauf gewartet.

Er rückte näher, schloss sie in die Arme und öffnete sich ihrem Mund. Er spürte eine starke Erregung, und er wusste, dass sich das Zentrum des Drucks gegen ihren freien Arm presste, und als es geschah, zog sie sich nicht zurück.

Sie küssten sich intensiver, kosteten gegenseitig ihren Geschmack, und wo sich ihre Lippen trafen, hörten der Sturm und der Tod auf. Das eng umschlungene kleine Paar war wie ein strahlender Komet, der den Nordwind zurücktreiben und den Schnee hinwegfegen würde ... zumindest hier in diesem Zimmer neben diesem flackernden Feuer, zumindest für einen Moment.

17

Hideki Kawahara blickte auf die Erde hinunter. Die Station trieb über den Südatlantik, in nordwestlicher Richtung. Im Westen konnte er den südamerikanischen Kontinent erkennen, dessen Zentrum relativ unberührt wirkte. Doch am fernen östlichen Horizont über Zentralafrika zuckten unablässig Blitze. Dort hatte sich eine Sturmfront zusammengebraut, die fast den Äquator erreicht hatte und die tropischen Luftmassen auf Temperaturen abkühlte, die es seit Menschengedenken nicht in Ostafrika gegeben hatte. In Dschibuti war es vierzehn Grad kühl, weiter nördlich und in Timbuktu schneite es leicht.

Als sich die Internationale Raumstation auf Nordamerika zubewegte, verwandelte sich die Landschaft in etwas, das mehr Ähnlichkeit mit der Mondoberfläche als mit irgendeiner Region der Erde hatte. Die gewaltige Wolkendecke erstreckte sich wie eine einzige weiße Ebene von Horizont zu Horizont. Die vereinzelten Zentren der Sturmwirbel hätte man leicht mit Kratern verwechseln können. Aber es waren keine Krater, und Hideki wagte sich kaum vorzustellen, was sich dort unter den bösartig schimmernden Augen der Megastürme tat.

»Es gibt keine Orientierungspunkte«, sagte er, als er zurückwich, damit auch die anderen hinunterschauen konnten. »Ich sehe nur eine Wolkendecke.«

Sie hatten immer noch Kontakt zum NASA-Zentrum in Houston, aber dort vermied man klare Aussagen über den Zeitpunkt der Ankunft des nächsten Shuttles. Das Kosmodrom in Baikonur meldete sich nicht mehr, genauso wie das Kommunikationszentrum der JAXA. Die NASA versprach immer wieder, Nachrichten von ihren Familien weiterzuleiten, nur dass diese Nachrichten niemals kamen. Lediglich Bob Parker wusste, dass seine Frau in ihrem Haus in Sarasota, Florida, in Sicherheit war.

Es wurde nicht darüber gesprochen, aber den drei Männern war bewusst, dass ihre Vorräte in der Raumstation begrenzt waren. Der Shuttle konnte wegen der Wetterbedingungen auf unbestimmte Zeit nicht starten, und von Baikonur würden auch keine Versorgungsflüge mehr kommen. Sie hatten ihre Lebensmittel bereits rationiert. Das Recyclingsystem der Station würde sie für die nächsten drei Monate mit Wasser versorgen, der Sauerstoffvorrat würde noch länger reichen. Aber der kritische Punkt waren die Lebensmittel. Sie waren noch für sechs Wochen versorgt. Wenn sie sich an die Vorschriften zur Notrationierung hielten, konnten sie damit dreieinhalb oder sogar vier Monate über die Runden kommen.

Bisher hatte die NASA den Notfall noch nicht offiziell ausgerufen, aber sie hatten Radiosendungen empfangen, in denen von Windgeschwindigkeiten bis zu 200 Stundenkilometern in Cape Kennedy die Rede war. Konnte der Shuttle-Hangar solchen Belastungen standhalten? Möglicherweise war die Raumfähre, von der ihr Leben abhing, längst ein Wrack.

Juri Andropow legte mehrere Schalter um. Bob Parker fragte ihn, was er vorhatte.

»Ich mache Infrarotaufnahmen der thermischen Schichten. Wir schicken die Bilder nach Houston und an unseren Wetterdienst.« Er nickte Hideki zu. »Und an euren.«

»Ich werde dir helfen«, sagte Bob.

Je komplexer die Bilder wurden, desto mehr Ähnlichkeit wiesen sie mit einem Computermodell auf, das Bob schon ein- oder zweimal gesehen hatte. Er kannte diese Bilder aus einer Zeitschrift namens *Weather*, einem Journal für Hobby-Meteorologen. Es war das Modell eines Superstorms, den Jack Hall postuliert hatte, sollte sich der Nordatlantikstrom aufgrund der Erwärmung des Atlantiks nach Süden verlagern.

Er blickte zum Fenster hinaus. In Richtung Afrika konnte er eine recht klare Linie erkennen, die quer über den Atlantik verlief, vielleicht achthundert Kilometer nördlich des Äquators. Nördlich dieser Linie war es stark bewölkt, was vermutlich bedeutete, dass dort die gleichen intensiven Stürme tobten wie direkt unter ihnen über Nordamerika. Südlich davon gab es nur noch lange Perlenschnüre aus Kumuluswolken, die auf ruhiges Wetter hindeuteten, wie es für diese Regionen und diese Jahreszeit typisch war.

Also musste Folgendes geschehen sein: Offenbar markierte diese Linie den neuen Verlauf der nordatlantischen

Meeresströmungen. Wenn sie Nordamerika und Europa nicht mehr erwärmten, würde es da oben sehr, sehr kalt werden. Große Regionen dieser Erdteile würden auf Dauer unbewohnbar werden.

Er wusste, dass er egoistisch dachte, aber er war verdammt froh, dass Gerry in Sarasota war. Dort war es kühl und bewölkt, aber er bezweifelte, dass die dortigen Wetterverhältnisse lebensbedrohliche Dimensionen annehmen würden.

Juri und Hideki dagegen hatten höchstwahrscheinlich ihre Familien verloren. Er fragte sich, wann die NASA ihnen einen neuen Termin für den nächsten Versorgungsflug nennen würde. Dann dachte er: *Nicht wann, sondern ob. Die Frage ist, ob es einen weiteren Versorgungsflug gibt.* Er starrte lange aus dem Fenster. *Ob.*

Zu normalen Zeiten hatte die texanisch-mexikanische Grenzregion von El Paso und Juarez bis Matamoros und Brownsville eine Gesamtbevölkerung von vier Millionen, von der sich die Hälfte in den Slums von Juarez drängte.

Jetzt sah es anders aus. Im Rio-Grande-Tal von Texas hatte sich die Bevölkerung innerhalb weniger Tage von einer auf drei Millionen erhöht. Die Glücklicheren unter den Flüchtlingen – weitere zwei Millionen – waren über die Grenze nach Mexiko gelangt. Insgesamt lebten jetzt noch etwa hundert Millionen Menschen in den Vereinigten Staaten, von denen fünf Millionen in unmittelbarer Lebensgefahr schwebten. Einhundertfünfzig Millionen waren vom Eis eingeschlossen und würden für einen sehr langen Zeitraum nicht wieder daraus auftauchen – vielleicht erst, wenn sich die Präzession der Erdachse weitere viermal vollzogen hatte, was pro Zyklus sechsundzwanzigtausend Jahre dauerte.

Wissenschaftler, Politiker und die Medien, sie alle hatten nur mit Verachtung auf die Idee reagiert, dass die Natur zu so radikalen Veränderungen in der Lage war. »Wo soll die Energie für einen derartigen Sturm herkommen?«, hatten die Wissenschaftler gehöhnt, wenn Jack Hall seine Theorien veröffentlicht hatte.

Die Energie war da. Was gefehlt hatte, war der Wille, die Wahrheit zu erkennen. Und die Natur hatte erbarmungslos zugeschlagen. Ironischerweise hätten geeignete Planungen und eine Verringerung des Ausstoßes von Treibhausgasen die Katastrophe um viele Jahre hinausschieben können, vielleicht sogar lange genug, bis man Möglichkeiten gefunden hatte, den Zyklus der Eiszeiten zu durchbrechen, der den Planeten seit Jahrmillionen fest im Griff hatte. Als einziger Staatsmann der Welt hatte der kanadische Premierminister darauf hingewiesen, dass bereits mit einfachen freiwilligen Maßnahmen, die jeder zu Hause und praktisch ohne Kosten umsetzen konnte, eine Reduktion der Treibhausgase möglich war, wodurch die Katastrophe hätte abgewendet werden können.

Praktisch ohne Kosten. Vielleicht für Jahre, vielleicht für immer.

Doch nun hatten all diese Millionen Menschen ihr kostbares Leben verloren, und der Tod hielt Einzug auf der nördlichen Hälfte des Planeten. Eine jahrtausendealte Zivilisation war vernichtet, und an den Grenzen der Eisregion kauerten in armseligen Lagern die kläglichen Überreste dieser großen Kultur.

Trotzdem hatten sich die überlebenden Amerikaner organisiert. Tausende von Zelten waren in langen Reihen errichtet worden, ihre Planen flatterten im kräftigen Nordwind, und leichtes Schneegestöber wirbelte um die spitzen Dächer.

Überall waren Menschen, die Radio hörten oder sich vor den wenigen Fernsehern versammelten, die meiste Zeit aber den Himmel beobachteten. Die Nationalgarde verteilte Lebensmittel in großen Zentren, die sofort aus dem Boden schossen, sobald eine neue Lieferung aus dem Norden eintraf.

Die Vereinigten Staaten waren schwer verwundet, aber keineswegs tot. Die Westküste lebte noch – bis nach San Francisco hinauf, obwohl es dort stürmisch und regnerisch war. Auch der größte Teil des Südwestens war noch intakt, genauso wie der Süden von Texas. San Antonio und Houston waren geschäftige Zentren der Organisation und die Quelle der Lebensmittelversorgung von Millionen.

Doch die Vorräte schrumpften in bedrohlichem Tempo zusammen, und weder der Planungsstab der Vierten Armee noch die einheimischen Lebensmittelketten waren in der Lage, auf längere Zeit die Mengen zur Verfügung zu stellen, die benötigt wurden.

In Mexiko war der Preis für *masa*, das lebenswichtige Mehl für Tortillas, über Nacht um tausend Prozent gestiegen. Das führte dazu, dass sich die Armen vor den Lagern der Amerikaner versammelten, und es konnte nicht mehr lange dauern, bis sich die Spannungen entluden.

Die Welt war wie ein großer Ozeandampfer, der einen Torpedotreffer erhalten hatte und langsam sank. Trotzdem gab es an Bord noch viele Menschen mit Hoffnungen und Träumen, die auf dem leeren Ozean nach Rettern Ausschau hielten, die längst tot waren.

Das provisorische Weiße Haus bestand aus einer geschickten Anordnung von Zelten. Drinnen eilte das Personal hin und her, während sich das notdürftig ausgestattete Nervenzentrum bemühte, ein wenig Ordnung ins Chaos zu bringen, seine Arbeit fortzusetzen und dem amerikanischen Volk Zuversicht und Unterstützung zu geben.

Außenministerin Linn schob sich durch die Menge. »Wo ist der Vizepräsident?«

Dann sah sie ihn. Er saß in einer Ecke und wirkte irgendwie ... klein. Sehr klein. Geschrumpft. Als hätte die Tragödie der Nation den Mann buchstäblich ausgezehrt. Es wurde Zeit, dass er seine Kraft und seinen Mut wiederfand. Sie ging zu ihm hinüber. »Raymond?«

Zuerst reagierte er nicht. Dann hob er die Augenlider ... aber sehr langsam. »Was?«

»Die Autokolonne des Präsidenten ist im Schneesturm stecken geblieben.«

Er zog die Augenbrauen hoch. Sie sah ein furchtsames Flackern in seinem Blick. Einer der ehrgeizigsten und geradlinigsten Vizepräsidenten der amerikanischen Geschichte hatte offensichtlich große Angst vor dem, was er nun vermutlich zu hören bekam.

Das war sein Problem. »Sie haben es nicht geschafft«, sagte sie. Es hatte keinen Sinn, es rücksichtsvoller zu formulieren. Was geschehen war, war geschehen.

Wenn Becker noch weiter vor ihr zurückweichen wollte, würde er aus dem Zelt fallen. »Wie ... wie konnte das passieren?«

Wie konnte es passieren, fragte sie sich, dass du dein ganzes verdammtes Leben lang ein Vollidiot gewesen bist?

»Er wollte als Letzter das Haus verlassen«, sagte sie. Blake hatte das unglaubliche Ausmaß seines Fehlers erkannt, die historische Bedeutung dieses Irrtums. Zweifellos war ihm klar gewesen, dass sein Name auf Jahrtausende verflucht sein würde, wie der Name eines bösen Dämons.

Damit hatte er nicht weiterleben wollen.

Sie tätschelte die perfekt gepflegte Hand des Vize. Er hatte die beispiellose Gelegenheit erhalten, mit seinem Amt zu wachsen. »Viel Glück«, sagte sie, »und möge Gott mit Ihnen sein, Herr Präsident.«

Im Sitzungsraum der Bibliothek war der dritte Tag angebrochen, und Jeremys Energie wurde aufgrund seines schweren Hustens immer weniger. Elsa kauerte sich ebenfalls dicht ans Feuer und starrte in die flackernden Flammen, von gelegentlichen Hustenanfällen geschüttelt.

Im Zimmer gab es bei weitem nicht mehr so viel Bücher wie zu Anfang. Nicht annähernd.

Laura lag zitternd in Sams Armen. Vor einiger Zeit hatte sie gesprochen und leise vor sich hingelacht. Auf ihrer Stirn standen Schweißperlen, die sich sammelten und in kleinen Rinnsalen über ihre Wangen liefen. Sam hatte so große Angst, dass er kaum noch klar denken konnte. In seinen Gedanken wälzte er immer wieder die gleichen Fragen. Er versuchte sich zu erinnern, was man tun musste – das Fieber schüren oder die Temperatur senken? Was konnte man für jemanden tun, der ernsthaft krank war? Denn er wusste, dass es Laura schwer erwischt hatte.

»Vielleicht hat sie eine Grippe«, sagte Brian. Er und J. D. waren ständig in ihrer Nähe.

»Das ist keine Grippe.«

Dann kam Judith vorbei. Sie warf ein Wörterbuch ins Feuer, stellte sicher, dass es aufgeschlagen war, damit alle Seiten Feuer fangen konnten, und wandte sich dann der kleinen Gruppe zu. »Okay, lasst uns die Symptome checken.«

Das Wörterbuch hatte sie den Flammen übergeben, aber sie hielt immer noch ein dickes Buch mit blauem Einband in den Händen, das *Merck Manual*. Es bestand aus mehreren tausend eng bedruckten Seiten, die das gesamte medizinisch-diagnostische Wissen der Menschheit enthielten.

»Sie hat Fieber, und ihre Haut fühlt sich kalt und feucht an.«

Judith blätterte ein paar Seiten um. »Bücher können durchaus zu etwas nütze sein, nicht nur als Brennstoff«, murmelte sie.

Manche Bücher, dachte Sam, *manche, aber nicht alle Bücher*. Er warf einen Roman von James Hilton in den Kamin und sah zu, wie er Feuer fing. *Good-bye, Mr. Chips*.

»Wie ist ihr Puls?«, fragte Judith.

Er griff nach ihrem Handgelenk und blickte auf ihre Hand, die weich und schlaff in seiner lag. Dann schloss er die Augen und suchte nach dem Pulsschlag. »Er geht ziemlich schnell.«

Judith blätterte wieder um. »Hat sie irgendwelche Verletzungen? Eine Wunde, die vielleicht infiziert wurde?«

Sam erinnerte sich an die Flutwelle, an die Stoßstange unter dem dreckigen Wasser und daran, wie Laura geblutet hatte. »Sie hat sich in der Flut das Bein gestoßen. Mir ist aufgefallen, dass sie immer wieder diese Stelle gerieben hat.«

Er zog ihr Hosenbein hoch, und als er sah, was darunter zum Vorschein kam, keuchte er unwillkürlich auf. Alle keuchten auf. Rote Streifen zogen sich unter der Haut am Bein hinauf, das so stark angeschwollen war, dass es schien, als würde es platzen, wenn man hineingestochen hätte. Die eigentliche Wunde war eine runzlige Masse aus entzündetem, eitrigem Gewebe.

»Blutvergiftung«, sagte Judith. »Es besteht die Gefahr, dass sie einen septischen Schock erleidet.«

Sam hatte das Gefühl, sich übergeben zu müssen. »Was können wir dagegen tun?«, fragte er, während er befürchtete, dass Judith im Buch eine Antwort fand, die er gar nicht hören wollte.

»Sie braucht sofort eine starke Dosis Penicillin oder ein Breitbandantibiotikum.«

Sie hielt inne. Sam sah, dass ihr Unterkiefer arbeitete, und er sah die Feuchtigkeit, die plötzlich in ihre Augenwinkel getreten war.

»Oder was?«

Schweigen. Sie sah ihn mit verzweifeltem Blick an. Er nahm ihr das Buch aus den Händen und las die Stelle vor. »In unbehandelten Fällen tritt innerhalb von Stunden oder auch Tagen der Tod ein, doch durch moderne Behandlungsmöglichkeiten ist dieser Extremfall äußerst selten geworden.«

Tod? Aber sie war doch noch ein Kind! Er schlang die Arme um sie.

Die Arbeit der National Oceanic and Atmospheric Administration war jetzt von entscheidender Bedeutung – für das Land wie für den Rest der Welt. Von hier aus wurden die meisten ökologischen Satelliten, der Nationale Wetterdienst, das Nationale Hurrikanzentrum, das Forschungszentrum für Schwere Stürme und fast sämtliche Einrichtungen zur Sammlung und Analyse von Daten in den Vereinten Staaten überwacht.

Das Problem war, dass Tom Gomez und seine Mitarbeiter ihr neues Hauptquartier zwar im Regierungslager an der mexikanischen Grenze aufgeschlagen hatten, sich aber die meisten ihrer Datenquellen nicht mehr meldeten. Der Nationale Wetterdienst funktionierte nur noch in den südlichen Staaten, und man ging davon aus, dass die Stationen, zu denen der Kontakt abgerissen war, zerstört waren.

Trotzdem erweckte das NOAA-Zelt den Anschein emsiger Aktivität. Eine der aktuellen Hauptaufgaben bestand darin, allen Mitarbeitern, die nach dem Verlassen ihrer Stationen den Weg hierher gefunden hatten, etwas zu tun zu geben. Viele Meteorologen hatten zu einem frühen Zeitpunkt erkannt, dass es ein ernsthaftes Problem gab, und waren mit der ersten Flüchtlingswelle mit ihren Familien nach Süden gezogen.

Janet Tokada lief mit schnellen Schritten durch die Gruppen der Wissenschaftler, von denen einige an provisorisch montierten Terminals standen und versuchten, etwas Sinn in die spärlich hereinkommenden Daten zu bringen, was ihnen offenbar nicht leicht fiel.

Der vermutlich größte Verlust waren die Satelliten. Natürlich waren sie nicht direkt vom Sturm betroffen, aber die Wolkendecke störte den Empfang der Signale, und viele Bodenstationen meldeten sich nicht mehr.

Janet fand Tom auf der Pritsche, die er sich in einer winzigen Nische hinter seinem Schreibtisch eingerichtet hatte und die sein Zuhause geworden war. Er wollte seinen Arbeitsplatz unter keinen Umständen verlassen, damit er keine bedeutende Entwicklung verpasste.

Die NOAA benutzte seit einiger Zeit das Alarmsystem für nationale Notfälle, um Reisende über mehr als nur die Wetterbedingungen zu informieren. Es wurden alle möglichen Hinweise verbreitet, Hinweise auf die Verfügbarkeit von Lebensmitteln und Benzin an den Highways, auf Verkehrsprobleme, medizinische Behandlungsmöglichkeiten und alles andere, was sich für die Flüchtlinge als nützlich erweisen mochte.

Janet rüttelte an Toms Schulter. »Tom, wach auf. Ich habe gerade Bilder von der Internationalen Raumstation empfangen. Die solltest du dir unbedingt ansehen.«

Tom rollte sich von der Pritsche. Er wirkte zerknittert, war aber vollständig angezogen. Er folgte ihr zu einem Monitor, und dort sah er zum ersten Mal ein Gesamtbild des Sturms. Er starrte auf die bleiche Masse, die durch die Infrarotdarstellung eine unheimliche Schönheit erhielt. Auf diese Weise konnte man durch die Wolkenschichten bis ins Innere des Sturms blicken. Eine Landkarte war über das Bild gelegt, sodass man erkennen konnte, dass die nördliche Grenze des Sturmsystems mit einem weiteren Tiefdruckwirbel über Quebec weit nördlich des St.-Lorenz-Golfs verlief, während die deutlich ausgeprägte Südgrenze bis nach Alabama, Georgia und South Carolina hineinreichte. Von dort bog sie nach Nord-Texas ab, wo sie sich mit einem weiteren System vermischte, das von Norden herunterstieß und die westliche Hälfte des Landes mit Schneestürmen überzog. Dort fielen derzeit zehn Zentimeter Schnee pro Stunde, und die Windböen auf den flachen Prärien erreichten Geschwindigkeiten von über hundertfünfzig Stundenkilometern.

»Das Auge hat einen Durchmesser von achtzig Kilometern«, sagte Janet und deutete auf einen Punkt, der in der Nähe von Detroit lag. »Und es wird immer größer. Die Zellen über Europa und Asien sind sogar noch gewaltiger.«

»Großer Gott!«

Dann zeigte sie auf eine bösartige Geschwulst in der Gesamtmasse des Sturmsystems. »Diese Megazelle wird innerhalb der nächsten Stunde auf New York treffen.«

Sogar jetzt noch versuchte jedes Kommunikationszentrum mit allen verfügbaren Mitteln, die Menschen über die

Gefahren zu informieren, die sie zu erwarten hatten. Tom wusste jedoch, dass nur sehr wenige die Möglichkeit hatten, sich zu retten, selbst wenn sie Bescheid wussten. Das hier war eines jener Monstren, deren vertikale Zirkulation so intensiv war, dass sie superkalte Luft aus den höheren Atmosphärenschichten nach unten sogen. Dadurch würde die Temperatur in kürzester Zeit auf unter minus einhundert Grad sinken – kalt genug, um einen menschlichen Körper innerhalb von Sekunden gefrieren zu lassen.

Er blickte zu Janet auf, als sich sein müder Geist auf ein winziges Detail konzentrierte, das ihm plötzlich sehr wichtig erschien. »Weiß Jack davon?«

»Wir haben keine Verbindung zu ihm.«

Tom dachte an die Ironie, dass Jack Hall in einem Sturm umkommen würde, dessen Existenz nur er allein überhaupt für möglich gehalten hatte.

Jack hatte sich schon mehrfach mit reiner Willenskraft vorwärts bewegt, also wusste er, dass es darum ging, immer nur einen Fuß vor den anderen zu setzen. Der Wind wirbelte um ihn herum, und der Schnee fiel, aber er war sich bewusst, dass er jetzt nicht mehr so dicht zu sein schien. Offenbar hatte sich auch der schlimmste Sturm irgendwann ausgetobt. Natürlich war es so. Es fiel ihm nur schwer, es zu glauben.

Plötzlich wurde die Leine um seine Hüfte straff. Er drehte sich um, und im ersten Moment sah er nichts von Jason. Sein Herzschlag beschleunigte sich. Er hatte schreckliche Schuldgefühle wegen Frank. Es kam nicht in Frage, dass er auch noch Jason verlor.

Er kämpfte sich zu dem Bündel zurück, das Jason war, wobei er darauf achtete, die Leine nicht durchhängen zu lassen. Dann erkannte er, dass der Junge nicht in ein Loch gefallen, sondern einfach nur zusammengebrochen war. Er ging in die Hocke. Jason hatte die Augen geschlossen, aber er atmete normal. Jack griff unter die Kapuze und fühlte am Hals nach seinem Puls. Auch normal.

Der Junge war total erschöpft, das war alles. Jack schlang die Arme um seine Brust und hob ihn auf den Schlitten. Dann ging er zur Rückseite und schob ihn.

Die Luft war eindeutig heller geworden, und es schneite nicht mehr so heftig. Es hatte sich so weit erwärmt, dass Jack sogar spürte, wie sich ein wenig Schweiß in seinen Achselhöhlen sammelte, tief unter den sechs Schichten Kleidung.

Wäre er selber nicht so erschöpft gewesen, hätte er auf diese Gefahrenanzeichen geachtet. Stattdessen kämpfte er sich weiter und gab sich sogar der Hoffnung hin, dass er bald die Sonne sehen würde.

18

Sam hatte ein paar Rohrstühle gefunden. Er bemühte sich, die geflochtenen Sitzflächen herauszuschneiden und daraus etwas anzufertigen, das sich als Schneeschuh benutzen ließ. Ohne Schneeschuhe würde man draußen bis zur Hüfte versinken. Nach drei Metern würde man aufgeben, weil man sich zu sehr verausgabt hatte. Wenn man sich umdrehen wollte, würde man bis zur Brust versinken. Wenn man es schaffte, zum Ausgangspunkt zurückzukehren, wäre das ein Wunder.

»Was machst du da?«, fragte Judith.

Sam wollte entweder Laura das Leben retten oder sein

eigenes opfern. Er schaute zum Schiffswrack hinaus, das durch die Fenster zu erkennen war. »An Bord dieses Schiffes muss es Medikamente geben.«

»Vorher hast du gesagt, es sei zu gefährlich, nach draußen zu gehen.«

Sein Vater hatte ihn vor tödlichen Kälteeinbrüchen gewarnt, aber sie waren nun schon vier Tage hier, und bisher hatte er noch keine Anzeichen bemerkt. Er zweifelte nicht daran, dass es dazu kommen würde, aber anscheinend geschah es seltener, als sein Vater angenommen hatte. Er setzte die Arbeit an den Schneeschuhen fort.

»Wo hast du diese Stühle gefunden?«, fragte Brian. Er hatte neben J. D. gesessen. Sie kümmerten sich um Laura und sorgten dafür, dass sie es so warm wie möglich hatte. Wenn der Wind nachließ, konnte man ihr Zähneklappern und ihr unablässiges Gemurmel im Fieberwahn hören. »Wo hast du diese Stühle gefunden?«, wiederholte Brian.

»Warum?«

»Weil ich mit dir hinausgehen werde.«

J. D. kam herüber. »Ich auch.«

Früher einmal mochte Sam sich um ihre Sicherheit gesorgt haben, doch diesen Punkt hatte er nun überwunden. Es wäre nicht leicht, überhaupt in das Schiff hineinzukommen, und er musste Laura retten. Jeder, der ihm helfen wollte, war ihm willkommen.

Sie packten sich so warm wie möglich ein, doch als sie ein eisverkrustetes Fenster aufgestoßen hatten, wurde ihnen schlagartig klar, dass es trotzdem schwer werden würde. Die Kälte, die ihnen entgegenschlug, war brutal. Sie war wie ein Blitz aus Eis. Sie drang sofort durch die Haut und stach dann mit Millionen schmerzhaften Nadeln ins Blut. J. D. keuchte auf, Brian fluchte, und Sam stapfte in den

Schnee hinaus. Mit gesenktem Kopf bewegte er sich auf den grauen Klotz zu, der im heftigen Schneetreiben nur undeutlich zu erkennen war.

Er stieß auf etwas, das ständig hin und her schaukelte, wie ein seltsames, geisterhaftes Wesen. Zuerst stand er vor einem Rätsel, worum es sich bei diesem bizarren Gegenstand handeln mochte, aber als er näher kam, erkannte er unter einer dicken Eisschicht eine Verkehrsampel. Es war die Ampel an der Kreuzung Fifth Avenue und 42. Straße. Der Schnee musste hier also mindestens zehn Meter hoch sein.

Sie bewegten sich langsam vorwärts und hofften, dass ihre provisorischen Schneeschuhe hielten. Das Schiff war in Wirklichkeit gar nicht besonders groß, aber aus der Nähe wirkte es gewaltig. Der Rumpf verschwand im Schneetreiben, was den Eindruck erweckte, dass er viele Kilometer lang war. Sam reckte den Hals und betrachtete die kyrillischen Buchstaben am Bug. Unter der Eiskruste konnte er die Schrift nicht einmal ansatzweise entziffern.

Jetzt kam der schwierige Teil – die Frage, wie sie hineinkamen. Er dachte an Laura, die drinnen im Sterben lag, und ihm wurde klar, dass er sich beeilen musste. Im Handbuch hatte er den gesamten Abschnitt über Blutvergiftung gelesen und wusste, wie unberechenbar diese Krankheit verlaufen konnte. Irgendwann würde ihr Herz versagen. Der Zeitpunkt hing von einer ganzen Reihe von Faktoren ab, sodass er sich nicht vorhersagen ließ.

Sie hätte schon vor fünf Minuten sterben können. Oder in zehn Minuten oder in einer Stunde oder in drei Tagen. Er wusste nur, dass er Penicillin finden musste, sonst war sie verloren.

Brian schob sich hastig an ihm vorbei. Dann sah auch

Sam den Grund. Eine Strickleiter führte zu einer schmalen Stahltreppe, die an der Seite des Schiffes verlief. Hier konnten die Seeleute zu einem Tender hinuntersteigen, wenn sie in einem Hafen an Land gehen wollten, der nicht genügend Wassertiefe hatte. Offenbar hatte jemand die Leiter benutzt, um das Schiff zu verlassen. Es musste eine unglaubliche Erfahrung gewesen sein, auf einer Flutwelle die Fifth Avenue hinaufzufahren.

Am Fuß der hart gefrorenen Strickleiter nahmen sie die Schneeschuhe ab und banden sie daran fest. Es war anstrengend und gefährlich, die Leiter im Sturm hinaufzuklettern, aber auf der Treppe wurde es noch schwieriger, weil sie auf der Eisschicht kaum Halt fanden. J. D. hatte ein Paar guter Stiefel gefunden, die ihm passten, aber Schuhwerk war im Fundbüro Mangelware. Sam und Brian mussten sich mit den Turnschuhen begnügen, die sie getragen hatten, seit alles begonnen hatte.

Das Problem war, dass Sams Füße bereits jetzt eiskalt waren, und er wusste, dass es Brian genauso ging. Wie viel Zeit blieb ihnen noch, bevor sie der Kälte zum Opfer fielen, bevor sie nicht mehr weiterkamen, bevor sie starben? Sam schätzte ihre Frist auf eine halbe Stunde, vielleicht etwas mehr, vielleicht etwas weniger.

Das Deck war ein kompliziertes Gewirr aus Kabeln und durcheinander geworfenen Gegenständen. Alles war dick mit Eis überkrustet. Die Schiffsaufbauten befanden sich am Heck. Dort lagen die Quartiere für die Besatzung. Und dort musste auch der Medikamentenschrank sein. Er hoffte inständig, dass die Russen sich ans internationale Seerecht gehalten hatten, das verlangte, dass jedes Schiff mit medizinischen Vorräten einschließlich Antibiotika ausgestattet war. Hoffnung machte ihm der Umstand, dass es den Hafen von New York angelaufen hatte, was bedeutete, dass es einer Inspektion unterzogen worden war. Und Hafenmeister achteten auf die medizinische Ausrüstung. Aber wie genau nahmen sie es damit? Und waren sie bestechlich?

Sie erreichten eine Tür – eine Luke, um genau zu sein –, die fest zugefroren war. Zuerst erschien es unmöglich, sie zu öffnen, doch dann entdeckte Brian ein Stück Metall, das flach genug war, um es in den Spalt zwischen der Luke und der Metallwand des Schiffes zu schieben.

Mit einem Knall wie von einem Gewehrschuss brach die Tür auf. Drinnen war es dunkel, aber nicht stockdunkel. Die Bullaugen waren mit Schnee und Eis überzogen, doch es drang noch genügend Licht ein, dass sie etwas erkennen konnten. Sam dankte Gott für diesen kleinen Lichtblick, im wahrsten Sinne des Wortes.

Sie stiegen eine Treppe hinauf, kamen durch eine Küche und einen Speisesaal und stießen dann auf eine weitere Treppe. Hier standen Kojen in kleinen Kajüten. Die Einrichtung war einfach, hatte aber durchaus etwas Gemütliches.

Am Ende des Korridors gab es eine Tür, auf die ein rotes Kreuz gemalt war. »Hier ist es!«, rief er den anderen zu, die verschiedene Bereiche des Decks durchsuchten.

Er versuchte die Tür zu öffnen, aber sie war verschlossen. Er trat dagegen. Doch damit bewirkte er nur einen metallischen Knall und einen stechenden Schmerz in seinem Fuß. Sei vorsichtig; wenn du dir etwas brichst, ist das dein Tod. Hier draußen bedeutet es den sofortigen Tod. Genauso wie in der Antarktis, wo die einfachsten Probleme sehr schnell zur Katastrophe eskalieren konnten.

Sie kämpften eine Weile mit der Tür. Brians Metallhebel half ihnen nicht weiter. Der Kapitän oder der Besitzer dieses Schiffes hatte es für notwendig erachtet, die Medikamente gegen Einbruch zu sichern. Wahrscheinlich gab es hier jede Menge Schmerzmittel und andere Drogen, mit denen sich gelangweilte Seemänner während einer langen Reise die Zeit vertreiben konnten.

Sam sah ein Bullauge in der Nähe und daneben einen Feuerlöscher. Dieser gab einen ausgezeichneten Rammbock ab, und er und die anderen wechselten sich darin ab, auf die Scheibe einzuschlagen.

Schließlich gab sie nach, Glas und Eis zersplitterten. Sam trat auf den Steg hinaus, und dabei bemerkte er etwas Seltsames. Weit unter ihm, wo sie sich dem Schiff genähert hatten, waren ihre Spuren bereits von Neuschnee bedeckt. Aber nun gab es dort neue Spuren, tief und rund, die aussahen, als würden sie von Tieren stammen.

Was für Tiere trieben sich hier draußen herum? Wahrscheinlich Hunde, die ihre Besitzer im Stich gelassen hatten. Die armen Geschöpfe waren vermutlich am Verhungern. Er sah, dass die Fährten eine Weile parallel zum Schiff verliefen und dann einfach aufhörten. Vielleicht hatten die Hunde einen Weg nach drinnen gefunden. Gut für sie.

Hier war es überall glatt und gefährlich. Seine tauben Füße spürten es nicht mehr, wenn er den Halt zu verlieren drohte, und er musste sich mühsam gegen den Wind stemmen. Er konnte jeden Augenblick vom Deck geweht werden.

Es wurde sogar noch gefährlicher, als er auf ein Bullauge einschlug, von dem er hoffte, dass sich dahinter der Medikamentenvorrat befand. Schließlich war es auch möglich, dass der Raum sehr klein war und dieses Fenster zu einem anderen Raum gehörte.

Beim nächsten Schlag hätte er fast den Feuerlöscher verloren, so heftig prallte er zurück. Dann rutschte er aus, stürzte rückwärts gegen die Reling und spürte, wie er den Halt verlor – bis er sich wieder aufrichtete.

Wieder hob er den Feuerlöscher und zielte damit auf das Zentrum der Risse, die von seinem letzten Schlag stammten. Diesmal hörte er ein Krachen, und der Feuerlöscher prallte nicht zurück. Nun schlug er mit aller Kraft, die er noch besaß, auf das kleine Loch ein – bis er durchbrach und ihm der Feuerlöscher aus den Händen glitt. Mit einem lauten Poltern, das im Sturm deutlich zu hören war, landete er drinnen auf dem Boden.

Er lugte durch das Fenster, und sein Herz schlug plötzlich so heftig in der Brust, dass er sich Sorgen machte, er könnte mit seinen siebzehn Jahren an Herzinfarkt sterben. Es war ein wunderschönes, ordentlich geführtes und gut ausgestattetes Medikamentenlager. Er brach die restlichen Scherben aus dem Fensterrahmen und stieg hinein.

Drinnen öffnete er die Tür, damit Brian und J. D. hereinkommen konnten. Hektisch durchsuchten sie die Regale und Schubladen.

»Alles ist in Russisch«, stöhnte J. D.

Sie mochten Penicillin in den Händen halten, ohne es zu erkennen. Sam hätte am liebsten geschrien. Er konnte es einfach nicht fassen. Er riss weitere Schubladen auf – Russisch, Russisch, noch mehr Russisch!

Er betrachtete die Regale. Hier gab es Dutzende von Medikamenten. Aber sie konnten Laura nicht alles gleichzeitig einflößen, in der Hoffnung, dass das Richtige darunter war.

»Ich glaube, ich habe es.«

Sam wandte sich zu Brian um, wie ein ausgehungerter Wolf, der eine fette Ziege erspäht hatte. Brian hielt ein

Fläschchen hoch, an dem mit Klebeband eine Injektionsnadel befestigt war.

»Woher willst du das wissen?«

Brian blickte ihm unverwandt in die Augen. »Weil auf dem Boden ›Penicillin‹ steht.«

Sam nahm alle sechs kostbaren Fläschchen an sich – dann hielt er inne und verteilte sie, sodass jeder zwei hatte. Zwei Dosen würden wahrscheinlich genügen, also hatten sie selbst dann eine Chance, wenn sie nicht alle heil in die Bibliothek bringen konnten.

Sie liefen durch den Gang zurück, so schnell sie sich trauten, während allen bewusst war, dass es ein Wettrennen gegen Lauras Tod war.

Dann blieb Brian plötzlich stehen. »Einen Moment! Ich glaube, das ist die Messe. Sollten wir nicht nach etwas Essbarem suchen, solange wir hier sind?«

»Dazu haben wir keine Zeit!«

J. D. legte Sam eine Hand auf die Schulter. »Keiner von uns wird noch lange überleben«, sagte er ruhig, »wenn wir nichts zu essen finden. Einschließlich Laura.«

Sam musste ihm beipflichten. Er wollte nicht daran denken, wie er sich fühlen würde, wenn er zurückkam und erfuhr, dass sie vor wenigen Augenblicken gestorben war. Doch sie alle waren verzweifelt auf eine solche Chance angewiesen. Wie sein Vater immer gesagt hatte: »Bei einer Expedition schiebt man nichts auf, weil es vielleicht deine letzte Chance ist. An Orten mit extremen Bedingungen verändert sich alles sehr schnell.«

»Also gut«, sagte er.

Sie gingen in den Speisesaal, in dem lange Tische und Stühle wirr durcheinander lagen. Offenbar war dies ein Schiff, das sich zum Sinken bereitgemacht hatte. Doch stattdessen war es hier gelandet, über dem Wasser, aber trotzdem tot. Und genauso sah dieser Raum aus – tot.

Sie gingen zu einer Tür am entgegengesetzten Ende der Messe. Es war klar, wohin sie führen musste – in die Küche. Und als sie hindurchtraten, wurden sie mit einem wunderbaren Anblick belohnt – Regale voller Konservendosen.

»Volltreffer!«, sagte J. D.

Brian öffnete einen Stahlschrank. Ein großes gelbes Paket fiel heraus. Kurz darauf war ein Klicken zu hören, dann ein lautes Zischen. Vor ihm entfaltete sich ein Rettungsschlauchboot. Das gefrorene Plastik nahm mit hörbarem Knistern Form an.

»Ich habe nur diesen blöden Schrank aufgemacht!«

Sie schoben das Schlauchboot beiseite und machten sich bereit, das Schiff mit ihrer kostbaren Ladung Penicillin und so vielen Konservendosen, wie sie tragen konnten, zu verlassen, als etwas geschah.

Es geschah so schnell, dass Sam zunächst überhaupt nicht verstand, warum J. D. so plötzlich gegen die Wand geschleudert wurde. Dann sah er den grauen Schatten, der über ihm stand, sah wie J. D. sich schreiend gegen knurrende, schnappende Kiefer zu wehren versuchte.

Das war kein Hund, das war ein Wolf! Brian schleuderte eine Dose auf das Tier, aber das nützte nichts. Sam griff sich einen Stuhl aus der Messe, kehrte damit in die Küche zurück und ließ ihn auf den Wolf niedersausen. Das Tier stieß ein heulendes Japsen aus und stürzte zu Boden. Die Augen waren geöffnet, es atmete noch und knurrte ganz leise. Betäubt.

Er ging zu J. D., doch nun kam ein zweiter Wolf durch die Tür. Sam warf den Stuhl, dann zogen Brian und er J. D. in die eigentliche Küche.

Brian schlug die Tür zu.

Ein dumpfer Aufprall war zu hören, gefolgt von weiteren, als die ausgehungerten Wölfe sich gegen die Tür warfen.

Sam ging neben J. D. in die Hocke. »Alles in Ordnung?«

»Ich glaube ... ja ...« Er wollte aufstehen, doch dann zuckte er zusammen und fiel zurück. »Nein, doch nicht. Ich glaube, ich kann nicht aufstehen.«

Brian fand einen langen Gasanzünder, der offensichtlich für die Propangasherde benutzt wurde. Er drückte ein paarmal, dann brannte eine kleine Flamme. In dem schwachen Licht konnten sie erkennen, dass J. D. eine tiefe Bisswunde im Bein hatte. Es blutete, aber nur leicht. Sam hatte in der Bibliothek jeden medizinischen Text gelesen, den er finden konnte, sodass er wusste, dass hier keine Vene oder Arterie verletzt worden war. Trotzdem war es eine böse Wunde.

Er sah sich um und entdeckte tatsächlich einen Erste-Hilfe-Kasten an der Wand. In jeder Schulküche gab es einen. In Restaurants vermutlich auch. Und das galt wahrscheinlich erst recht für jede Schiffskombüse, wenn man bedachte, unter welchen Bedingungen ein Koch bei Seegang arbeiten musste.

Hauptsächlich enthielt der Kasten Mittel gegen Verbrennungen, aber es gab auch jede Menge Bandagen, sodass es ihm gelang, J. D.s Wunde recht gut zu versorgen. Er würde auch etwas vom Penicillin bekommen, wenn sie wieder in der Bibliothek waren. Sam wollte Laura zwei Dosen und J. D. eine geben und dann abwarten, was geschah.

In den nächsten paar Minuten nahm der Lärm hinter der Tür zu – Knurren, hektisches Scharren und Winseln, dazu ein grausames Bellen und Heulen.

Da draußen hatte sich ein komplettes Wolfsrudel versammelt. Und das hier schien die einzige Tür zu sein.

Judith hielt Lauras Kopf in ihrem Schoß, blickte in ihr hübsches, verschwitztes Gesicht und lauschte auf ihren röchelnden Atem. Sie dachte daran, dass es vielleicht das berüchtigte »Todesröcheln« war. Sie dachte daran, dass dieses Mädchen jeden Augenblick hier in ihren Armen sterben konnte.

»Wie geht's ihr?«, fragte Luther.

»Nicht so gut.«

Sie wischte Lauras Stirn ab. Wo blieben die Jungs nur? Hatten sie sich da draußen verirrt, oder waren sie erfroren? Wenn sie nicht sehr bald zurückkamen, wären ihre Bemühungen sinnlos.

Wieder hustete Laura. Das röchelnde Geräusch hallte laut durch den Raum. Luther warf ein paar weitere Bücher ins Feuer. Judith betete. Laura war doch noch ein Kind, ein wunderbares Mädchen, dessen Leben gerade erst begonnen hatte. Judith hatte gesehen, wie sie ihren Verehrer Sam Hall geküsst hatte.

Sie betete immer intensiver.

Janet und Tom beobachteten die Monitore, als neue Bilder eintrafen, die von der Raumstation im Orbit an das immer noch intakte NASA-Kommunikationszentrum in Houston übertragen worden waren. »Inzwischen müsste er New York erreicht haben«, sagte Janet leise.

Sie beide dachten an Jack Hall. Er würde sich genau unter dem Wirbel befinden, sofern er New York überhaupt erreicht hatte. Gleichzeitig fielen dem Sturm wahrscheinlich etliche Überlebende zum Opfer, Menschen, die sich in jeder erdenklichen Zuflucht ans Leben klammerten. Sie würden unter Brücken hocken, sich in Gebäuden um notdürftige Lagerfeuer drängen oder sich sonstwie zu helfen wissen. Menschen konnten erstaunlich erfindungsreich sein.

Aber nichts konnte sie auf das vorbereiten, was nun über sie hereinbrechen würde. Tom starrte auf den bizarren Wolkenturm, der sich aus der ansonsten einförmigen Wolkendecke erhob. Wie konnte es so etwas geben? Welcher unbekannte Mechanismus der Natur trieb die Luft in solche Höhen hinauf? Von irgendwo zog der Sturm warme Luft aus den Tropen an und riss sie ins Auge, bis er sie wieder losließ und sie mit unvorstellbarer Geschwindigkeit emporschoss, mitten durch die Stratosphäre, höher als zehntausend, fünfzehntausend Meter, wo sie gefror und wieder nach unten fiel, immer schneller wie ein stürzender Stein der Erde entgegen.

Die Temperatur an der Oberfläche würde innerhalb weniger Sekunden um fünfzig Grad sinken. Tom beobachtete, wie sich der Killersturm langsam nach Süden bewegte, und stellte sich vor, wie die Menschen dort, die sich verzweifelt an ihr Leben klammerten, diesem grausamen Mechanismus zum Opfer fielen.

Sam horchte an der Tür. Nichts. Er winkte Brian heran, damit er ebenfalls lauschte.

»Vielleicht sind sie abgehauen«, sagte Brian.

Sam ging zur Tür und schlug mit der Faust dagegen. Dumpf hallte das Echo aus dem Speisesaal zurück.

Dann waren wieder knurrende und scharrende Geräusche zu hören, gefolgt von frustriertem Winseln.

»Wo zum Teufel kommen plötzlich die Wölfe her?«, stöhnte J. D.

Als er zu J. D. zurückblickte, der versuchte, sich an einem Schrank aufzurichten, fiel Sam auf, dass es im Raum deutlich heller geworden war. Er dachte, dass der Sturm wirklich nachzulassen schien. Zu schade, dass es eine Illusion war.

Brian bemerkte es ebenfalls. »Sieht aus, als hätte sich der Schneesturm endlich ausgetobt«, sagte Brian erleichtert. »Wenigstens eine gute Nachricht.«

»Nein, das ist keine gute Nachricht.« Sam wusste, was das zu bedeuten hatte. Wenn der Sturm vorbeigezogen wäre, hätten der Wind und der Schneefall nachgelassen und die Sonne wäre wieder zwischen dünner werdenden Wolken erschienen.

Stattdessen herrschte dieses seltsame Zwielicht, als hätte sich etwas an den Wolken verändert. »Wir müssen sofort in die Bibliothek zurück«, sagte er.

Er nahm J. D. das Penicillin ab, gab Brian ein Fläschchen und steckte das andere selber ein. Für J. D. standen die Chancen am schlechtesten. Dieser Tatsache mussten sie sich stellen. J. D. protestierte nicht. Sie alle wussten, dass der Tod nicht mehr weit entfernt war. In diesem Fall ein paar Zentimeter. Die Tür zwischen der Küche und dem Speisesaal bestand aus Blech, mehr gab es nicht.

Sam ging zu einem Fenster und schlug die Scheibe ein. Die Luft draußen war unheimlich, als würde die Sonne durch ein Fenster aus Perlmutt scheinen. So etwas hatte er noch nie gesehen. Und es wehte auch kein Wind mehr.

Sam wusste, dass da draußen der Tod lauerte, der gleiche Sturm, der vor vielen Jahrtausenden auch die Mammuts und Wollnashörner von Alaska bis hinunter in den Mittelwesten getötet hatte. Die Wissenschaftler hatten sich die unterschiedlichsten unsinnigen Szenarien ausgedacht, um das Aussterben dieser Tiere zu erklären. Sie waren durch den Permafrostboden gebrochen und in unterirdischen

Schlammlöchern ertrunken. Sie waren in Bodenspalten stecken geblieben und erfroren.

Das Einzige, was die Wissenschaftler ausgeschlossen hatten, war genau das, was wirklich geschehen war: Sie waren durch ein seltenes und extrem mächtiges atmosphärisches Phänomen schockgefroren worden.

Sam blickte auf den Steg hinaus. »Ich werde die Wölfe von der Tür weglocken. Wenn sie den Speisesaal verlassen haben, sperrt ihr sie aus.« Er kroch durch das Fenster. »Wenn ich in fünf Minuten nicht wieder da bin, bringt das Penicillin zu Laura.«

Er trat auf den Steg hinaus. Nun herrschte ein unheimliches blasses Licht mit einem seltsamen Gelbstich. Die Luft war völlig ruhig, und eine tiefe Stille hatte sich über die Stadt gesenkt. Im Norden war der Himmel eine solide wirkende schwarze Masse. Genau über ihm senkten sich die Wolken auf das Land herab, so tief, dass sie die Spitze des Empire State Buildings im Süden und des Chrysler Buildings im Osten berührten.

Es war, als würde der Himmel zu einem fremden Planeten gehören. Sam hastete den Steg entlang, voller Hass auf die verdammten Wölfe, die er gleichzeitig verstehen konnte, und voller Angst.

Nun lud sich die Luft mit Elektrizität auf, und ein fernes Grollen hallte von den Wolkenkratzern Manhattans zurück. Sam erreichte das Fenster des Medikamentenraums und kroch hinein. Dabei fielen einige Glasscherben zu Boden.

Als er drinnen war, erstarrte er. Hatten die Wölfe ihn gehört? Natürlich. Ihr Gehör war ausgezeichnet. Und inzwischen hatten sie ihn wahrscheinlich längst gewittert. Noch vor einem Moment hatte er Angst gehabt. Jetzt war es viel schlimmer geworden. Seine Hand zitterte unkontrolliert, als er sie an den Türknauf legte. Draußen wartete ein schrecklicher Tod. *Wenn man mich noch vor einer Woche gefragt hätte, wie ich einmal steben würde ...*, dachte er.

Was für eine Welt! Man wusste nie, was als Nächstes geschehen würde.

Er drehte den Türknauf und trat hinaus. Die Wölfe tummelten sich immer noch im Speisesaal, aber nun hörten sie ihn und rannten ihm gierig kläffend entgegen. Ihre Krallen scharrten über das Metalldeck.

Sam sprang über die Stufen ins Innere des Schiffs hinunter. Er drehte sich um und sah die Augen des Leitwolfs. Und im grauen, zornigen Funkeln erkannte er eine Wahrheit, die die Menschen fast vergessen hatten: Die Natur ist wild, erbarmungslos und viel mächtiger, als wir glauben.

Er lief weiter, ohne genau zu wissen, wohin der Weg führte. Er hoffte nur, dass er irgendwie verhindern konnte, bei lebendigem Leib von Wölfen gefressen zu werden.

Ein Deck höher öffnete Brian die Tür der Küche, aber nur einen Spalt weit.

Keine Wölfe. Er hastete durch den Speisesaal, um alle Schwingtüren zu schließen – und musste feststellen, dass sie sich nicht verriegeln ließen.

Im Laufen zog Sam sein Messer. Die Wölfe waren schnell, sie bewegten sich mit der unheimlichen Eleganz von Geistern, ihre Lefzen flatterten, ihre Schwänze rotierten. Sie kläfften vor Aufregung. Was man ihnen nicht verdenken konnte. Schließlich war der Tisch reichlich gedeckt.

Es war ein kleines und nicht besonders scharfes Messer. Die Wölfe waren jetzt unmittelbar hinter ihm, er spürte, wie ihre Schnauzen seine Beine streiften, er hörte ihre schnappenden Kiefer, wenn sie versuchten, seine Kleidung zu erwischen, um ihn zu Fall zu bringen. Genauso machten sie es mit Elchen, erinnerte er sich jetzt.

Die Natur ist eine erbarmungslose Mathematikerin, hatte sein Vater immer wieder gesagt, *und der Mensch versucht ständig, aus eins und eins drei zu machen.*

Aber nicht heute. Sam kam in einen langen Korridor. In seiner Verzweiflung warf er sich zu Boden, das Messer fest mit beiden Händen umklammert, und rutschte auf dem Rücken weiter, wie ein Baseballspieler, der sich auf eine Base warf. Der Leitwolf stürzte sich auf ihn – und Sam drehte buchstäblich den Spieß um, indem er ihm den Bauch aufschlitzte. Das Tier heulte vor Schmerzen auf, und die dampfenden Eingeweide ergossen sich über ihn.

Dann war Sam wieder auf den Beinen und rannte zur nächsten Treppe. Auf diesem Deck waren die Wölfe eingedrungen. Er wusste es, weil der Schnee bis zu den Bullaugen hinaufreichte. Irgendwo musste es hier eine Tür geben.

Er lief durch einen weiteren Korridor und konnte nun deutlich die Außenluft riechen, die seltsame, kristallklare Schärfe von sehr, sehr kalter Luft. Hinter ihm tobte ein Kampf zwischen den Wölfen, die sich auf das Leittier stürzten und es zerfleischten.

Die Tür stand weit offen, und das Licht drang wie greller Neonschein ins düstere Innere des Schiffs. Sam sah mit einem Blick, dass das schwere Schott verbogen war und sich nicht mehr schließen ließ. Also stapfte er in den Schnee hinaus, bemühte sich, nicht zu tief darin zu versinken, und arbeitete sich bis zur Leiter vor. Als er sie erreichte, griff er danach und zog sich hinauf.

Brian hatte die Türen des Speisesaals mit Besenstielen gesichert, die er durch die Handgriffe gesteckt hatte. Er schätzte, dass diese Sicherung ungefähr zehn Sekunden halten würde. Dann hörte er ein Klopfen von hinten.

»Wir müssen uns beeilen!«

Brian reagierte mit totaler Verblüffung. Dann blinzelte er, als wollte er jetzt nicht weiter darüber nachdenken. Eine weise Entscheidung. Die Wölfe würden keine Zeit verlieren. Sie konnten jeden Moment wieder da sein.

Sie schleppten das aufgeblasene Rettungsboot aufs Deck und warfen es nach unten auf den Schnee. Dann nahmen sie J. D. in die Mitte und machten sich an den komplizierten Abstieg. Schließlich waren sie unten, zogen die Schneeschuhe wieder an und halfen J. D. ins Schlauchboot, in dem sie auch die Lebensmittel deponierten.

Von oben kam ein unheimliches Heulen. Sam erfuhr, was es bedeutete, wenn einem das Blut in den Adern gefror, weil er dachte, es wären die Wölfe. Aber es waren nicht die Wölfe, sondern etwas, das ihm noch viel mehr Angst machte: der Wind, der durch die Takelage des Schiffes fuhr.

Die Luft und der Himmel hatten sich wieder völlig verändert. Nun ragte rund um die Stadt eine gewaltige, gewölbte Wand aus Wolken auf. Die Stille war jedoch nur oberflächlich. Sam dachte, dass sie sich offenbar im Auge der Superzelle befanden. Und das bedeutete ... Er rannte sofort los und zerrte das Schlauchboot mit aller Kraft hinter sich her. Das Pfeifen in der Takelage war nicht nur der Wind, es war das, was er nun auch bis tief in die Knochen spürte – der brutal kalte Fallwind.

Während ein Stück blauen Himmels hinter dem Empire State Building erschien, schrie Sam: »Wir müssen nach drinnen, Brian! Sofort!«

Gott sei Dank stellte Brian keine Fragen. Stattdessen

kämpften sie sich so schnell wie möglich weiter und stapften durch den Schnee. Wenn auch nur einer ihrer improvisierten Schneeschuhe kaputtging, wären sie verloren. Der Tod würde jeden Augenblick zuschlagen.

Dann war ein anderes seltsames Geräusch zu hören, eine Art Klirren, und Sam sah, wie das Empire State Building plötzlich eine merkwürdige graue Färbung bekam, als würde es zu Asche werden.

Er wusste, was geschah: Die superkalte Luft hatte den Boden erreicht.

Hinter ihnen tauchten zwei wild funkelnde Augen im Eingang zum Schiff auf. Dann ein weiteres Paar. Die Wölfe kamen nach draußen.

Sam und Brian erreichten die Bibliothek. Sie stiegen zum Fenster hinauf, durch das sie gekommen waren – und stellten fest, dass das Schlauchboot nicht hindurchpasste.

»Nimm das und geh«, sagte Sam und gab ihm sein Penicillin. Brian stand reglos da. »Geh!«

Er sprang durchs Fenster. Wenigstens war jetzt das Penicillin gerettet.

Sam half J. D. aus dem Schlauchboot und schob ihn, so gut es ging, zum Fenster. Aus Richtung des nicht weit entfernten Schiffes war ein wildes Geheul zu hören. Die Wölfe kamen immer näher.

J. D. hatte kaum noch Kraft, und es war eine entnervend mühsame und langwierige Arbeit, ihn in die Bibliothek zu bringen. Währenddessen hörte er das Keuchen der Wölfe, die durch den Schnee hetzten, und er sah, wie sie blaue Wolken ausatmeten und ihre Flanken dampften.

Dann war J. D. drinnen. Sam riss sich die Schneeschuhe von den Füßen und schleifte J. D. durch den Gang. Während sie sich vorankämpften, sah er, wie sich Raureif an den

Innenwänden des Gebäudes bildete. Raureif! Die superkalte Luft hatte jetzt die Bibliothek erreicht.

Hinter sich hörte er, wie die Wölfe versuchten, in das Gebäude einzudringen. Sie knurrten und kläfften, manche stießen ein schrilles Geheul der Aufregung und Verzweiflung aus. Er hörte Furcht in diesen Lauten. Sie waren begierig darauf, ihre Beute zu stellen, aber sie spürten gleichzeitig, dass etwas nicht stimmte, dass eine unbestimmte Gefahr drohte.

Brian stand an der Tür zum Sitzungsraum. Seine Miene trieb sie zur Eile an. Hinter ihnen hasteten die Wölfe heran. Wieder hörte Sam das schreckliche Keuchen, als der neue Anführer des Rudels ihm unmittelbar auf den Fersen war.

Er warf sich mit J. D. durch die Tür, und Brian schlug sie hinter ihnen zu. Von der anderen Seite kam das lauteste, wildeste Knurren, das Sam jemals gehört hatte. Die Tiere warfen sich gegen die Tür und kratzten daran, aber die schwere alte Tür würde sie problemlos zurückhalten, auch wenn die Scharniere bereits etwas angerostet waren. Damals hatte man noch für die Ewigkeit gebaut.

»Was ist da draußen los?«, fragte Judith mit weit aufgerissenen Augen.

Als das Knurren in ein hallendes, klägliches Geheul überging, wurden die Fenster des Raumes schlagartig weiß. Eiskristalle bildeten sich an der Decke und wuchsen buchstäblich vor ihren Augen.

Abrupt verstummte das Geheul.

»Mehr Bücher!«, rief Sam und warf Brennstoff in den Kamin. »Lasst das Feuer nicht ausgehen!«

Dann kam ein Schwall kalter nebliger Luft aus dem Kamin, und das Feuer fiel in sich zusammen, wurde zu einem schwachen Glimmen unter der Masse aus geschwärztem Papier, das es nun zu ersticken drohte.

Hektisch schürten sie das Feuer und unterstützten es im Überlebenskampf. Im Raum wurde es so kalt, dass Judith und Luther krampfartig zitterten und Buddha von der Tür zurückkehrte, wo er Wache gehalten hatte.

Sam sah zu Laura hinüber. Ihre Haut hatte die Farbe von Marmor angenommen. Sie gab kein Lebenszeichen mehr von sich. Er berührte sie mit einer Hand ... aber nichts geschah.

Sie war tot! Sie hatten sie sterben lassen, und sie hatten es nicht einmal bemerkt! Diese verdammten Idioten!

Dann spürte er eine Berührung. Etwas griff nach seiner Hand. Er drehte sich wieder zu ihr um und sah, dass es ihre Hand war. Also war sie noch am Leben. Sie war am Leben!

Aber wie lange noch? Ein paar Minuten? Ein paar Sekunden?

Campbells Gruppe bestand mittlerweile nur noch aus knapp zwei Dutzend Menschen. Sie hatten einen Toten nach dem anderen zurückgelassen. Anfangs hatten sie noch für jeden gebetet und ihm die letzte Ehre erwiesen, um ihn dann stumm mit Schnee zu bedecken. Später hatten sie sie einfach liegen lassen, während sich die Gruppe weiterschleppte, auf ihrem hoffnungslosen Weg nach Südwesten, ungefähr auf der Route der Interstate.

Doch dann änderte sich das Wetter. Es hörte auf zu schneien. Tom blickte nach oben, und zum ersten Mal seit vielen Tagen sah er blauen Himmel!

Es war ein unglaublich schönes Blau. Der Sturm hatte endlich aufgehört. Dann stach ein langer Strahl aus Sonnenlicht herab, und die Leute versammelten sich und zeigten lachend in den Himmel.

Mit dem Sonnenschein und der Windstille wurde die Luft

wunderbar klar. Sie konnten kilometerweit sehen ... und überall auf der weißen Ebene sahen sie Ketten aus schwarzen Punkten, die sich langsam bewegten. Als sie erkannten, dass es andere Gruppen von Flüchtlingen waren, verstummte der Jubel allmählich ... und dann hörte er ganz auf.

Tom Campbell stellte überrascht fest, dass die Luft kälter wurde. Dann spürte er einen Schmerz, der durch seinen ganzen Körper ging, und ein heftiges Kribbeln auf der Haut. Der Schmerz drang bis in seine Knochen, und es fühlte sich an, als würden sie mit Messern von seinen Muskeln geschnitten. Sein nächster Atemzug versengte seine Lungen, und er hatte das Gefühl, als hätte er Feuer eingeatmet.

Eine Faust packte seine Kehle und schnürte sie zu. Er wollte Luft holen, konnte es aber nicht. Dann bildete sich Eis vor seinen Augen, ein kompliziertes Geflecht aus Raureif. Sein Körper stürzte nicht um. Keiner stürzte um. In der extremen Kälte erstarrten ihre Leichen zu Statuen, die stehen bleiben würden, bis der Schnee sie bedeckt hatte, und nichts würde sich daran ändern, bis nach einem kaum vorstellbaren Zeitraum irgendwann in ferner Zukunft die Eiszeit, die hier und jetzt begonnen hatte, zu Ende ging.

19

Jack wusste, dass er sterben würde, wenn er nicht sehr bald einen Unterschlupf und etwas zu essen und zu trinken fand, während er Jason in Sicherheit zu bringen versuchte. Irgendwann würde sein Herz platzen. Das geschah mit Menschen, die es schafften weiterzukämpfen, obwohl ihre Körper ihnen sagten, dass sie aufhören sollten. Schließlich würde sein Herz explodieren.

Trotzdem klammerte er sich an seine alte Methode, sich einfach nur darum zu kümmern, dass der eine Fuß vor dem anderen den Boden berührte. Er orientierte sich nur noch mit dem Kompass. Natürlich hatte er das GPS behalten, aber die Batterien waren zu kalt geworden, um das Gerät noch mit Energie versorgen zu können. Er hatte es tief unter der Kleidung in eine Brusttasche gesteckt, in der Hoffnung, es aufwärmen zu können. Bisher jedoch ohne Erfolg.

Er blieb stehen. Er wusste, dass er es nicht tun sollte, aber er hörte etwas. Eine Veränderung im Heulen des Sturms. Was zum Teufel war das? Er zog die Kapuze zurück und horchte.

Ein Pfeifen ... das aus dem Himmel kam.

Dann wusste er, was es war: In der Höhe wirbelte ein Wind die Eiskristalle herum. Aber von diesem Wind war am Boden nichts zu spüren. Hier war die Luft völlig ruhig.

Er blickte auf, und es war, als würde er in das Angesicht eines zornigen Gottes schauen. Ihm war sofort klar, was dort oben geschah. Der legendäre Sturm, den er theoretisch beschrieben und vorhergesagt hatte, würde jeden Augenblick genau über seinem Kopf hereinbrechen.

Er hatte nur noch ein paar Minuten, vielleicht nur Sekunden. Er sah sich um und entdeckte zwei gelbe Bögen von McDonald's aus dem Schnee ragen. Offensichtlich der Grabstein einer Highway-Raststätte. Wenn er sich nach unten graben konnte, fand er hier vielleicht eine geschützte Zuflucht – vorausgesetzt, das Dach war nicht eingestürzt.

Aus dem Pfeifen wurde ein Rauschen. Er wusste, dass über ihm superkalte Luftmassen zur Erde stürzten, wie eine rachsüchtige Todesfee.

Er hatte die Bögen fast erreicht, als er etwas Hartes unter

dem rechten Schneeschuh spürte. Er ging in die Knie und schaufelte den Schnee zur Seite, bis er die pilzförmige Abdeckung eines großen Lüftungsrohrs freigelegt hatte. Er schlang die Arme darum, als wäre es die hinreißendste Frau der Welt, und riss sie unter wütendem Geknurre aus der Verankerung.

Nun lag ein Aluminiumschacht unter ihm. Er sprang zum Schlitten, zerrte Jason herunter und stieß ihn in den Schacht.

Jetzt schlug der eiskalte Wind zu. Eine zerrissene US-Flagge an einem Mast, der ein Stück von den Bögen entfernt aus dem Schnee ragte, flatterte für einen Moment – bis sie schockgefroren wurde, als hätte sie sich plötzlich in Stahl verwandelt.

Jack stieg in den Schacht und zog den Schlitten über das Loch. Dann ließ er sich mit Jason nach unten fallen. Sie krachten durch die Dunstabzugshaube in die Küche und landeten polternd auf dem kalten Big-Mac-Altar. Jack untersuchte seinen und dann Jasons Körper auf Knochenbrüche. Er zog Jason vom Grill und hetzte suchend durch die Küche. Dann fand er tatsächlich Streichhölzer!

Funktionierte der Grill noch? So weit draußen musste das Restaurant über einen eigenen Propangastank verfügen. Aber was war, wenn die Leitungen zugefroren waren?

Er drehte einen Knopf, entzündete ein Streichholz und hielt es an den Brenner.

Das Streichholz ging aus. Von oben kam ein lautes klirrendes Geräusch. Die Oberflächen des Grills überzogen sich plötzlich mit weißem Raureif. Er spürte, wie sich eiskalte Luft am Boden sammelte. Er versuchte es mit einem zweiten Streichholz – wieder nichts.

Wumpf!

Feuer! Es funktionierte. Hektisch drehte er sämtliche Brenner auf.

Der Grill wurde wieder schwarz. Bald stieg Rauch davon auf, und die Temperatur erhöhte sich. Jack zog seine Stiefel aus und suchte nach Erfrierungen.

Seine Zehen waren knallrot, und er hatte ein paar Frostblasen, aber es war nicht besonders schlimm.

Er legte sich auf den Boden. Dann übernahm sein Körper das Kommando. Jacks Augen schlossen sich. Er dachte noch, dass es wie bei einer Narkose war ...

Das war für längere Zeit das Letzte, was er gedacht hatte.

Allmählich erwärmte sich die Küche. Der Grill rauchte. Zum Glück wurde genug Hitze erzeugt, dass der Schnee über dem Entlüftungsrohr taute und die Abgase der Gasbrenner entweichen konnten.

Jack wachte genauso plötzlich auf, wie er eingeschlafen war. Eben noch hatte er die Finsternis des Todes gesehen, im nächsten Moment war er wieder bei vollem Bewusstsein.

Und er hatte Hunger, gewaltigen Hunger. Jack war sehr groß und hatte seine Energiereserven fast völlig aufgebraucht.

Er befand sich jedoch in einer großen Küche, mit einem heißen Grill und einem Kühlraum, der höchstwahrscheinlich keinen Strom mehr hatte, in dem aber bestimmt nichts verdorben war. Er ging hinein und stieß auf ein ordentliches Lager mit Zutaten, die nach den unterschiedlichen Hamburger-Typen sortiert waren. Selbst im Kühlschrank erwartete ihn eine freudige Überraschung. Das Gemüse war immer noch frisch und nicht hart gefroren, wie er befürchtet hatte.

Er kehrte mit zehn Hamburgern und ein paar eiskalten

Brötchen zurück und legte sie auf den Grill. Er hatte schon häufig gegrillt. Die Kücheneinrichtung einiger antarktischer Stationen, in denen er gearbeitet hatte, war ähnlich wie diese gewesen.

»Wie lange war ich weggetreten?«, fragte Jason plötzlich.

Jack lächelte und warf einen Blick auf seine Armbanduhr. »Etwa zwölf Stunden.«

Jason erhob sich vom Boden und rieb sich den Kopf. »Was ist passiert?«

Jack zeigte auf den Entlüfungsschacht. »Wir mussten uns etwas beeilen, um hier reinzukommen, also blieb mir keine Zeit, dich mit Samthandschuhen anzufassen.«

Jason rieb sich immer noch die Stelle am Kopf, mit der er gegen den Grill gestoßen war. »Eigentlich sollte ich es gewohnt sein, dass du mich ständig herumschubst.«

Jack drückte ihm etwas in die Hand, das einem Big Mac verblüffend nahe kam. Jason starrte es an, während er sich langsam aufsetzte. Jack fragte sich bereits, ob er vielleicht eine Gehirnerschütterung hatte. »Hast du etwas an meinen Kochkünsten auszusetzen?«

Jason blickte mit bestürzter Miene zu ihm auf. »Ich bin seit sechs Jahren Vegetarier. Eine Ex-Freundin von mir hat mich überzeugt, dass das besser für die Umwelt ist.«

Jack sah ihn nur schweigend an. Diese neue Welt würde nicht mehr allzu viel Rücksicht auf Vegetarier nehmen. Er biss in seinen Hamburger.

»Was soll's!«, sagte Jason schließlich. Er nahm einen Bissen, kaute und schlang den Rest genauso hinunter wie Jack. Während er aß, fragte er: »Was wird jetzt geschehen, Jack?«

Jack hätte viele unterschiedliche Antworten auf diese Frage geben können, zum Beispiel: »Ich habe nicht den leisesten Schimmer.« Aber er versuchte es stattdessen mit einem wissenschaftlichen Ansatz. »Ein neues Massenaussterben. Große Säugetiere werden zuerst verschwinden, vielleicht im gleichen Ausmaß wie am Ende der Kreidezeit. Wahrscheinlich werden fünfundachtzig Prozent aller Spezies aussterben. Diese Eiszeit könnte hundert oder auch hunderttausend Jahre dauern.«

»Nein, ich meine, was mit uns geschehen wird.«

Natürlich meinte er »mit mir« – die wichtigste Frage in den Augen jedes jungen Menschen, vor allem, wenn er in Schwierigkeiten steckte. Und das war zweifellos der Fall. Auch hier hätte Jacks Antwort »Weiß der Geier« oder so ähnlich lauten können. Aber das hatte Jason nicht verdient. Der Rest der Welt schien vergessen zu haben, dass sie der jungen Generation eine Menge schuldig war, was die Verantwortung für die Zukunft betraf, doch Jack hatte es nicht vergessen.

»Menschen sind die erstaunlichsten und erfindungsreichsten Geschöpfe der Erde. Wir haben die letzte Eiszeit überlebt, und wir schaffen es bestimmt, auch diese zu überstehen.« Er zeigte nach oben und dachte an all die Arroganz und Dummheit der Politik, die zu dieser Katastrophe geführt hatte. »Alles hängt davon ab, ob wir aus unseren Fehlern lernen können.« Dann dachte er an Lucy und fragte sich, wo sie sein mochte, und an Sam, seinen geliebten Sohn. War es Sam gelungen, Zuflucht vor den superkalten Luftmassen zu finden? Er seufzte. »Ich würde jedenfalls verdammt gerne eine Gelegenheit erhalten, aus meinen zu lernen.«

»Du hast alles getan, was dir möglich war, um die Menschen zu warnen.«

»Ich habe an Sam gedacht. Ich hatte nie genug Zeit für ihn.«

»Komm schon, ich glaube nicht, dass das stimmt.«

»Die einzige Urlaubreise, die ich je mit ihm gemacht habe, war eine Forschungsexpedition nach Grönland ... die in einem Fiasko endete.«

»Was ist passiert?«

»Das Schiff steckte zehn Tage lang fest.«

Jason brauchte eine Weile, um das zu verdauen. »Okay, aber wahrscheinlich hat es ihm trotzdem Spaß gemacht.«

Jack wünschte sich, daran glauben zu können. Er wünschte sich mit jeder Faser, dass er nicht auf ein unvollendetes Leben mit einem Sohn zurückblicken musste, den er wahrscheinlich nie wiedersehen würde, der wahrscheinlich einen einsamen, kalten Tod unter fremden Menschen gestorben war.

»Ich brauche jetzt etwas Schlaf«, sagte Jason. Er legte sich auf die Seite, und wie es nur junge Menschen konnten, war er im nächsten Moment eingeschlafen.

Jack tat es ihm nach, und trotz der Tatsache, dass seine Nächte normalerweise recht unruhig waren, fiel auch er sehr bald in einen tiefen Schlaf.

Als Nächstes spürte er, dass er sich auf stürmischer See befand. Aber wenn er die Ruhe bewahrte, wäre alles gut. Die Besatzung würde sich um das Schiff kümmern, sodass er weiterschlafen konnte.

»Jack! Hör doch!«

Er riss die Augen auf, und die Traumbilder verschwanden. Er setzte sich auf. »Ich höre nichts.«

»Das meine ich doch! Der Sturm scheint vorbei zu sein.«

Jack erhob sich. Es wäre sicher das Beste, sich einmal umzuschauen. Wenn es irgendein Anzeichen für weitere Fallwinde gab, konnten sie sofort wieder in Deckung gehen. Er stieg auf den immer noch warmen Grill und zog sich in den Lüftungsschacht. In Wirklichkeit war der Grill sogar ziemlich heiß. Hätte er etwas länger gezögert, hätte er sich verbrannt – was unter den gegebenen Umständen eine ziemlich verrückte Art und Weise wäre, sich Schaden zuzufügen.

Er arbeitete sich durch den warmen Schacht und schlug sich durch die Eiskruste, die den größten Teil der Öffnung bedeckte.

Er war so überrascht, dass er laut aufschrie, dann beugte er voller Ehrfurcht den Kopf. Sie waren nicht dort, wo er gedacht hatte, auf der Interstate mitten in New Jersey. Vor ihnen ragte die mächtige Verrazano Narrows Bridge auf, die sich über die gefrorene Bucht des New Yorker Hafens erstreckte. Lange Strahlen aus goldenem Licht schimmerten wie himmlische Boten über dem Hafen. Die Türme von Manhattan, erloschen und gefroren, erstrahlten im reinsten Lichtschein, den Jack Hall jemals gesehen hatte. Am östlichen Horizont ging der Himmel von einem tiefen Orangerot in ein Smaragdgrün und ein sattes, süßes Blau über – das Blau im Auge eines Kindes, das Blau der Träume.

Und er sah Sterne in der weichenden Nacht, viele Sterne, die immer noch am westlichen Himmel standen. Und Jupiter, der zu dieser Zeit der Morgenstern war, der tief im heller werdenden Sonnenlicht stand, wie ein Juwel in den Händen Gottes.

»Kannst du mir mal raufhelfen?«

Er zog Jason aus dem Lüftungsrohr.

Dann stand Jason genauso wie er vor dem Wunder dieses Tages.

Ohne ein weiteres Wort machten sie sich auf den Weg und überquerten den Hafen. Ein Sicherheitsproblem gab es nicht. Jacks geübtes Auge verriet ihm, dass er es mit Eis zu tun hatte, das so fest wie Beton war. Sie kamen an der Freiheitsstatue vorbei, an der zwei Schiffe klebten. Jack dachte, dass es hier eine gewaltige Flutwelle gegeben haben musste.

Das konnte bei einem Nordoststurm geschehen, und das hier war eindeutig ein gewaltiger Nordoststurm gewesen. Zweifelsohne war auch Long Island total verwüstet worden, wahrscheinlich in zwei Hälften geteilt, genauso mühelos, wie die Inseln vor Carolina durch einen Hurrikan völlig umgestaltet werden konnten.

Ein weiterer Nagel in Sams Sarg. Hatte er die Flutwelle vorausgesehen? Und selbst wenn, hatte er es geschafft, sich rechtzeitig in Sicherheit zu bringen?

Sie stapften mit der Souveränität altgedienter Veteranen der Polarregionen weiter, und bald zogen sie durch die desolaten Schluchten von Manhattan. Das einzige Geräusch war das Pfeifen des leichten Windes in den verschneiten Straßen. Er brach sich an den schroffen Kanten der Stadt und wehte ihnen kleine scharfe Eisnadeln in die roten, abgekämpften Gesichter.

Sie kamen in Höhe des dritten Stocks an einem Apartmentgebäude vorbei, und hier sah Jack etwas sehr Seltsames. Hinter einer eisverkrusteten Scheibe schien eine Frau in einem Sessel zu sitzen – ein völlig ruhiger und friedlicher Anblick.

Er ging hinüber und drückte seine Hand an die Scheibe. Sie war eiskalt. Er brach sie mit dem Eispickel auf. Als die Scherben fielen, stand er einer älteren Dame gegenüber, die ordentlich geschminkt war und ein grünes Cocktailkleid trug, das nur aus den fünfziger Jahren des zwanzigsten Jahrhunderts stammen konnte. Auf ihrem Schoß saß eine Katze, deren Augen strahlten, die aber genauso tot wie die Frau war. Ihre Augen waren geschlossen, und auf ihren Lippen lag das Lächeln angenehmer Erinnerungen.

Er drehte sich um und ging weiter, gefolgt von Jason. Als er das Empire State Building sah, lief er schneller. Aber wo war die Bibliothek? Es war ein recht großes Gebäude. Sie hätten es eigentlich schon sehen müssen. Wo waren sie – in einem Park? »Wie weit ist es noch bis zur Bibliothek?«

Jason zog das GPS hervor. Im McDonald's hatten sie das Gerät wieder zum Laufen gebracht. Es hatte sich sehr schnell erholt, nachdem es wieder normale Betriebstemperatur erreicht hatte. »Sie müsste ...« Er hielt inne und sah sich um. »... genau hier sein.«

Jack erkannte, dass er Recht hatte. Vor ihnen erstreckten sich die Gebäude der Zweiundvierzigsten Straße. Und dort drüben – was war das? Verdammt, die Aufbauten eines Schiffes! Aber das war unmöglich. Keine Flutwelle hätte so weit nach Manhattan hineinreichen können.

Oder vielleicht doch. Sie war direkt den East River und den Hudson heraufgekommen, hatte die Insel von den Seiten her überflutet und ein anscheinend recht großes Schiff mit sich gerissen.

Großer Gott, New York musste die Hölle erlebt haben, die Hölle auf Erden. Armer Sam! Er spürte eine Hand auf seiner Schulter.

Jason sah ihn mitfühlend an. »Es tut mir Leid«, sagte er.

Jack trottete weiter und überquerte die Stelle, wo die Bibliothek gestanden haben musste, bevor der Schnee sie zum Einsturz gebracht oder die Flutwelle sie überschwemmt hatte. *Hier ist das Grab meines Sohnes,* dachte er, *hier an dieser Stelle.* Wenn er sich durch Eis und Schnee grub, würde er Sam irgendwo hier drinnen finden, erfroren in jugendlicher Vollkommenheit.

Er sehnte sich nach seinem Sohn. Aber er wollte nicht den Ausdruck des Leids auf seinem Gesicht sehen.

Dann spürte er etwas unter einem Fuß. Es war ein Balken. Er ging in die Knie und schaufelte den Schnee zur Seite. Das Gebäude war keineswegs eingestürzt. Er grub immer schneller.

Im Sitzungsraum war es still und dunkel. Der Schnee lag inzwischen so hoch, dass er über die Fenster reichte und die winzige Gruppe von Überlebenden zwang, sich um das ersterbende Feuer zusammenzukauern. Nun lagen sie eng nebeneinander, Buddha mitten dazwischen, und schliefen vor Erschöpfung. Das Essen aus dem Schiff war schon lange aufgebraucht, und ihre Körper verlangten, dass sie sich nicht mehr bewegten, als absolut notwendig war.

Sie hatten den Punkt erreicht, den fast jeder erreichte, der in der Kälte starb. Sie träumten, glitten sanft in die goldenen Hallen des Todes hinüber, ohne sich bewusst zu sein, dass die Kälte sie für immer aus dem Leben reißen wollte.

Draußen im Korridor stießen Jack und Jason auf den gefrorenen Kadaver eines Wolfes. Jack untersuchte ihn. Wie in aller Welt war dieses Tier hierher gekommen? Aus dem Zoo. Es gab kaum eine andere Möglichkeit. Sofern es keinen Verrückten in dieser Stadt gegeben hatte, der Wölfe in seiner Wohnung hielt. Was allerdings nicht undenkbar war. Schließlich waren sie in New York.

Er bemerkte, dass die Tür, vor der das Tier lag, nicht mit Raureif überzogen war. Er zog einen Handschuh aus und berührte sie. Warm. Kein Zweifel.

Jack musste tief durchatmen, um sich zu wappnen. Wenn er diese Tür öffnete und sein Sohn nicht hier war – oder wenn er feststellen musste, dass er tot war –, würde er den größten Schmerz erleben, den er jemals erfahren hatte, das tiefe Leid eines Vaters, der um sein verlorenes Kind trauerte.

Jack zog die Tür auf und betrat den Raum.

Es war düster, und es stank nach Rauch und menschlichem Schweiß. Aber es war ein prächtig eingerichteter Raum, mit Mahagoni-Täfelung und Balken an der Decke. Zwei Menschen saßen am Boden vor einem gewaltigen Kamin, in dem ein niedriges Feuer brannte. Einer der beiden warf ein Buch in die Flammen.

Sam sah, wie Buddha die Ohren hob und zur Tür blickte.

Die Wölfe!

Er drehte sich um und sprang auf. Dort standen zwei Männer. Sie trugen Parkas, wie sie bei Polarexpeditionen üblich waren. Sam kannte sich damit aus. Er öffnete den Mund und schloss ihn wieder. Der Größere der beiden Männer zog die Kapuze zurück und enthüllte ein bärtiges, schneeverbranntes Gesicht, das ... War es wirklich ...?

»Wer ist da?«, fragte Laura und stand neben Sam auf.

Sam spürte, wie sich seine Lippen bewegten. Er hörte erstaunt die unglaublichen Worte, die aus seinem Mund kamen. »Mein Vater.« Nicht lauter als ein Flüstern.

Jack Hall setzte sich in Bewegung und näherte sich dem verdreckten Jungen mit dem armseligen Bartflaum im Gesicht, und Sam lief auf ihn zu. Dann schlossen sie sich gegenseitig in die Arme und hielten sich aneinander fest, ein Vater und ein Sohn, dessen Liebe dem schlimmsten Sturm seit zehntausend Jahren getrotzt hatte.

Sie vergossen viele Tränen vor dem Feuer in der verwüsteten Stadt unter dem harten blauen Himmel eines neuen Tages.

Tom Gomez fuhr mit dem Jeep über die holprige Straße. Sie waren dem Hoffnungszaun schon seit vielen Kilometern gefolgt, wie es schien. Am Maschendraht hingen zehntausende von Briefen, Bildern und Gebeten von Flüchtlingen, die nach Freunden und Verwandten suchten. »Sally, die Kinder und ich sind in Chihuahua City, Highway 54, Nebraska-Lager.« – »George Louis Carver, bitte ruf Louise an, mein Handy funktioniert!« – »Die Kinder von Mary und William Winston suchen ihre Eltern, bitte bei einer Dienststelle des Roten Kreuzes melden.« Dann die Bilder, die Bänder, die Blumen der Hoffnung und der Erinnerung, und so weiter und so weiter.

Der Jeep hupte immer wieder, während sich der Fahrer weiterkämpfte und versuchte, einen Weg durch die Menschenmassen zu finden. Schließlich bogen sie auf den Paseo de la Reforma und ließen den Hoffnungszaun hinter sich. Hier standen die Wachmänner der Marines in tadelloser Haltung vor einem imposanten Tor.

Sie fuhren hindurch und kamen in eine andere Welt, die abgeschirmt und ruhig war, die nicht durch den Sturm verändert worden war, dessen Energie sich mehrere hundert Kilometer nördlich von Mexico City erschöpft hatte.

Tom betrat das elegante, kühle Gebäude und wurde durch das weite Foyer zu einer Büroflucht geschickt. An der beeindruckenden Tür befand sich ein erst vor kurzem angebrachtes, nagelneues Schild: *Büro des Präsidenten der Vereinigten Staaten von Amerika.*

Nun würde er erstmals wieder dem verachtenswerten Becker gegenüberstehen. Ein guter Mann war gestorben, um diesen Idioten in Amt und Würden zu bringen. Er freute sich keineswegs auf diese Begegnung, die wahrscheinlich mit einer kalten Abweisung endete.

Als er eintrat, sah er, dass der Präsident am Fenster stand und durch die halb geschlossenen Jalousien auf den Hoffnungszaun starrte. »Herr Präsident?«

Becker schien zu erstarren. Dann drehte er sich abrupt um.

Für Tom war sein Anblick ein tiefer Schock. Der arrogante Washingtoner Politiker war verschwunden. An seine Stelle war ein Mann getreten, dessen Gesicht von tiefen Furchen des Mitleids gezeichnet war. Tom war überzeugt, dass er noch nie zuvor einen so traurigen Menschen gesehen hatte. Oder einen so starken. Dieses Gesicht strahlte eine unglaubliche Stärke aus.

Er war erschüttert. Noch bevor der Präsident den Mund öffnete, war sich Tom Gomez einer Sache völlig sicher: Gott hatte diesen Mann berührt. Gott hatte ihm die Ehrfurcht und die Kraft gegeben, die er jetzt brauchte.

»Herr Präsident, ich habe soeben über Kurzwelle eine Nachricht von Jack Hall erhalten. Er hat es bis New York geschafft.«

Die Augen des Präsidenten blitzten überrascht auf. Der Ansatz eines Lächelns spielte um seine Lippen.

»Er sagt, dort gibt es Überlebende.«

Längere Zeit stand der Präsident mit geschlossenen Augen da. Es war, als würde er mit jemandem kommunizieren, der weit weg war, aber seinem Herzen sehr nahe war. »Vielen Dank, Tom«, erwiderte er schließlich. »Das ist eine gute Neuigkeit.«

Was in den nächsten Stunden geschah, würde Tom Gomez für den Rest seines Lebens nicht mehr vergessen. Er würde sich an diese Tage stets erinnern, als wären sie unmittelbare Gegenwart, als würden all diese Dinge immer wieder geschehen, als wären sie zur Ewigkeit geworden.

Er hatte etwas Erstaunliches erlebt: eine am Boden zerstörte hoffnungslose Nation, die beschloss, trotzdem den Kampf aufzunehmen; und einen machtgierigen Mann, der zu einer heiligen Erkenntnis gelangt war und eine gigantische Rettungsaktion organisierte, bei der die erfrorenen Städte Amerikas abgesucht wurden, um die Überlebenden in Sicherheit zu bringen, worauf sich tausende Amerikaner am Hoffnungszaun wiederfanden.

Hubschrauber starteten, und Tom sprang in eine Maschine. Sie wollten nach Norden vorstoßen, sich in Houston mit einer größeren Flotte zusammentun und dann über die Eiswüste fliegen, in der die Air Force bereits neue Treibstoff- und Vorratslager anlegte, bis zu den großen Städten des Nordens – Boston, Washington, Chicago und New York.

New York. Dort würden sie anfangen, in der größten Stadt, in der die größte Not herrschte.

Während sie aufstiegen, kam über Funk die entschlossene Stimme des Präsidenten herein, die Stimme eines strengen, aber gutmütigen Großvaters: »Die vergangenen Wochen haben uns allen ein tiefes Gefühl der Demut im Angesicht der zerstörerischen Kräfte der Natur vermittelt ...«

In einem geräumigen Sanitätszelt gab es einen mit Bändern abgeschirmten Bereich, den jemand mit handgeschriebenen Zetteln als »Kinderabteilung« markiert hatte. Dort saß Lucy neben einem kleinen Jungen. Sie hatte persönlich seine Botschaft an den Hoffnungszaun geheftet. »Peter Upshaw befindet sich im Nationalen Notkrankenlager in Matamoros, Mexiko, Kinderabteilung. Es geht ihm jeden Tag besser.«

Präsident Beckers Gesicht blickte aus einem Fernseher in den Raum. Nichts ließ erkennen, dass er seine Ansprache in einem Konsulat weit weg von zu Hause hielt. Der Hintergrund erinnerte auf schmerzhafte Weise an das Weiße Haus, das den Amerikanern so vertraut war. »Diese Kräfte haben uns dazu gezwungen, unsere Werte zu überdenken. Gestern lebten wir noch im Glauben, wir könnten auf ewig damit weitermachen, die natürlichen Ressourcen unseres Planeten auszubeuten, ohne Folgen befürchten zu müssen ...«

In den staubigen Straßen der Flüchtlingslager, am Hoffnungszaun, in den Dörfern des Roten Kreuzes, die in der mexikanischen Wüste entstanden waren, im Tal des Rio Grande in Texas und in den noch funktionierenden Städten wie Miami und Houston hielten die Menschen in ihren Tätigkeiten inne, um zuzuschauen und zuzuhören.

»Wir haben uns geirrt. Ich habe mich geirrt.« Der Präsident blickte direkt in die Kamera. Er wand sich nicht, während er diese sehr mutigen Worte sprach. »Heute sind viele von uns zu Gast in Nationen, die wir einst als Dritte Welt bezeichneten.«

Auch in der Internationalen Raumstation verfolgten die Astronauten die Sendung. Sie wussten, dass am Boden der Start des Shuttles vorbereitet wurde, der sie retten sollte.

»In der Zeit der Not haben sie uns aufgenommen und Unterschlupf gewährt. Ich bin diesen Ländern für ihre Gastfreundschaft zutiefst dankbar.«

Während die Hubschrauber nach Norden flogen, fuhr der Präsident fort: »Ihre Großzügigkeit hat mich erkennen lassen, wie dumm unsere frühere Arroganz war und wie dringend notwendig eine künftige Zusammenarbeit ist.«

Tom Gomez hörte ihm zu, und er wusste, dass es nicht nur leere Worte waren. Es waren die Worte eines neuen Menschen, der in einer neuen Situation in einer völlig neuen Welt erwacht war.

Auf Kosten jener, die den höchsten Preis dafür bezahlt hatten, gelangte die Menschheit in diesen Momenten zu einer neuen Erkenntnis.

Über Brians Radio kamen nun ständig neue Nachrichten herein; so hatten sie auch erfahren, dass Hilfe unterwegs war. Sie hatten den Sitzungsraum und die Bibliothek verlassen und sich auf den Weg zur offenen Eisfläche gemacht, die vor der Freiheitsstatue lag. Hier würde man sie sehen, auf der flachen, windigen Hafenbucht.

Tom Gomez hatte darauf bestanden, das Kontingent zu begleiten, das nach New York flog. Während der eintägigen Reise hatten sie zweimal Rast gemacht, um aufzutanken, jeweils in der Nähe von Atlanta und Washington, und nun flogen sie durch den Morgenhimmel auf die glitzernden Türme von Manhattan zu.

Als sie die Insel umkreisten, konnte Tom kein Lebenszeichen erkennen. Im Hintergrund hörte er den Präsidenten sprechen, der sich mittlerweile täglich an die Nation wandte. »Wenn wir zusammenarbeiten, können wir die Fehler der Vergangenheit überwinden und eine bessere Zukunft aufbauen.«

Immer noch kein Lebenszeichen. Es sah gar nicht gut aus.

»Erst vor kurzem erreichte mich die Nachricht, dass es in New York eine kleine Gruppe von Überlebenden gibt ...«

Tom klammerte sich an die Hoffnung. Er wollte dieses kleine Symbol der menschlichen Hoffnung auf keinen Fall verlieren, nicht in dieser verzweifelten Lage.

»... die sich trotz aller Widrigkeiten und schier unüberwindlicher Schwierigkeiten behaupten konnte.«

Tom durfte den Präsidenten nicht enttäuschen, nicht seinen Präsidenten, den Präsidenten aller Amerikaner. Er würde Jack und die anderen finden.

»In diesem Augenblick ist eine Rettungsmission nach New York unterwegs. Wir planen ähnliche Missionen zu allen Städten des Nordens, auf der ganzen Welt.«

Dann sah Tom etwas – unter ihm, neben der Freiheitsstatue, sich bewegende Punkte vor zwei gestrandeten Schiffen. Im grauen Licht der frühen Dämmerung waren sie kaum zu erkennen.

Der Pilot entdeckte sie ebenfalls und ging mit der Maschine tiefer.

»Die Tatsache, dass Menschen diesen Sturm überlebt haben«, sagte Becker gerade, »sollten wir nicht als Wunder betrachten, sondern eher als Beweis, dass der menschliche Geist unbezwingbar ist.«

Als sie auf dem Eis landeten, sah Tom, dass die Überlebenden nicht zum Hubschrauber liefen, sondern sich umdrehten und auf die Stadt zeigten.

Und er sah, wie überall auf der Insel winzige Lichter in den Fenstern erschienen.

Kerzen. Die Menschen machten ihre Retter auf sich aufmerksam. Hier hatte nicht nur eine winzige Gruppe überlebt. Es waren tausende, vielleicht hunderttausende oder noch mehr, die am Leben waren und mit diesem Schwarm flackernder Lichter in der brutalen Kälte der Dämmerung zu verstehen gaben: »Wir sind hier!«

Tom und Jack gingen aufeinander zu. Ein junger Mann mit gesprungenen Brillengläsern stand in der Nähe und hielt ein kleines schwarzes Buch an die Brust gedrückt. Tom erkannte sofort, dass es sehr alt sein musste. »Das ist eine Gutenberg-Bibel«, sagte der junge Mann, während er von einem Fuß auf den anderen trat.

Jack und Tom umarmten sich. Sam wusste, dass sie keine rauschende Wiedersehensfeier veranstalten würden, obwohl sie es am liebsten getan hätten. Hier gab es viel Hoffnung, aber auch viel Zerstörung und Tod, und die Toten hatten Respekt verdient.

Dann ging die Sonne auf. Kräftiges, warmes Licht ergoss sich über die Stadt, und Sam hörte etwas, das er seit Tagen nicht mehr gehört hatte, das er nie wieder zu hören erwartet hatte. Es war das Geräusch fallender Tropfen, immer mehr und immer lauter, bis es wie Regen klang.

An der Fackel der Freiheitsstatue hing ein riesiger Eiszapfen, und daran bildeten sich Millionen von Tropfen, während das Eis allmählich schmolz.

Er legte den Arm um Lauras Schultern und zog sie an sich. J. D. stand auf der anderen Seite neben ihr und machte sich zweifellos weiter Hoffnungen, obwohl es für ihn hoffnungslos war. Sam küsste sie, und sie erwiderte seinen Kuss, und für diesen kurzen intimen Moment zwischen den zwei jungen Menschen, die vor dem Tor in die Zukunft standen, war alles gut.

Die Astronauten blickten auf die Erde hinunter. Auch sie hatten sich sehr verändert, waren sich als Menschen näher gekommen, im Angesicht der Drohung eines langsamen Hungertodes, eingesperrt in den Weiten des Weltalls.

»Schaut mal!«, sagte Juri.

Parker wusste nicht, was er meinte. »Was?«

»Habt ihr jemals so klare Luft gesehen?«

Er hatte Recht. Die Luft der Erde war völlig klar, als würde man durch einen perfekten Kristall schauen.

Die Erde schwebte wie ein Edelstein im weiten Himmel. Die Stürme hatten sie nicht nur verletzt, sondern gleichzeitig gereinigt. Nun hing sie im Weltraum, der schwarz wie die düstersten Erinnerungen war, zwischen Sternen, die so hell wie die strahlendste Hoffnung schienen.

Dale Brown bei BLANVALET

Ein atemberaubender, hochgradig authentischer Thriller – Luftkampfexperte Patrick McLanahan kehrt zurück ....

Stephen Coonts bei Blanvalet

»Stephen Coonts ist der Meister
des Techno-Thrillers!«
People

35831

Andy McNab bei BLANVALET

Der Nr.1-Bestseller aus England:
Rasante *action* pur!

35390